阳江文学

岁月沉香

敖惠娇 著

经济日报出版社

图书在版编目（CIP）数据

岁月沉香／敖惠娇著. -- 北京：经济日报出版社，
2022. 12
ISBN 978-7-5196-1270-2

Ⅰ. ①岁… Ⅱ. ①敖… Ⅲ. ①散文集-中国-当代
Ⅳ. ①I267

中国版本图书馆 CIP 数据核字（2022）第 256727 号

岁月沉香

作　　者	敖惠娇
责任编辑	孙　楒
责任校对	蒋　佳
出版发行	经济日报出版社
地　　址	北京市西城区白纸坊东街 2 号（邮政编码：100054）
电　　话	010-63567684（总编室）
	010-63584556　63567691（财经编辑部）
	010-63567687（企业与企业家史编辑部）
	010-63567683（经济与管理学术编辑部）
	010-63538621　63567692（发行部）
网　　址	www.edpbook.com.cn
E－mail	edpbook@ 126. com
经　　销	全国新华书店
印　　刷	成都兴怡包装装潢有限公司
开　　本	710mm×1000mm　1/16
印　　张	17.25
字　　数	250 千字
版　　次	2023 年 3 月第 1 版
印　　次	2023 年 3 月第 1 次印刷
书　　号	ISBN 978-7-5196-1270-2
定　　价	75.00 元

序

林 迎

大约是在两个月前，敖惠娇带着一本装订得挺整齐的书稿——《岁月沉香》交给我，请我为书作序。对于作者，我原先接触并不多，仅仅是从她经常发表于报端的文章和时有获奖的征文里多有关注。敖惠娇是平冈人，青少年时大部分时间在农村家乡度过，读书勤奋。阳江师范毕业后，敖惠娇到平冈中心小学任教，曾在高新区和市教育部门工作，在市作协里我们也算是同事，缘于这些共同点，我没有拒绝的理由。当然，要对她的《岁月沉香》有更详尽的理解，那是细读了集子的作品之后。

浓浓的亲情味，是留给读者最初的印象。翻阅书中"亲情缭绕"一辑，作者以亲切的笔触，写母亲、父亲、祖母、外婆这些先辈，令人读后沉浸在一种情感氛围之中。以写母亲为例，作者笔下的母爱是深厚无比的。在《母亲的手》中，"一双富贵的手也就成了百味杂陈的手"，写出了母亲的勤劳和生活的艰辛；在《母亲的芋头糕》《母亲·南瓜》《母亲的葱油粥》里，母亲不但十分勤劳，而且还是烹调能手，品尝着她巧手中不时变化出的各种美味，你会感到生活是何等甜蜜。"母亲的葱油粥，是特有的美味，那一圈圈青绿的葱段，是岁月的味道。那一点点漂浮在粥面上的油迹映着母亲的脸，是简单的满足，滋养着五脏六腑的，是母亲质朴深沉的爱。"透过母亲煮的葱油粥，寄托了作者无比温馨的回忆。

描写父亲的篇什也不少，如《父亲·酒·人生》《父亲的被窝》《夏雨滂沱》。在作者笔下，父爱跟母爱不同，如果说写母亲一开笔就展示出母性的慈善可亲，那么表现憨厚内敛的父亲则要含蓄得多，甚至在对父亲的"再认识"中，作者少不了要"欲扬故抑"一下。以《夏雨滂沱》为例，作者描写在夏日的一天早上，父亲因惦念刚到师范上学的女儿，不顾雷鸣电闪、暴雨倾盆要去学校看望女儿。笔墨至此，作者回想起几年前自己小学毕业时，因为生活困难，父亲曾有过要女儿辍学回家务农之一闪念，不由顿生感慨："这是我印象中重男轻女的父亲吗？""原来父爱就如这夏雨，厚积、浓烈、深沉……从此，不怕暴雨，滂沱里有浓浓的父爱！"其语言、行为、心理及细节描写，令人颇感震撼。

难忘的记忆，展现在峥嵘岁月之中。翻阅"岁月绵长"章节，作者儿时记忆犹深的影子不时在读者眼前晃荡。因为孩童时便生活在农村，惠娇从小就爱劳动，对于"耕犁千亩实千箱，力尽筋疲谁复伤"的牛，自然也充满了感情，这种情结化成了《牛的美好生活》一文，作者这样描述："耙田、犁田、犁地种番薯、犁晒霜、推磨……几乎所有的力气活都离不开它。"洋洋2000余字，把牛勤劳能干的形象表现得栩栩如生。另一篇《老牛·乡愁》，描述的则是20世纪80年代分田到户时父亲和炳叔合买回来一头牛，作为亲历者，惠娇回忆起身边这头牛的成长过程，细述了她少时看牛，亲历牛渐渐成为农耕主力，再到一步步消失的经历，对这一"绿野喜耕种，一犁江上雨"的勤劳伙伴表达了深深的怀念。

童年的记忆是不会轻易忘却的，惠娇笔下的回忆性散文有令读者难以释怀的吸引力。诱发食欲的，如《五月艾香》《粽香绵长》《香飘记忆的炒米饼》《腻滑鲜美的咸圆子》《岁月窑薯香》，单看题目，你就会觉得清香扑鼻。譬如写难忘的焗薯窑，从20世纪七八十年代简朴的垒薯窑、焗番薯，到90年代焗薯窑的食材多样化，祖传的薯窑加上了"走地鸡、鹅、鸡蛋、栗子、玉米，还有几条圆满的番薯，来到郊外一块刚挖完番薯的地里，寻找放飞野外的雀跃，品味美食出窑的惊喜"。作者感慨，时间过去很久了，"可记忆中的窑薯味儿还是那么香，也许，飘着香味的是那岁月，刻在脑子里的是那份陶然的向往"。

还有一种是精神方面的享受。如《夏日童谣》《岁月沉香》《随文学荡漾的青春梦》《文学路上的星星》等，数篇文章以饱含的深情回忆在校读书时的浪漫追求、初参加工作时的火热情怀、在追求文学梦中获得的充实与享受，读后让人不禁产生共鸣。

追求理想，展示浓厚的家国情怀。惠娇的散文虽以描写身边所历的平凡琐事居多，但并不妨碍她的作品立意高远，并带有浓浓的时代精神。《国旗飘　心飞扬》写于中华人民共和国成立 70 周年前夕，从购买国旗、展示国旗、飘扬国旗等起笔，写出个人到群体、家庭到国人对国旗的珍视，对伟大祖国无比热爱的真挚感情。"终于在市购书中心买到了最后一面 4 号国旗，立即赶回家，打开——挂好——插在阳台上，打开中央电视台看直播……国旗在广袤的大地上飘扬，神州大地一片欢腾，一张张笑脸，写满了自豪和幸福，一双双泪目闪烁着五星红旗的光芒。"这情景，任谁看了都会产生美妙的想象。

中华人民共和国的成立离不开无数革命先烈的付出和牺牲。在国庆前，作者写了另一篇散文《潇潇细雨悼英魂》，以细腻之笔刻画了家乡平冈的英烈中共阳江县委首任支部书记敖昌骙，面对烈士铜像，作者这样刻画："她见证了新时代平冈镇人民蒸蒸日上的美好和谐，目睹祖国走向富强，革命精神得以传承，英烈之灵，足可慰矣。"这是歌颂伟大祖国的另一种表达方式。

放歌大自然，展示了作者的诗意追求。敖惠娇常把对文学之爱寄情于山水之中。她的家乡在海边，荡漾的海风时常给她带来灵感。《海边的蜷伏》《四月的海，在脚边》《夕阳下的蓝袍悦动》就是一组写海的作品，灵魂的文笔在海风里轻轻荡漾。我们看看作者是怎样描述大海的："站在高处，我们尽览美景，只见三面青山翠岭之间，浩瀚的大海边，静卧着一个美丽的长长的沙滩，活像一个巨大的牛角，也许这就是'大角湾'名字的由来吧……我们便继续驱车前进，观赏了广东海上丝绸之路博物馆里的珍贵文化遗产，往大海的深处徜徉。"（《四月的海，在脚边》）

再感受一下少男少女在玩海中掀起的浪漫："在沙洲的浅水中，只见男的挽起裤腿，女的飘起裙带，手拉着手，迎着海风，跟着波浪，对着镜头，随着一声口号，高高跃起……这海呀，可真是神奇的地方，蕴含着强大的力量，谁到了这里，都会找到一片浪花，轻柔的、舒缓的、张狂的、任性的、汹涌的，都会随着这浪花徜徉，洗去疲倦，消除忧愁。"（《夕阳下的蓝袍悦动》）

总的来说，读惠娇的作品，你会感到一种诗情画意就出现在眼前。哲人说过，不是缺少美，而是缺少发现美的眼睛。用心去经营好每一篇文字，认真观察探寻生活中的美，一直是作者矢志不渝的追求。

寻求意境美。散文在西方素有美文之称，是一种"雅"文学、"美"文学，它的读者面宽广，审美作用也很大。这种美文是建筑在真、善的基础上的，是内容和形式的完美统一。散文所谓"托物寄兴，咏物抒怀"，"物"应是指美的形象。敖惠娇用美的形象来表现社会生活，寄托她的美学理想。

阅览作者近百篇文章，可看出作者极珍重作品的意境。例如《故乡的松树林》，"绿色松林"的蓬勃生长折射出家乡生态的变化，寓意改革开放的事业呈现出的勃勃生机。又如《系在风筝上的梦》，描画的是"儿童散学归来早，忙趁东风放纸鸢"的游戏，通过儿时的风筝表演、风筝比赛，抒写儿时童真释放的"天下太平新样巧，一行飞上碧云端"的追求，作者坦言："我们喜滋滋捧回了个'最佳放飞奖'的奖牌，一同捧回的，还有我们那永远追求幸福快乐的梦！"

展示语言美。无论叙事还是抒情类散文，惠娇都非常重视练字造句，大自然赋予惠娇的感受是立体的、变化的。注意调动自己的触角和想象力，体察出事物的细微差别，从而能成功地描画出事物的本质特性，譬如写雨水，她的笔法就丰富多彩。描画春雨，她用温润之笔："'柳丝长，春雨细'，春雨就像一位害羞的新娘，裹着轻纱似烟如雾，从空中轻泻而下，苍翠的山峦、茂密的树林、一幢幢高大的楼全笼罩在雨雾里，缥缥缈缈，如诗如画。"（《春雨如酥》）描写秋雨，她用潇洒之笔："伴着几声闷雷，雨终于还是来了，在这个寒露时节，在这尚燥热逼人的秋日，曼曼妙妙，飘飘洒洒，以轻巧卓悦的风姿撩拨了心灵深处那婉约的弦，弹奏着千年流淌的秋之韵。"（《秋雨淅沥》）描绘冬雨，她用肃杀凛冽之笔："呼呼寒风凛冽意，潇潇冷雨打窗声，寒气从四面八方铺天盖地地袭来，迎面扑来，从背后灌进，从脚底蹿上，往颈脖钻入，大地成了一座偌大的冰室，屋子里是凉的，房子外面是冻的，空气是钻心的，水是透骨的……"（《冬雨潇潇》）看得出，作者是深谙语言的重要性，并致力追求的。

体现形象美。无论作为一名教师还是教育工作者，惠娇工作的思维方式是全面且趋于理性的，在语文教学实践中，跟学生分析文体也是侧重于逻辑思维。但作为一个文学作者，她是以感性、具体、形象的方式去表达自己的文学意象，突出作品的形象性。如作为本书同名的文章《岁月沉香》，主要是描画作者记忆中的两场球赛，那是青春活力的大释放，无论是心理描写还是语言表述，无论是行为体现还是细节演绎，都为读者展示了一场年少无畏的话剧，表现了一场青春追梦的画面，让读者从中感受到浓浓的动态美和形象美。

从大自然中捕捉形象美，体现了敖惠娇更全面的审美能力。作者善于把大自然中美好的一面反映出来，如《谷寮村的诗意徜徉》《如诗如画高州仙人洞》《烟花三月八甲游》，作者运用美妙之笔给人们带来无比的享受。

展读敖惠娇在书中的近百篇文章，基本上都在《阳江日报》和一些省报发表过，而且都是近五六年所写的，足见她写作的勤奋，而且体现了相当高的质量。作者长期生活在波澜不惊的生活之中，描写对象是很平常的所见所感，然而敏锐的触觉却使她能从平凡的生活中发现美，表达美。当然付出了艰辛并不等于作品就完美无缺了，如有些文字描写的表达水平显得参差不一，又由于其散文记述的范围相当广泛之缘故，对题材的归纳概括也有不尽准确之处。

赏读《岁月沉香》，使人从中感受到一种灵动，一种活泼，一种驻身于五彩缤纷世界中的寻美探幽。如这种挖掘，我以为是全面的也是充满吸引力的。当然学习没有止境，文学道路曲折而又艰辛，希望惠娇老师不要满足已取得的成绩，继续勤写多练，努力在文学的道路上开拓更加宽广的道路。

2021 年 8 月 14 日

（林迎，中国作家协会会员，广东省作家协会理事，阳江市作家协会主席）

Contents **目录**

第二辑 / 岁月绵长

第三辑 / 时光清浅

第四辑 / 春光暖语

岁月沉香

第一辑　亲情缭绕

母亲的手

母亲年轻时的手肉厚、柔软、腻滑、白皙，村里老人说：这是一双富贵的手。可惜母亲这辈子就跟了我父亲——一个老实巴交的农民，她的一双富贵手也就成了一双百味杂陈的手。

自我懵懂记事时起，我们几姐妹整天跟着祖母屋角巷尾转，母亲和父亲忙着到生产队里挣工分。他们早上何时出去的，我一概不知，只是每到中午，我们村的小孩都翘长脖子，盼望自己母亲从村西头回来。那时生产队把耕种任务一畦一畦分给每个人，谁完成任务了就可以回家干自己的活儿，所以，最早出现在村西头的往往是队里劳作最快的妇女。春雨绵绵，稻苗青青，田地里一行一行的绿意插下了葱茏，村里老人称赞最先回来的阿顺婶说："看阿顺，就是手长脚快。"我心里不免落寞，母亲身矮手短，哪能快呢？可是，就在我垂头之间，母亲很快第二个出现在村西头了，我们姐妹雀跃起来了，笑着叫着奔去，仿佛迎接凯旋的大将军。手短而快的母亲一刻也不闲着，挑柴喂猪，煮饭洗衣，把家里收拾得井井有条。

分田到户时，家里七八口的食粮就指望着分到的田地，土地里的农活就落到父母的身上。父亲是生产队长，很多时间忙于公事，母亲的担子更重了。村庄安睡在恬静之中，公鸡放开喉咙一鸣，母亲就爬起床，"咯吱"一声打开厅堂门，"咯吱"一声推开厨房的柴门，接着就是一阵锅碗瓢盆的交响乐，伴着我尚甜滋滋的美梦。最悦耳清脆的是那一把筷子响，母亲的手飞快地来回搓动，筷子们"嗤哩嚓咯"地欢唱洗身歌，把全家子一天的幸福撩起。忙完家里的一切，天尚未蒙蒙亮，母亲便往田头地里赶，直到正午或是太阳西斜，才盼到她扛着锄头挑着空粪箕回来。来不及洗刷一脸的倦容，匆匆灌几口稀粥水，母亲便又挑起粪箕忙去了。大雨滂沱，她一定在整理沟渠；寒气袭人，她一定在侍弄秧苗；酷热逼人，她一定在忙着除草。母亲说："田里的秧苗干旱了，等着要水喝；垅西的花生苗黄了，张嘴要施肥；垅东甜甜的番薯招来了馋嘴的老鼠，要想办法除老鼠；旱地里的眉豆渐渐圆满，可以摘取了……"要赶的活儿总是那么多，母亲的双手总不停歇。直到一袋袋的稻谷堆满屋，一圈圈的番薯围起了锥形，栽种的杂粮装满一个个瓦罐。

而农闲时节的大雨滂沱，是我最盼望的日子。这时母亲大多是不用出去忙活的，就会待在家里收拾家务。碰巧家里还有米粉什么的，母亲便想着法儿的做我们爱吃的，炊芋头糕、做煎糍、濑锅餐……雨点随着"滴答滴答"的韵律在瓦片上跳着欢快的舞步，母亲把一堆粉儿放到大簸箕上面，屋子里亮堂起来了。那是多么灵巧的一双手啊，在米粉中来回搓动，飘游舞动着，米粉很快搓成团了。取一小块出来，搓展成长条形，放到油锅里翻炒几下，粉条变焦黄后，铺上花生和白糖，卷上，脆香的花生伴着米粉的味儿，那香味在矮小的厨房里氤氲，透过湿沥沥的瓦缝弥漫。母亲把糕卷切成几块，放置在盘子中。我迫不及待地拿起一块往嘴里送，刚上锅的糕卷烫得嘴唇舌头火燎燎的疼，可就是舍不得吐出来，舌头来回翻卷几下，牙齿咀嚼两下，硬把糕卷吞下了。

父亲是名泥瓦匠，乡亲们盖房修瓦什么的都会请他去，母亲便要跟父亲去做"泥仔"。母亲的手啊，就天天浸泡在泥浆里，与石块砖头亲吻，手指头、手心窝的皮儿是脱了一层又一层，一块白皮一块肿红的，晚上母亲暂时歇歇，却是痒得难受，只得小心翼翼地用掌心抚摸几下。寒冬咕隆，母亲的手裂开了一道道狰狞的口子，白天，母亲用白胶布贴好，晚上就要揭开白胶布透透气，搽点红药水。在昏黄的灯光下，母亲慢慢撕开胶布，那胶布却是连着口子一起撕开的，血水横流，母亲的眉头紧皱，轻咬牙关。

我的心跟着一阵震颤，我无法想象，母亲劳作时，该是怎样的隐忍难耐，只是那撕心的痛感随着那白胶布的一点点揭开迅速传遍我的全身，母亲那双贴满白胶布的手在灯光下飘摇，模糊……

侄子侄女出世，母亲更是乐呵呵地忙碌着，忙着种菜栽瓜、点豆搭棚、煮鱼杀鸡、做饭洗衣、抱孙逗玩……

那天，我抽空去看望久已不见的老母亲。携着寒意进屋，我拉着母亲的手坐下，一阵暖意通过我的手传遍全身，可母亲却惊呼："哎呀，手怎么这么凉？"还怜惜地帮我捂着。我紧紧拉着母亲的手，那双粗糙的手，手掌全是茧子，五根手指头就像五爪树耙子。

我轻轻地抚摸着、抚摸着，我的心疙瘩了，我的泪疙瘩了。

（此文发表在《阳江日报》2017年5月11日文化·笔会版）

母亲的芋头糕

芋头糕，是阳江的传统特色糕点小吃，而我对芋头糕的记忆始于七月节。农历七月十四——阳江人的"鬼子节"，我家乡的小村子里又称为七月节。记忆中，母亲总喜欢在七月节煮芋头糕。

农家人的食物都依靠土地的馈赠，芋头是母亲刚从地里刨出的时令蔬菜。家乡离海不远，自留地少，适合种芋头的地更是难找。奶奶在临近稻田的洼地开垦了一块荒地，母亲硬是在荒地里栽种了一畦芋苗和几畦蔬菜，那里就成了一个像模像样的菜园子。因靠近稻田，再加上地势低洼，菜园子的畦沟里经常渗出水，母亲不但不用挑水浇菜，而且还要隔几天把畦沟里的水舀出去。尽管乡亲们都不看好这芋苗，但母亲仍辛苦侍弄着，她说，保持泥土干燥，芋苗结出的果实才会松软。如果水分多，结出的芋头就会多水生硬。临近七月节，灿烂的阳光随着葱绿的稻浪起舞，芋苗一半枯黄羞涩一半绿意舒展，母亲挥起锄头，专挑大株的芋苗刨开，大大小小的芋头粘着泥土的芳香露出了脸。我欢呼雀跃起来，母亲的笑意就如芋苗上的细碎阳光，乘着暖风在菜园里摇曳开来。切掉芋苗，刨除芋须，洗净泥土，长芋仔放锅里蒸熟，大大的圆芋头就留下来煮芋头糕备用。也许天道酬勤吧，剥开薄薄的芋皮，白白的芋肉就呈现出一片粉色，咬一口，滑腻细软，黏嫩爽口，让人吃得肚皮鼓鼓还不肯罢手。

于是在玩耍的当儿，我还不忘时时去看一眼那几个又圆又大的芋头，盼望着那香喷可口的芋头糕。七月节前一天，母亲备好了芋头糕的其他用料：粘米粉、虾米干、五花肉、五香粉等。七月节一大早，厨房里锅碗瓢盆的响声惊醒了我的梦。揉开惺忪的眼睛，房间里还漆黑一片，我已无睡意，走到厨房专心等待盼望已久的美食。只见灶头上摆满了大大小小的盘子，母亲已把大芋头刨皮，切成正方体小块，五花肉也切成了肉粒，虾米用水浸泡过，一小盘蒜末、姜末也备好了。母亲用米筒装了几次粘米粉，倒进一个高身的大盆里，再倒水进去，用勺子一圈圈地搅拌成粉浆，提起一勺粉浆，旋而慢慢地倒下。母亲专注地看着流下的粉浆，她认真着呢，一家人期盼多日的美味可全掌控在她的精准判断里。稍顿一会儿，再加了点水搅拌，终于咧开了嘴，道："嗯嗯，这下可以了。"

于是我乖乖地生火，赶快把稻草捆成一小捆一小捆的，堆放在一起备用，以便可以时时站起来看母亲操作。大锅"嗤嗤嗤嗤"地响起，母亲手握锅铲挥舞两下，把一盘五花肉倒进锅里翻炒几下，五花肉很快渗出了油。母亲说："芋头松松，要'吃'很多油的！"说罢，毅然往锅里倒花生油，紧接着，放进姜末、蒜末、虾米、芋粒。

"火要猛一点。"随着母亲的指挥，我连续往灶里塞稻草。火"噼啪噼啪"地叫，母亲的额头开始冒汗，扭动着身子用力翻炒着，大锅"嚓嚓嚓"地唱着欢快的歌，升腾起的一阵阵香味在矮小的厨房里缭绕，直往鼻尖滚，往喉底窜，感觉房子里的一切都是香的，人全身香喷喷的，灶头香了，稻草香了，瓦片香了，连水缸也粘上了五花肉腻腻的香味儿。就在我沉醉这一片香中，母亲已把锅里的食料铲到装着粉浆的大盆里，并叮嘱我暂停生火。只见她洗刷干净油锅，再倒进一瓢水，在每个蒸盘上倒进点花生油，轻轻晃动几下，让油遍布蒸盘，便将拌好的芋头粉浆倒入蒸盘中，放进锅里。这下，就要大火蒸煮了。

灶火热烈地燃烧，锅里"啵啵啵"地欢叫，其间母亲几次揭开锅盖，添点水，用筷子戳一下，时刻观察芋头糕成熟程度。她说，只要筷子戳下去，不带上粉，芋头糕就熟了。约30分钟的漫长等待，母亲再一次拔出筷子，终于下了"庄严"的判令："嗯，好啦！"于是，添柴停止，锅盖挂起，母亲用布把热腾腾的蒸盘端到客厅，摆在桌上，说要晾一会儿才可切块。我们兴奋地围绕在蒸盘旁，一边不停地往鼻子前拨动空气，一边深呼吸，不停地啧啧感叹道："哇，好香啊！"母亲看着我们的馋样，赶快端起蒸盘放在水盆里凉快，说："个个都是馋嘴猫，就让它快点凉吧。"一把小刀把芋头糕切成块儿，我们早准备好了碗筷，装满了一碗芋头糕，就在门前的石块上坐下。香气腾腾，我夹起小块芋头糕，呵一口气，轻轻地往嘴里送，嚼嚼，香味满口，有芋头特有的淀粉香味、五花肉的腻油香、五香粉拌着米粉的香，还有虾米的鲜美，齐齐在舌头打转，在喉间流连，一种舌尖的满足，伴着幸福流进五脏六腑。阳光越过屋檐，明朗在小巷里，清风从田野上飘来，微微拂面，天空湛蓝，白云清爽，母亲的鱼尾纹也盈满了笑意。

时光在幸福地流转，现在，芋头不再是这个季节的稀罕物，一年四季都有销售；芋头糕很容易吃到，茶肆酒楼、糕点小店、市场摊档，每天都可以买到。只是每一次的急盼若渴，尝到的味道却让人怅然若失：已经不是儿时的那种味道了。酒店里的虽然添上了腊肠、腊肉、冬菇之类的料儿，但少了那油油的五花肉香，那节日里忙乎张罗的热腾，那盼望糕点上锅的急切，那弥漫在小巷里的芋头直撩馋喉的香味，统统都美丽成一个回忆。

芋头糕的节日里，我驱车去看望母亲。母亲忙着在城里照看孙子，那块荒地现在又变成了荒地，母亲已从繁重的农活中解脱出来。望着母亲，岁月的波纹已经荡在她的额头眉间，那浅浅的笑意依稀还印着刨芋头的身姿。拉起她树皮似的一双手，仿佛尚保留着挥动锅铲的温热。我不禁莞尔，原来，我记忆中的芋头糕只是母亲的芋头糕，有深深的母爱在那里！外面当然买不到。

（此文发表在《阳江日报》2018年8月28日文化·百花园·地方版，发表于《湛江日报》2018年8月25日阅读+百花版）

父亲·酒·人生

　　父亲的一生是浸染在酒里的。

　　父亲是个农夫。当第一缕春风携着暖阳款款而来，燕子在屋檐下叽叽喳喳地衔来了忙碌，小草蒙蒙然探出了头儿，春雨在瓦面上弹起了钢琴，在广宇间奏起悠扬的乐曲，河流打着呵欠，开始了喜悦的春游。父亲一大早起床，酌两口淡淡的白酒，扛起铁锄头，卷起高高的裤腿儿，修整懒散的田基，深翻沉睡了一冬的泥土，一垄垄淡绿的秧苗在他面前乖巧地铺展……到家，天大黑，摆上稀疏的饭菜，父亲就往碗里倒酒。酒快要溢出，父亲开始轻沾第一口，"啧啧"两声，夹一口小菜，再酌一口，绿色的希望便如酒香，在灰黄的煤油灯光里升腾萦绕。

　　三月的春光烂漫，田野间施肥、灌水、除草，起早贪黑是季节风。东方尚未露鱼肚白，父亲沐着露水出门了，扛着月光的倦意回来，又是满满一碗，轻沾一口，"啧啧"两声，仿佛禾苗拔节的轻响，仿佛稻浪的随风起伏，整天的劳累悄悄溶解在酒中，化成诱人的希冀。

　　五月粽子飘香，雨水急得没日没夜地下，稻穗被水笼罩着，稻飞虱、三化螟成群成群地来。父亲又斟酒了，苦涩的酒打着转儿，孩子们饥饿的脸如碎片浮在酒波上，"啧啧"两声，沉重如同担担公购粮，忧虑灌满了父亲蜡黄的脸。

　　滚烫的阳光把田野烤成一大片一大片金黄的波浪，稻谷笑呵呵地堆成一座座山，压弯了父亲的腰板，酒欢快地满起，"唷唷""啊……"，声音拉得很长很长，丰收的喜悦如一个惊叹号，父亲醉意绵延，操着阳江话，喷着酒香，唱起了"东方红，太阳升……"

父亲是个泥瓦匠，乡亲们盖房喜欢找他。寒冷的冬晚，两杯暖肚，父亲便给乡邻设计房屋构架、计算材料开支、列出建设日程，而他要的人工费却是最便宜的。为这事母亲有不少唠叨：做工是最仔细的，每合工却比别人少十几块。父亲却瞪起了眼，带着浓浓的酒意，说："有点赚就是了，人家建间屋不容易！要给人家造得九级地震都不会崩！"母亲默然。

村子不大，哪家办喜事，都来请父亲饮酒，能喝的会喝的爱喝的凑齐一桌，吆喝着热腾。几番推杯换盏，大伯碗杯摔坏了，小叔说话不省事了，父亲还轻喝慢酌，守着一桌子菜"把酒话桑麻"，跟亲戚朋友乡亲掏心窝子。灯光拉起，母亲三番五次来催，父亲端起酒杯，又一声"唷唷"：办喜事图的是高兴，喝酒添热闹也添福气，慢慢喝，继续添福寿。喜得主人家连连称是，不断给他斟酒。

父亲的慈爱也总伴着酒气，一碗下肚，父亲叮咛着：万事孝为先，诚为首；毛主席说，劳动最光荣……记得每到期末，父亲就会浅尝清酒，打开我们的成绩报告书，哥哥的书法获第一名，我也得了双百，"嗯，不错。"赞赏的话语洒着芳香，欣慰在他眉间舒展开来。

我们长大成家，姐妹生活坎坷不如人意，胃疼折磨着父亲瘦弱的身子，但他的酒却更满了。何以解忧？唯有杜康。解意的酒能让辗转的夜得一刻的成眠。

古稀之年随哥哥到了城里，父亲舍不得喝哥哥浸的各种补酒，故乡的米酒香却依然飘起，"唷唷"悠然化成一首首鼓励孙子的歌儿：业沉啊业沉，长大不耕田，坚心勤学习，争取中状元……

父亲的一生如酒，一碗亦浓亦稀的白酒，平淡得通透，醇香得浓烈。酒是父亲的人生，苦唷唷，甘唷唷，涩也唷唷，醇也唷唷。

（此文发表于《阳江日报》2015 年 6 月 23 日百花园版）

夏雨滂沱

晨鸟鸣，大地醒，一夜的沉寂哄不住酷热安睡，空气凝固不动。压抑之间，步出阳台，倚栏远眺。不见晨曦微微，老天灰沉着脸，绿树默默无语，街道蒸腾喧闹，漠阳江肃穆凝重，整个世界仿佛都在积蓄着热量。

"酷热了这么多天，是该来场痛快淋漓的雨了。"心里这么嘀咕着，顷刻间就黑云盖顶了，狂风如一位远方的不速之客，卷着落叶汹涌而至。"风怒欲掀屋，雨来如决堤。"狂风"呼呼呼"地窜过树梢，在空中打滚，灌进房屋，顿时空中落叶翻飞，纸屑飘舞，阳台上的衣物随风飘扬，在空中打着卷儿，旋而不知飞向何方。忽地黑云间划过几道刺眼的闪电，随着一阵雷声从远方滚来，雨倾注而下，"啪啪啪"，黄豆般的雨珠使劲地敲打着窗玻璃，敲打着树叶，敲打着行人，如一群任性张狂的野孩子。

因着高考，要去接女儿回家。车子刚驶出车库，雨水就倾盆般洒泼在车身上。水珠立即从车顶汇下，雨刷开到最高档，前方的景物还是一片迷蒙。缓缓转上建设路，天地间白茫茫一片，唯见刺目的黄灯在闪动，水泥路上的积水迅速汇成河流，偶尔一辆车从身旁越过，"啪"地溅起一堵水花，击打在车身上。大雨肆虐，狂风任性，风助雨势，雨傍风威，车子只得减速，再减速，拐上中洲大道，炸雷轰隆，电光闪闪，如一条条银蛇在空中张牙舞爪，格外骇人。收音机播放着暴雨中行车的安全事项，熟悉的雨景很快拉我回到20多年前的情景，心中便充满了力量。

那时我在阳江师范上学，那个夏日，轰雷贯耳，闪电狰狞，暴雨夹着狂风瓢泼而下，整整一天半还丝毫不见倦意，厚厚的黑布盖着天空，昏黄的雨水在校道里汇流成河，低洼之处白茫茫一片。正是午饭时间，同学们冒雨冲到饭堂，饭堂里湿漉漉一片，好不容易把凳子擦干，正想吃饭，忽然听到值班干部来传话，说饭堂门口有人找我。疑惑之余，走向饭堂门口：这座城里，除了同学，真没什么人认识，谁找我呢？近门口了，一个熟悉的身影映入眼帘，是父亲。父亲头戴一顶草帽，帽已湿透，瘦弱的身子穿着军色的雨衣。那是镇上亲戚送的，父亲稀罕着呢，平时叠得整整齐齐舍不得穿。现在穿在身上，把父亲裹得严严实实的，一直罩到大腿上，显得他更瘦弱了。父亲正睁大眼睛向饭堂这边张望着，见我出来，古铜色的脸上露出了一丝腼腆的笑意。

"爸，又打雷又闪电的，你来干什么？"我心中疑惑更重了。要知道，父亲最怕打雷，每次打雷闪电，田头地里的活儿都由母亲忙活，父亲则躲在屋里不敢出来，今天这一路上的电闪雷嚎，父亲是怎么战胜的哦？可父亲淡淡地回应："我来阳江城办事，顺便来看看你。没事了，你回去吃饭吧，我回家了。"

"啊，这么快，我给你打个饭，吃了再回吧！"可我的话还没说完，父亲就投进了雨幕中，踏进了通往校门口的篮球场。篮球场已是一片汪洋。父亲把裤腿卷得老高，直到藏进雨衣里，露出两条火撩棍般的小腿，一脚摸索着探进水中，已没到膝盖。雨水顺着雨衣往下淌，有的顺着父亲的脚流下，有的直接流下洪流之中。雷声霹雳，金蛇狂舞。朦胧之中，我仿佛看见父亲的身子在颤抖，是雨水灌进了他的身子吗？是什么刺到了他的脚吗？还是被那道道狰狞吓到了？我不知道，唯见雨幕渐厚，父亲的身影渐小，最后拐进东苑宿舍区，不见影子。

疑惑一直在心中。假期与母亲谈起这事，母亲叹了口气，说："他哪是办什么事呢，他是看你早一天独自骑单车回校，又打雷闪电的，担心得一夜睡不着，第二天爬起床，就说去看你有没有到校。我叫他别去，可他什么闪电雷公都不怕了！他是从阳江汽车站走到你们学校，又从学校走到汽车站的，回来就感冒了。"

啊？母亲的话如一阵电闪雷鸣，"轰轰轰"地撞击着我：这是我印象中重男轻女的父亲吗？还清楚地记得小学毕业的那个夏日，小村子沐浴在彩霞的金光里，班主任来通报喜讯："惠娇这女孩子呀，为我村学校争光了，毕业考试全镇第一名哪！"老人们咧开了掉牙的嘴，叔叔婶婶们竖起了大拇指，小伙伴们围着我转，父亲头也不抬，扶着烟筒"吧嗒吧嗒"地抽着，继而吐出团团烟雾。良久，发了闷话："女孩子家的，读完小学帮家做工挣钱就是了，还读什么书呢。"注册前一天，伙伴们都纷纷约好第二天一起到新学校交学费。晚风柔柔，彩霞燃烧，稻苗葱郁，我站在夕阳下久久发呆。年迈的祖母找到了我，塞给我一卷厚厚的钞票，说："死妹仔，不要难过，想读书就专心去读吧！"注册老师打开我递上去的钞票，1元的、5角的、2角的，甚至1角的，一一细数着，不知弄了多久，只记得老师不耐烦的眼神刺得我心好痛，后面排队同学焦急的叹息，不断加深着我的意识：父亲不爱我，嫌弃我是女的！

那场大雨又浮现在我眼前，闪电肆虐，雷声震怒，父亲顶着倾盆大雨，在一片汪洋中颤抖行走，只为了看我是否平安到达学校，战胜恐惧、击垮困难的是他牵挂女儿的心。一场暴雨瞬时把我的固执冲刷得支离破碎，原来父爱就如这夏雨，厚积、浓烈、深沉！

从此，我不怕暴雨，滂沱里有浓浓的父爱！

（发表在《阳江日报》2017年6月17日文化·笔会版，发表在《南方日报》2017年7月20日文化周刊·海风版）

父亲的被窝

　　温暖，是渗透人的肌肤而进入灵魂的，滋润着人一辈子的记忆，就如儿时父亲的被窝。

　　从记事起，五六岁吧，我是跟着哥哥一起挤在父亲的身边，睡在家里的"木阵"上的。所谓木阵，是在房间里半高的墙两边横扛起几条较粗大的木梁，再在木梁上铺上木板，就筑成了木阵。

　　一个木阵仿若半个房间，农家人口多，房间少，搭设一个木阵就多了一张大床，还可以堆放杂物。那时候，弟弟妹妹尚小，母亲就和弟妹睡那张大床，稍大点的哥哥和我则跟着父亲睡木阵。木阵是悬在半空的，三边都紧靠墙壁，一边空着，在房间正中央，一个木梯搭在这边就能上去。父母为了防止我们熟睡时翻身掉下，在木阵的边缘围起了护栏。所谓护栏，也就是一根横木下编织一张细细的网来防止掉下。

　　我家的木阵很透亮，南边有个小窗，西边有个大窗，炎热的夏夜，只要外面有一丝风，我家的木阵就有几许凉爽。只是到了寒冬，即使是把窗封得严严实实，刺骨的北风也还是会灌进来。那时，人们盖的被子好像都同一款式，被套正面暖暖的大红色，有牡丹百合或者凤凰孔雀等喜庆吉祥的花鸟图案，里面则是靛青色的格子或条形粗布。一到寒风起，就要往被套里塞厚厚的被絮（用厚厚的棉花打成的里子）才能睡上一个温暖觉。我和爸爸哥哥盖的那张棉被，虽然看起来很宽大，但盖在身上总是不够，棉被硬硬的，脖子、肩膀间也留着缝隙，冷风总是从身边钻进来，让人辗转难眠。可那时候家里没闲钱再置上一床棉被，所以只能将就着。

一忙完秋收，农家人盖房的、修屋的就多起来了。当泥瓦匠的父亲就忙碌起来，白天帮人家修屋盖房，晚饭后早已黑咕隆咚了，还要在昏黄的灯光下忙活着记录建筑日程、计算修建材料等事务。而我，早已坐在桌子边频频"磕头"了。妈妈说我属鸡，天一黑雷打不动要睡，总是催我回去睡觉。我却总期盼着等父亲忙完后一起睡觉，那样我就可以稳稳当当地靠着父亲睡了，有父亲温热的体温暖着，一整夜都是暖烘烘的，多幸福啊。可是，如果我睡着了要人抱着上木梯，又不方便，在妈妈的催促下，我只好爬上木阵，盖上棉被睡在最外边，因为外边是危险地带，是父亲睡的位置，我在这里先占好位子，外面玩回来的哥哥就理应睡最里边了。可哥哥鬼着呢，第二天早上，我还是在一侧的冷气中醒来，哥哥总能把熟睡如猪的我搬到里面，他自己则紧靠着父亲。唉，谁叫我自己贪睡呢。

随着社会经济的发展，物质越来越丰富，我们的被子换了一床又一床。蓬松柔软的羊绒毯、贴身舒服的拉舍尔、轻盈暖和的丝棉被、舒适干爽的羽绒被、亲肤惬意的蚕丝被，走进商场，各种各样的被子会让你眼花缭乱。现在的被子颜色柔和淡雅、图案大方曼妙、尺寸大小有致，柔如丝棉，去湿保暖，甚至抗过敏，功效还挺多。寒冷的夜，宽大的被子往身上一盖，抬起腿来给双脚造一个小窝，颈脖上的被子收紧，就把人从脚到下巴盖得严严实实。暖暖和和一觉醒来，脑海中总不由自主地浮现儿时的被窝，那靠着父亲的温暖，已深深融进我的血液里，成为格式化的记忆。

父亲总是舍不得那床又厚又硬的棉被，只是身子下面，铺上了一条厚毛毯。他在我们学校当门卫的时候，我就想给他换床柔软舒适的新被子，他却死活不肯，说什么新潮的时尚的都比不上那床老棉被。也许人总是有一种情结吧，也许熬过苦难的人在物质享受上不会太在意。我拗不过固执的他，只好作罢。

只是，父亲老了，老得经常缩着脖子，微弓着身子，吸吧着水烟筒时双手还会抖动。一到寒冬，他总是一件单衣加薄外套，一口浊酒在嘴里

"啧啧"地陶醉。哥哥给他的棉衣不穿，弟媳给他买的大衣叠放在衣柜里，外甥女给他的羽绒服也是挂着。我们经常劝他多穿点，他一脸严肃，反过来训导我们："穿这么多够暖了，不用再给我买衣服了，衣柜里还有很多，没穿过的，不要浪费。"有时候我纳闷：那么瘦小的身子，究竟有多大能量呢，就真不怕冷吗？

一边忐忑，一边安慰自己：前人有语，若要小儿身常康，腹中常有三分饥，身上常有三分寒。这个道理对老人也同样适用吧，适当的寒冷，也许会刺激他的机能，增强他身体的抵抗能力。就让他随意吧，只要他健康，他感觉暖和，便是暖和的岁月。

窗外，早些天的明媚变了脸，天气预报提示，未来几天广东会有冷空气侵入，并伴有强降雨。父亲，你还是哆嗦着挺在寒风中吗？期许，每一个冬夜，每一次雨雪，你的被窝永远如我儿时感觉的那样，温暖而幸福！

(此文发表于《阳江日报》2020年3月4日文化·百花园·笔会版)

那轮清晖月

　　已是亥时，漫步在校园里，晚风吹着丝丝的凉。教学楼这边，只有走廊的两部电话挂机发出淡淡的幽光，白天闹腾的教室、廊道、空地，此刻已恬静如熟睡的婴儿。大地都准备歇息了吧，只是银光一片，铺洒在楼房上，投射在楼房间的红砖地面上，无尽的安宁在偌大的空间铺展、氤氲，一切都那么舒适惬意，朦胧间还有虫妈妈在墙角边唱着"吱吱"的催眠曲。抬头，一轮圆月正悬在教学楼一角，发出清幽的光芒。

　　望着那轮圆圆的月，我恍惚：今天是农历十五吗？那么圆的月，那么纯净的光，那么清幽的云晕。屈指回忆，该是农历十八了。哦，十五的月亮十六圆，十八的月儿惹人思念。独自踱步在四方苍穹下，任由莹莹的月光洒在思绪里，任由思绪随着月光缥缈缠绵：在异乡之城，是否也是这轮圆月把温柔铺洒？一个多月前的中秋节，女儿第一次没在家里过中秋，我们把月饼寄去，可惜佳节路上繁忙，中秋当晚月饼都还在路上，思念也还在奔忙。在清亮的月光下，电话那头传来了女儿的声音，她说，她正在校园的操场上，与同乡们搞联谊活动，那轮皎洁的圆月透亮、洁白。望着头顶上的月儿，我仿佛看到月光正透过树梢，投射下斑驳的光芒，洒在那操场上，洒在一张张青春的脸上，那脸儿，时而模糊，时而清晰。

　　今晚饭后，刚给女儿打了电话，唠叨一通。女儿大学选的专业，可以说是从零开始，要完成的作业也多，一些作业还要重新制作，经常在凌晨后才睡下，早上起床总觉得头沉沉的。忧虑总是在心里，我只得叮嘱她：忙是好事，学习充实，但一定要科学安排时间，争取早睡，养足精神，保护好身体。女儿"嗯嗯"地回答着。这一刻，女儿该在宿舍里安静地学习？还是忙着社团里的工作？我不得而知，拿起手机，却又放下，嘿，不能老在她耳边唠叨呀。

慢慢踱着步，脚步声比月光还要温柔，生怕把地上那层薄薄的银色绸缎踩碎了。"明月几时有？把酒问青天。不知天上宫阙，今夕是何年……"我不由轻吟起宋代苏轼的《水调歌头·明月几时有》。此刻，还真该有一壶小酒，席地而坐，举杯邀月，轻酌两口，把月光的柔情和着小酒的醇香，在唇齿间发酵，在五脏六腑里回旋，在脑海上升腾，缓缓，如天地间缈缈之银纱，不着踪迹，却沁人心脾。恍惚中，我仿佛置身于如诗如幻的仙境里了。

一觉醒来，风还是那样恰到好处，阳光还是那么笑意盈盈，晨运、早餐、下班辅导，早上9点多，我打开微信，发现女儿的头像那里有未看信息。忙点开，是一张图片：两幢高耸的宿舍灯火通明，夜空中蒙蒙的灰夹着淡淡的蓝，一个小圆月正悬在宿舍楼的上方，那四射的光芒和宿舍的灯光交相辉映。图片一定是站在宿舍的底层边拍摄的，下面还有一条信息：我现在刚回宿舍。再看信息显示的时间是：昨天22点46分。我的心瞬间柔软：傻姑娘，一定是想告诉我们，今晚又不能早睡啦。对呀，回到宿舍还要忙着冲凉、洗衣服，也许还有未完成的功课……可惜当晚我没有及时看到，不能及时回应。凝视着图片中的圆月，这也是我昨晚在校园中看到的那轮，它的光芒曾温柔地铺洒在我的身上，闪亮了我的眼眸与思绪，它也安详地铺洒在晚归的女儿身上，照亮了她脚下的脚步。

歉意在心中涌起，我忙着回复：昨晚睡前没看微信，对不起。欣儿，昨晚的月亮很大很圆，一定照亮了你回宿舍的路，银光洒在你的身上，温柔地抚摸着你的疲惫。还好，所有的宿舍都还在奋斗中，月亮都会温柔以待。

　　此刻，女儿一定在课室里上课，她还记得昨晚的月光吗？稍顿，我再发去一句看过的早安物语：我会一直坚持，直到与梦想相遇！

　　权且就让我和女儿共同鼓励吧！"但愿人长久，千里共婵娟。"今晚，那轮皎洁的月光，也会那么幸福地铺洒吧。

　　（此文发表于《阳江日报》2019年11月5日文化·百花园·地方版）

芳草萋萋忆祖母

好雨知时节，清明乃缠绵。雨，淅淅沥沥，绵绵延延，一下就是好些天，就像慵睡的午后，睁不开蓬松的眼。天空深沉了，树木静默着，芳草飘摇，听不见叽叽喳喳的鸟鸣，早些天跳跃着金光的绿叶一律换上了湿漉漉的容装，宛如一个个伤感的人儿，伫立风中，思悠悠往事。街道上的车辆迟缓了步伐，一切都变得沉重，一切都变得柔软。

沉沉的是心底挥之不去的悼念，柔软的是脑海中关于祖母的一些记忆，经过了这雨的清洗，又变得格外清晰、鲜活。

小时候乘凉时，摇着蒲扇的祖母断断续续地唠叨过：因着贫穷，她从小被送去做养女，10余岁就嫁给了我爷爷，生下八九个儿女，却只养活了排行第三的我父亲和四叔，四叔刚成家，祖父也撒手而去。

生活如何艰辛我想象不出，祖母失去至亲骨肉如何撕心裂肺我也不知，听不出她的哀伤或是抱怨。

祖母很勤快。我还能想起对祖母最遥远的记忆，那时她已近古稀之年，这年岁在当时不用到生产队干活挣工分，只在家里拉扯我们几姐妹和四叔的儿女。虽然不用面朝黄土背朝天，顶烈日迎暴雨，但也并不轻松。堂姐妹们每两个都是同年出生，父母、四叔四婶去干活了，祖母就得连腋窝都当手用了。依稀记得，祖母背上一个，胸前一个，用背带绑着一个，吊在四叔家大门的门闩上，还忙着浆洗弟妹们尿湿的裤子，忙着弄吃的给屁孩们吃，忙着家务活……

虽不参加生产队活动，但也不闲着，祖母开垦了陇地斜坡上的一块地，种上花生、杂粮、蔬菜，一年四季都有收成，经常有蔬菜给我们垫肚皮。夏季，祖母还会做凉粉卖，买凉粉草、制作凉粉、挑担叫卖等活儿，都是她一个人完成。有一次，我跟祖母睡，朦胧中听见她在四婶家的柴灶前忙碌着，烧火声、舀水声、揭锅盖声……仿佛是梦中的催眠曲。一觉醒来，天刚麻麻亮，开门走出巷道，只见祖母晃着两只空桶刚回来，巷口的三伯婆问她："卖完凉粉了？""卖完了。家里还有一点，盛碗给你咯。"

祖母是个有点能耐的农村阿婆，乡亲们都敬重她。祖母会艾灸，会懂点红白事的"章法"，大字不识一个的祖母究竟是怎么学会艾灸的，我从没深究。当时医疗条件差，哪家小孩、妇女遇上个头痛感冒呕吐之类的事儿，会急着找她，她就马上放下手头的活计，拿起那个掉了漆的铁盒子，赶去给人做艾灸。问清楚了状况，她就打开盒子拿出里面研磨得细嫩的艾绒，放在手心里来回搓动，搓成粗细长短不同的艾条，人家早已点着了灯火，她就一手拿着艾条点燃了，逐一往病人身上不同的穴位点按，病人痛得颤抖、大叫，折腾一番，出一身大汗，慢慢缓和过来。有的当日就好了，有的还要再艾灸一两次。记忆中，我小时候只有一次发高烧去看过医生，其他的什么小病痛都是祖母料理的。艾条烫着头顶、额头、手肘、指尖、脚尖等等，炙热即刻通过肌肤穿透神经，全身都热了起来，那种尖叫的痛后舒适，让我对既臭又香的艾火味儿，既讨厌又喜爱。

祖母还会给即将出嫁的姑娘"清花园"。我们家乡有个习俗，选出好日子，待嫁的姑娘是要拜祭祖先和四方仙人的，以求保佑她出嫁后夫妻和睦、家庭兴旺等等。祖母是操持这方面的能手，我们村子和邻村的，这事常找祖母。祖母一般下午去忙活，晚饭后回家来，就能带回一些笨拙的猪形的、狗形的米粉馍，虽然没有馅料，但平平淡淡的味道却能解我们的馋嘴儿，再拿去分给伙伴们吃，那感觉得意着呢。

祖母也是善人。别人卖凉粉一碗 1 毛钱，她就只卖 5 分，还浇特别多的糖水，算是半卖半送，这也是她的凉粉天未亮就被抢购一空的缘故吧。

有人劝她，你学别人那样慢慢卖，5分钱还不够糖水钱呢，弄不好自己亏本。祖母朗朗一笑，道："哎，什么赚不赚的，大家当吃碗凉水，给小孩子消消暑热。"

乡亲们找她下艾灸，她也是象征性地只收个一角几毛钱，把多余的硬塞回人家。

"比父母更爱你的是你的祖父母。"不知谁说过这样的话，我是真真切切体会到了。虽然祖母的孙子孙女多，可我感觉到她的爱一点也不少。从我懂事起，我家和四叔家就分开过日子了，祖母一个人过。因为祖母隔三岔五帮乡亲们做些事，赚点小费，她裤兜里总能揣着卷成圆筒的纸币，虽然是几元几角的，但在那物资匮乏年代的农村，算是口袋里有钱的了，不像那些劳作不了的婆婆们只依靠着儿女过日子。所以祖母是很有自主权的，晚年生活相对其他人来说，还是饿不着的、能穿暖的。她每晚都吃大米饭，经常有猪肉，有时候早餐也会煮饭吃，甚至还会帮补些给父亲和四叔。人家酬谢她的一些咸鱼、肉、米或是杂粮之类的，必是分开两份，我家和四叔家平均，给儿子孙辈们解馋。

俗话说，人老珠黄。可我祖母的眼珠格外不同，特别黝黑，特别闪烁。我有点黏祖母，晚上乘凉时，总是伏在她腿上，听她和别的婆婆谈家长里短，说人情道德，跟她学唱儿歌。她喜欢唤我"猪姆飙"，乍一听让人不舒服，可那是祖母的昵称，后来她叫顺口了，反而有点受宠的味道。

我小学毕业那年，父亲决定让我在家帮忙干活，要不就去打工赚钱，我心里是不愿意的。新生注册的前一天，祖母坐在我家的客厅，从裤子前兜里摸出一卷纸币，递给我，说："拿去交学费吧，喜欢读书就好好读，将来嫁个好夫家。"我惊喜地望着祖母，她那双黑眼珠盈着光，照得屋子亮堂堂的。

初中的学校宿舍不够，我们每天骑自行车上学，早上6点多就要赶到学校，晚上自修后回家。那段时间，祖母总是早上5点多就煮好饭菜，持着手电筒到我家唤醒我，和我的堂哥一起吃早饭。那白白的米饭，拌腻香腻香的咸鱼蒸五花肉，吃得满嘴满牙都回味无穷。美味温暖了每一个黎明，氤氲在我们上学的路上。

可我初中还没毕业，祖母就患上腰椎骨节增生，日渐消瘦，看了很多医生都没办法。在我读师范一年级的那个寒假，病床上的祖母已说不出话。我摸着她干枯的手，望着她张开的嘴巴，戚然得只有点头，她一定是想嘱咐我要好好学习的。春节后我刚返学，祖母飘然仙逝，到了无病无痛的天堂。

以后的清明节，叩拜一个个祖坟，肃穆而辽远。来到祖母的坟墓前，我感觉特别明朗亲切，点一炷香，奉上饭酒肉，烧点纸钱，眼前的坟茔里是我祖母，是疼我爱我护我的祖母。每一抔泥土，仿佛还冒着她的体温，每一棵小草，仿佛都是她的衣襟飘舞。祖母，咸鱼蒸五花肉还可口吗？天堂里，腰骨不会痛吧？

看过一篇文章，说人停止了呼吸，并不算完全离开这个世界，直到这个世间所有认识惦记他的人全部离世，才是真正意义的死去。

今年尚在疫期中的清明，雨滴轻敲窗门，我写下思念祖母的思绪。我知道，她从不曾离去，她的善、她的自强、她的爱、她的温暖，永远陪着我。

（此文发表于《阳江日报》2020 年 4 月 8 日文化·百花园·地方版）

外　婆

外婆老了，老得在医院里躺了个把月，就是不见好。

在我童年的记忆中，外婆就是一罐罐的海味干、一筐筐的稻谷和一箩箩的番薯……那时候，兄弟姐妹多，七八张口就靠父母两个劳动力在生产队赚工分，家里能吃的少得可怜。每到青黄不接时，母亲总要徒步几小时从平冈到埠场山外西村那个靠海的外婆家，挑回一担满满的美食，解救家里的困窘，给我们兄弟姐妹巴巴的眼光解解馋。遇上好时节，外婆还帮母亲多挑一担，赶到我家放下担挑，水也不喝一口，又马不停蹄乘夜色赶回那个遥远的家。每次母亲从外婆家回来，我们都雀跃得很，围着挑回的担子看着、叫着，有又香又甜的髻簪螺干、肥得流油的扁鳗干、松松软软的番薯，有时还会有咸香的虾仔酱……

扁鳗干，说是把煮熟的扁鳗晒干，其实根本就不干，因为它本身就肥得很，太阳暴晒后那油腻不仅晒不干，反而还凝结了一层厚重的醇香。我揣着一个个扁鳗干，分送给伙伴们。把扁鳗干放进嘴里咬一口，甜甜的海味直透口腔，醇香的油腻味儿在舌尖打转。听着伙伴们"啧啧啧"的赞叹声，那个美呀，直透心底，我感觉自豪极了：我有个好外婆，经常给我们送来这小山村没有的美味！至于这些可口的海味怎么弄来的，怎么制作的，我却从不过问，也不多想，只是觉得外婆那里就是一片有着丰富资源的海洋，我能想到的她有，想不到的她也有，好神的外婆！

少年的记忆里，外婆就是一张舒适的床，一把咯吱的大蒲扇。那年暑假，家里的农活一忙完，母亲就打发我到外婆家帮忙干活，因为外婆忙活着十几亩的稻田还有很多旱地，遇上天公不作美的时节，还要排队用戽斗汲水，所以外婆家夏季的农活通常要忙活很久，我只记得好像要忙完那宝贵的假期。每天起床，早有温热的稀饭、番薯摆上桌，吃饱肚子后，能干活的都往田头地里赶。外婆、舅妈和二舅妈往往挑着重重的担子，而我则轻装上阵，大摇大摆甩在后面。夏日炎炎，稻田里没有一丝风，空气仿佛凝结了，沙坡上的树枝缄默着，喘不过气来。外婆她们脸朝黄土背朝天，一直忙活着，唯独照顾我，让我时不时到树荫下歇歇。

晚上，终于轮到外婆家汲水了。外婆家稻田土坡高，把水引上去要经过几道高高的沟坎。记得那沟坎已没过我的胸口，每汲一戽斗水上去都很艰难。乡村的夏夜格外清亮，星星在天空中璀璨着，虫鸣蛙叫，水声啪啪，偶尔几丝微风送来间歇的凉爽。好不容易汲水完毕，趔趄赶回外婆家，我的双眼早已睁不开了。简单地洗擦一下，我就往外婆那张方大床上倒。三个表妹都挤在外婆的床上，所以我们清一色都是头朝外，横着睡。虽是夜间，但空气燥热得连蚊子都"嗡嗡嗡"地狂叫不停，疲惫的我却顾不上满身大汗，倒头呼呼大睡。夜间，好像被挤着，转过身来，感觉一阵阵凉爽在头顶轻轻飘拂，伴着轻微的"吱吱"声。模糊中，只见外婆摇着蒲扇扇着风，给我们赶走炎热，驱走蚊子。那轻柔的姿势恍若在梦中，却又是那么清晰可感，烙印脑海。

青年的记忆中，外婆就是一场得体的酒宴。那个冬季，北风呼呼的日子，哥哥的结婚酒宴请来了全村子的乡亲，几十桌的酒席在家里、巷道、空地上，一一摆开了喜悦闹腾。同事好友来了，三姑六婆来了，久不相见的舅婆也被搀扶着来了，备礼、接嫁、迎亲、嘘寒问暖、安排座席……未经大事的母亲忙得像无头苍蝇，晕头转向，搽拭着药油坐在房里喘粗气。千盼万盼，外婆终于赶来了，她瘦小的身子端坐在客厅上，满是皱纹的脸扬着淡定沉稳的笑意，她请二伯婆端起酒肉去供神祖；吩咐父亲派发好一个个接亲的红头利是；叮嘱四叔请族里的老人上座；叫哥哥清点已到的亲朋好友，未到的逐一再请；要三姨一袋袋整理客人的好事糍粑；叫二舅帮忙看看厨师备菜情况……一切都那么有条不紊，一切都是那么喜气洋洋。一位位客人惬意而归，已是晚上 9 点多，外面寒风呼呼，屋内暖意氤氲，外婆合不拢嘴的脸在灯下闪着光芒。

　　如今，外婆蜷缩在病床上，一身宽大的病服裹得身子特别干瘦无力。听见有人探访，外婆树皮般的脸露出些许的笑意，眼睛刚睁开又眯成一条缝，她小手小脚已浮肿，仿佛触手可摸到皮肤里渗透出来的水渍。谈话间，外婆要方便，两三个人好不容易抱她一个来回，却又呕吐得厉害，把好不容易吞下的两勺粥吐了出来，医生又是一番忙乎。

　　我们和邻床病友攀谈起来，说起外婆 93 岁了，说起外婆年轻时候的倔强，说起外婆的皮肤白皙，说起外婆的勤劳能干……我们的话语不知不觉骄傲起来，声音越来越响亮。不觉间，外婆沉默无语了，闭着眼假寐着，不理会旁人的喧闹。许是刚才那番折腾，她心里又想到什么，许是我们的话语勾起她的情绪？我多么想能再用"步履蹒跚"来形容外婆，可是她却蜷在那里，就像初生婴儿般。一股悲怆忽地涌上心头：一些人一些事就随着时光过去了，所谓年轻，所谓能干，所谓懂礼数，都烙在岁月的脚印中，生命或许会渐行渐远，关于生活的煎熬，关于艰苦的珍惜，关于亲情的眷恋，关于每一个特定年代的外婆，或许会长久温暖着子孙们的记忆。

　　人的一生，是岁月的记录吧，是时代的酸甜苦辣吧，外婆也一样！

（发表于《阳江日报》2018 年 5 月 29 日文化·地方版）

手提包里的柚子叶

从老家返回城里的路上，手机响了，我习惯性地随手往手提包里掏。不承想，手机没抓到，反而一阵刺痛令我缩回了手，感觉被锐利的东西扎到了。我一惊，往包里一看，原来是一片柚子叶，不由莞尔一笑。

柚子叶油亮葱绿，叶面上还沾着水珠，短短的枝丫上连着几片，叶茎上还竖起尖尖的刺，刚才我的手就是被这些刺扎到的。这一定是刚才在老家时婆婆放进来的。

因着"柚子"与"有子"或"佑子"谐音，可以寄寓吉祥的意愿，在我们阳江，便把柚子叶看作祈福、驱邪、避秽、消毒的祥瑞之物，用柚子叶沾醋洒在屋里、人身上或四周，就会去秽辟邪，把一切背气和厄运赶走。

因着柚子叶的这一作用，婆婆在老家门口种了棵柚子树。柚子树不大，但枝叶繁茂。家婆是位普通的农村妇女，随着年岁渐老，疾病常折磨着她，经常是到医院补液几天，再回家休养些时日。许是方便采摘，许是心中祈求一家子平安的愿望愈强，每次从老家出门，她都把柚子叶洗干净，往我们的车子里放几片，也往我的手提包里放几片，才叮嘱我们平安出发。

刚开始，我嫌她麻烦，搞这么迷信的事情，但她却屡"骂"不改，依然如故。渐渐地，我见惯不怪了，毕竟，这只是她表达心愿的方式。随着年老体衰，可能感到很多事情她都无能为力了，唯有这样希望儿女、孙辈精神抖擞，祈求一家子平安吉祥、无灾无痛。让几片叶子在车子里新鲜着，再安放几片在包里，也不会损失什么，老人的心就会安稳舒坦，多睡会儿安稳觉，多点精神气，我又何必阻拦她呢。

于是，婆婆更是乐呵呵地忙着，渐渐地，我还仿佛闻到了叶子的甘香，淡淡的，是柚子叶不加修饰的香味，就如同婆婆对家人质朴纯净的爱意。

我坚持每到换上新的柚子叶，才得把干枯变色的叶子丢弃。每次打开包，看到柚子叶，家婆那纵横交错满是皱纹的脸就会浮现在我脑海，一颗心即使浮躁，也会渐渐平静。我告诫自己：要平安活着，做好工作，做好平凡的小事，使老人安心，使一家人简单地幸福着。

柚子叶就一直在我手提包里清香着，这平安幸福的信符，我珍爱！波澜不惊的生活，我向往！

（发表在《阳江日报》2017 年 7 月 18 日百花园版）

母亲·南瓜

　　夏风送来阵阵炙热，又夹带阵阵"哗啦啦"的凉爽，田地里的稻苗绿油油一片，忙着抽穗、灌浆，这样的季节，总会想起南瓜，想起母亲。

　　小时候的农村还是物资匮乏的年代，特别在青黄不接的农历三四月，能吃的特别少，家里的米呀、杂粮呀，总是一餐掰开两餐甚至更多餐来应付。

　　开春，母亲就忙着在那待建的屋地里栽下南瓜苗。那屋地在巷子中间，原来的泥砖屋在一个风雨飘摇的日子轰然倒下，父亲清理了那些碎瓦烂砖后，翻出了家里的全部积蓄，请人拉了几车石头堆在那里。父亲说，建屋材料需慢慢地备，就先攒石头打石基了。可是石头堆在那里也是伤脑筋的事，东家搬一块，西家挪一块，有的是借的，有的是没打招呼就抱走的……父亲是个极易求事的人，谁开口他都不忍心拒绝，母亲也不是泼辣的那种人，被偷了也只是眨巴几下，唠叨两句。那堆石头眼看着就少了。母亲无奈地松开石头堆缝隙里的泥，栽下南瓜，一来盼个收成，二来盼瓜苗护住珍贵的石头不被搬走。

　　也许是母亲挑的粪土肥，南瓜苗大口大口地吮吸着春风雨水，沿着石堆使劲地蔓延，南瓜叶像荷叶般又大又绿，密密麻麻地挨挤着，眨眼间，石头堆就成了一座绿色盎然的小山。

　　细雨绵绵中，南瓜开花了，黄黄的，点缀在一片黛绿中，煞是好看。

有的花蕾连着一个青绿的葫芦形小瓜胎，小瓜胎儿躲在石缝间，挂在蔓藤下，藏于茂叶中，不仔细看还以为只是一片绿，发现了才让人恍然地喜。而这样的小瓜是经不起大雨洗刷的，有时一场暴雨会把满藤蔓的小瓜打得七零八落。拾起满地的瓜儿，母亲的脸就像凋零的瓜花：唉，这老天的雨啊，咋就不歇几天下？然而生命总是倔强的，歇不了几天，又一批瓜儿露出了头。

母亲小心伺弄着，早晨，黄昏，从田里回来的间隙，她都会到瓜地去看看，给瓜花人工授粉，给瓜儿换个舒服的位置，给瓜根盖上肥。在母亲的悉心呵护下，"小葫芦"南瓜一个个比赛似的生长着，先是拳头大，再是碗口粗，接着是小孩的头儿大……瓜皮先是嫩绿，渐渐地抹上了一点黄，最后全身都黄了。这时摘下一个，沉甸甸的，抱起一个，也是沉甸甸的。我挑个最大的，拥在怀中，屁颠颠地跟在挑着满筐南瓜的母亲身后，分一个给三伯婆，抱一个给四婶，再抱一个给六姆，大老远送个去村里的寡佬……到家时已所剩无几了。一路上，我穿行在羡慕的目光中，沐浴在温暖的夕阳下，幸福溢满心间。

到家，把南瓜洗干净，连皮剖开，其肉是浓浓的金黄，连那瓜瓢也是灿灿的黄，瓜瓢中还藏着很多瓜子。母亲把瓜瓢、瓜子剖开，瓜肉切成块，烧热锅，把南瓜翻炒几下，下水煮熟，特有的香味氤氲在矮小的厨房中，钻出稀疏的青瓦，随着袅袅的炊烟升上空中，整个小村子浸染在南瓜香里。我们迫不及待地装上满满一碗，一边呵着热气一边往嘴里送，轻轻咬一口，香味直往鼻孔蹿进五肺六腑；慢慢嚼一下，软软的、糯糯的、甜甜的，让人回味无穷。瓜子则洗干净，晒干，晚上乘凉时悠闲地咀嚼几口，唇齿留香，让人回味无穷。

南瓜久藏还食之如新，陪伴我们度过了一个个清瘦的季节，那甜甜的香已充盈味觉，刻进骨子里。

今年的南瓜季，经过菜市场，忽见地边摆着几个南瓜，葫芦形的，是小时候母亲种的那种。"大姐，买南瓜吧，自己栽的，刚摘的，新鲜。"边上那中年妇女露出羞怯的笑。多么淳朴的笑容！恍惚间，仿佛又见母亲忙碌于南瓜地间，又见她把一个个南瓜送到邻居家。我毫不犹豫地买了两个，我要把母亲的味道久久地品尝，滋润越来越馋的乡愁。

（此文发表于《阳江日报》2016 年 6 月 26 日百花园版）

冬至的汤圆

寒意已浓，日子渐短，又是一年冬至临近，心期期然，又想吃母亲做的汤圆了。

小时候，日子简单，吃的也非常简单。小孩们常常是掰着手指数着日子，翘首期待节假日的来临，期盼节日的食物充盈馋馋的小嘴。冬日，刺骨的寒风羞涩了我们身上单薄的衣服，记忆中最先温暖我们姐妹兄弟的是冬至的汤圆。冬至吃汤圆是南方盛行的传统习俗，汤圆是一种用糯米粉制成的圆形甜品，意味着"团圆""圆满"。我的家乡也有冬至吃汤圆的习俗，且要用汤圆祭祖。

"家家捣米做汤圆，知是明朝冬至天。"每年冬至的前几天，母亲便备好糯米，一大早用水浸湿浸透，再到村中的碓坎前排队舂粉。舂粉往往要等上一个上午甚至大半天，家家户户都为过节忙着呢。那碓是一条粗木条制成，一头还装着个圆圆尖尖的石条，我们小孩没力气弄得动那重重的碓，就凑在一边看热闹，听着大婶们谈着农事论着节日说着笑话。在碓头的一起一落中，暖暖的节日气氛已碾得浓厚，屁孩们越发盼望了。可好吃的哪能一想就能到口呢，还得经过母亲搓粉，做成一颗颗圆粒子，再煮成汤圆。冬至的前一天晚上，忙完了所有的农活、家务，母亲便在桌子上放置结实的竹簸箕，倒入一堆糯米粉，小心地在粉中注入水，把粉往中间拨拢，来回搓动；再注一点水，拨拢，再搓。淡淡的灯光泛着暖暖的橙黄，摇曳着母亲满足的微笑。母亲的双手在白色的糯米粉间来回搓动，像曼妙的少女飘柔舞动着，把一堆粉搓成团，分成粉条。我和哥哥也七手八脚地帮忙切成圆粒。母亲说，早一晚搓好粉，做出来的汤圆会更有韧劲，嚼头更足。于是，我们忙得更起劲了，头发鼻子全成了白色。

一夜的美梦被厨房的声音吵醒，睁开蒙眬的眼，眼前还是一块黑布，一股香味透过冷冷的空气，溜进我饥饿的鼻孔。我一骨碌爬起床，跑进厨房，灶里的火正旺着呢，一粒粒的汤圆正在锅里闪着金光，甜甜的、渗着姜味的暖意氤氲在屋子里。母亲把一大锅汤圆分别装在两个盆里，大盆的摆上桌，给我们兄弟姐妹们吃，小盆的放好，留作祭祖用。我们迫不及待地装上一碗，轻沾一口水，喔，蔗糖的甜味儿伴着淡淡的姜辣味，甜而不腻，一口下肚，感觉整个身子就如旺旺的柴火，暖和起来；夹一粒汤圆入口，软软的滑滑的，嚼一口，韧韧的，满口牙都感觉柔软了。这甜甜的味儿滋润了我们的盼望，等待春节来临的日子便短了，短了。

时光荏苒，出嫁后，冬至再也没吃过母亲煮的汤圆。现在做汤圆，早不用人工春粉了，直接购买现成的。去年冬至，我从商场买了汤圆回来，煮好端上桌，女儿吃得津津有味。慢慢咀嚼着，我却一阵怅然，没有了炭火的味道，没有了早晚发酵的韧劲儿，而兄弟姐妹们围成一桌的热腾味儿，又去哪了呢？

见到母亲的时间总是非常少，母亲在电话那头唠叨着："现也没怎么做汤圆了，手硬了……"岁月的流逝磨砺着母亲的手，母亲满是茧子的双手，一到冬天，总是裂开笑脸，接受风雨的抚摸。母亲那双柔软的搓粉的巧手已成了我眼中朦胧的影子。冬又至，寒风又刺骨，我的心也随之疼痛起来。

（此文发表于《阳江日报》2015 年 12 月 22 日百花园版）

定格幸福的时光

春节回家过年，一直是萦绕在中国人心头中最热切的情结，在这样举家团圆的日子，拍张全家福留住时间流逝的美好回忆，是一种传统的庆祝方式。可老实巴交的我家，每年都是忙碌着宰鸡杀鹅，张罗着平凡的幸福，没有这个美好的习惯。2008年春节前，丈夫早早准备好了相机，要在春节里照张全家福。

可天意弄人，2008年年初，席卷大半个中国的雨雪冰灾，把许多急着回家过年的人眼巴巴地困在火车站里、结冰的路上，电视上的新闻画面揪紧了我们的心。电话那头断断续续，大哥、小弟正赶着工程，要年廿九才能踏上归程。腿脚不便的小妹还在惠州，工厂接了大批订单，加班加点也要年廿八才放假。等儿回家团圆的热切被冰雪一点点冻结，父亲紧握着旱烟筒，吧嗒吧嗒地抽个不停，吐出的烟雾一圈一圈地缭绕在他眉头深锁的目光里；母亲辗转难眠，早早地起床，无力地呼唤那群大肥鸡，一不小心一勺谷"啪"的一声掉下地，惹得鸡群争抢，恍惚间，那争食的鸡群仿若她的儿女们，围拢在她身旁。

等待在焦虑中漫长着，于是叮咛在风雨中长翅膀。终于在年廿九的寒夜，小妹到家了，大哥、小弟也敲开了家门，阴霾一下子消散，喜滋滋的年味爬上父母的脸。当天，寒风依然刺骨，可心却是热烘烘的，我们兄弟姐妹相约到父母家团聚，虽然大姐因病不能来，但一家人热热闹闹的气氛仍在，摆上两桌，喝着小酒，品着佳肴，谈家长里短，谈一年的收成，谈新年的设想，谈小孩成长的喜悦。一年来，父母身体无恙，还打理着一亩三分的薄田；大哥承包了一家较大型商铺的装饰工程，小弟全心全意辅助他；小妹的工厂利润大幅提升，她的工资也水涨船高；我的教学工作踏踏实实，小弟的儿子在年中呱呱坠地，胖胖的脸蛋像镶上了两个红苹果……纷繁被酒香过滤得纯净，满屋子升腾着融融的暖意。

酒足饭饱，我们聚到二楼的客厅，大家排成两排，丈夫拿出借来的相机，"咔嚓"定格了一家子笑意灿烂的一刻。父母只在办证件时照过相，但全家福里，他们的笑脸却如三月的桃花，静对春风，那是发自内心的喜悦，那是一个凡夫的满足，那有关于父慈子孝、关于天伦之乐的故事在氤氲。

（此文发表于《阳江日报》2016 年 2 月 7 日生活版）

母亲的葱油粥

雨丝夹着北风悄悄地笼罩天空，潜入大地，南方冷湿的空气扑面而来。跺脚取暖之时，同事们又馋起了火锅，谈到那热腾腾的汤与肉，真让人全身烘热、口水直流，我的记忆也不由自主地回到儿时绵绵阴雨天滚烫的葱油粥里。

那时缺衣少食，天寒地冻也不过几件薄薄的单衣包裹着身子，脚穿松垮的破旧粗布袜子，套上粗布鞋，寒风总是能全方位刺激着我们的肌肤，嘴里呼出来的白雾熏得脸儿红扑扑的、鼻尖红通通的。阳光灿烂的日子，老人们总是选择向南避风的地儿晒太阳，小屁孩们则会玩各种各样的游戏，奔跑、跳跃、挤人渣等等，一动起来，身子就暖和了，僵硬的手指也舒展开来，刺骨的风儿也仿佛没有那么凶狠，日子便没有那么难熬。遇上天寒雨冻的日子，外面大巷小巷到处是水与泥，大人不准小孩出门在水里泥浆里疯闹。没伴儿玩了，只能乖乖待在屋子里，有时候待在厨房，靠近灶里的火或者余炭取暖，有时候钻进被窝。上学时，那个哆嗦总是很难排解，风灌进脖子，钻进脚丫，在脸颊打转，小手始终缩在口袋里不想抽出。

天气一冷，人就更容易饥饿，人一饥饿，就更觉得冷。那时我们除了节日，一年四季早上、中午两顿都是稀拉的白粥，一大早，母亲就一大锅煮好了，早上的装两大盆，中午的装两大盆，用竹盖子盖好。夏季还好，中午喝着粥，咕噜几下肚子饱了，且解渴爽口得很。只是寒冬时节，那几盆粥母亲虽然盖在锅里，但每到中午，早已冰冻，张嘴喝一口都得冻坏大牙，难以吞咽。我们常要把粥热一热，再呼啦着吞下肚子。这时候，我非常盼望母亲能变着花样，给我们弄出有点"特质"的食物。巧妇难为无米之炊，母亲的目光带着些许的愧疚，她弄出了热气腾腾的葱油粥，足以温暖我们的馋嘴。

母亲的葱油粥非常简单，在菜园里扯两把葱，洗干净，剁成小段备用。母亲把大锅洗刷两遍，我便往灶膛里塞进稻草打火。稻草在灶膛里"噼噼啪啪"地烧得旺，大锅"嗞嗞"地唱得热腾，母亲挥动锅铲在锅里"咔嚓"铲两下，把锅里的水弄干，拿起油瓶倒油下锅，那金黄色的花生油在空中画出一道亮丽的弧线，倒进锅里"吱吱吱"地脆响，母亲的脸被映得镀上一层金黄的光泽。她用锅铲把热油捞起、铺开，均匀铺展在锅底中央，下点盐，把葱段倒进锅里，随意翻两下，就把一大盆粥倒进锅，小心地搅拌，让锅里的油、葱与粥尽量均匀融合，浓浓的油香混着淡淡的葱香，在窄小的泥瓦厨房里氤氲，我感觉我的身子已经热腾得充满了香味。连续往灶膛里塞几把稻草，粥就在锅里唱歌了。这时，母亲又把粥装进盆里，端往那张四方饭桌。

那盆葱油粥缭绕着热气，仿佛发出耀眼的光环，吸引我们迫不及待地靠近、装碗。我先往碗里呵几口气，再慢慢地喝一小口，品一下，平日白粥拌盐的咸味，加上了花生油的香，混上了葱的香味，神奇般变得嚼头十足，美味无比，一股股香直往鼻孔里钻，在舌尖打转。一口葱油粥下肚，身子热了，小手暖了，冰冻的脚丫也好像有了温度。

冷雨"滴滴答答"地下，蹦跳在天井上，像跳着轻柔的舞蹈；打在瓦面上，像唱一首欢畅的歌儿；沿着屋檐落下，在门前拉起了一道雨帘，悠闲而不寂寥。我们一口一口地喝着，一碗又一碗，直吃得鼻水横流。

假日的清晨，雨丝斜挂，阴气袭人，我煮了花生牛肉瑶柱粥，放上一把葱末，静等女儿起床。接近中午，女儿才懒洋洋地坐到餐桌前，吃了一碗，便不肯再盛了。我慢慢品尝着，那粥里肉的腻香、瑶柱的鲜甜以及扑鼻的葱香，怎是一碗葱油粥可比？可生长在幸福岁月的女儿，却好像尝不到其中的甘美，哪里能找到我们当时狼吞虎咽的影子？也许经历过生活的苦，才会更加珍惜今天的美好与幸福吧。眼前碗里的葱与几十年前碗里的葱已完全不同，今天的仅仅是调味，以前的却是主料，它们的味道与作用截然不同，今天的可有可无，之前的是我们眼中的珍宝。

母亲的葱油粥，是特有的美味，那一圈圈青绿的葱段，是岁月的味道，那一点点漂浮在粥面上的油迹映着母亲的脸，是简单的满足，滋养五脏六腑的，是母亲质朴而深沉的爱。

（此文发表于《阳江日报》2021年3月25日百花园·文化版）

牛年，就是那旺旺的红火

大年初四是小侄女的生日，嫂子和外甥女她们约好了：要趁着春光正好，花儿正香，重温儿时野外撒欢的乐趣，找一块地，垒一个窑，焗几只鸡以及番薯，吃一口焦黄焦黄的番薯，大口扒扯熏染泥土芳香的泥焗鸡。

初四的阳光明媚妖艳，下午，兄弟姐妹们从各地赶回了老家，孩子们在屋里屋外蹦来蹦去，自家养的那群鸡在小巷子里"咯咯咯"地唱着歌，大家很快按分工干事儿：大哥小弟带领孩子们到野外找泥块，父母抓来了三只恰好的母鸡，煲水杀鸡，弟媳则把要焗的食物洗干净调料包好。

垒窑可是个"大工程"，"垒窑队"循村子四周找了个遍，才在村道口的番薯地里找到了泥块，一箩筐一箩筐地运回来，在菜园边的田野上弄整一块地。古稀之年的父亲是老泥水匠，也屁颠颠地挤过来，他一手扶着垒得半高的窑，一手拿着泥块儿往上边小心翼翼地放好，嘴里念叨着垒窑和砌墙的原理。

夕阳的余晖洒满田野，犹如融化的黄油，红红的火旺起来了，在窑里透过泥块缝儿往外窜，惹得心底的期待一阵阵地往上撩。孩子们沐浴着阳光，时而在田野里追逐打闹，时而围着烧火的窑子转转，时而瞅瞅那堆备好的食料……

天地拉下了厚厚的黑布，东风徐徐，送来一阵阵惬意，火星子在夜色中跳起快乐的舞蹈，红红的泥块儿透着黑，我们七手八脚地把食料往泥窑里投，把泥块敲成粉儿，盖得严严实实的。孩子们在空地上玩起烟花，可爱的笑脸随着烟花的开开落落而闪烁，一会儿是淡淡的雅紫缭绕，一会儿是缤纷的彩色铺展，一会儿又是彤彤的红映照夜空。

喷香的鸡与小食终于摆上了桌，把锡纸一层层剖开，终于露出一块微焦黄的鸡皮。"哇……""耶……""啊……"惊叹声、欢叫声在灯光下回响，大家戴好手套，迫不及待地扯起鸡块往嘴里送。"嗯嗯，真香!"小侄女奶声奶气的声音好像喷出了鸡的香味。

父亲没有跟小辈们一起等起窑，早在家里嘀咕起了 8 两白干酒。此刻，他酒罢饭足，坐在沙发上，悠闲地哼起了只有他自己才懂的无字曲，为我们的狼吞虎咽助兴。一会儿，父亲念起他作的挂在墙上的歌儿："徐玉萍呀徐玉萍，为何脑筋这样灵？刻苦专心勤学习，才有广东第一名。"念罢，教导孙儿们说："换姐上了大学，友哥上了大学，欣姐也上了大学，这些表姐表哥为你们树立了好榜样，沅记、康记、珊妹，你们都要像徐玉萍那样努力学习，争取考上好大学。"孩子们一边啃着美味一边点头。

"东方红，太阳升……"父亲耸耸鼻子，张嘴又唱起了《东方红》。唱罢，瞪大眼睛，一本正经地对我们说："没有毛泽东，没有共产党，就没有新中国。毛泽东是最英明的人，共产党是全天下最伟大的党，当年中国水深火热、一穷二白，是他们带领人民浴血奋战、艰苦奋斗，才有今天的幸福，你们今生今世都不能忘，要牢记党的恩情，要永远感恩共产党，要努力拼搏，争取生活越来越美好!"

"喝得醉醺醺又开始唠叨了，你让人清净一会儿。"父亲一喝酒就话不完，母亲早已习惯，还是忍不住劝他。

父亲朝着母亲眯了眯眼，嘴角抽了下，半白的胡须好像也跟着颤动："哼，我高兴，今年酒特别多，儿子买了，女儿买了，侄子带回了香港的，邻居阿焕也送来了洋酒，都是好酒，要喝很久呢……"母亲佯怒地抿嘴，我们都笑了：对，高兴就让他尽欢，父亲挨过饥寒交迫的童年，为儿女为生活一生劳碌忧虑，眼看着儿子们勤奋工作，精益求精，装修店铺的生意越来越红火，孙子们刻苦学习，力争上游，心底的欣慰与喜悦早就不是几两白酒激荡起来的！

大家饱得打嗝，父亲招呼孙子们靠近他，拿出《敖氏宗谱》的誊抄本，讲述祖先的故事："我们的子孙要一代代传承下去，我是阳江敖氏十七世孙……"

看着一个个浑圆的脑袋围绕在头发半白的父亲身旁，专注地倾听着，一阵阵温暖在心头涌起，在客厅里氤氲，就如烧窑那般旺旺的火！

（写于 2021 年 2 月）

第二辑 **岁月绵长**

Chapter
2

喜　年

　　童年的寒假是最惹人期盼的欢喜，其间有无忧无虑的山村孩子的游戏，有筹备过年的满心期待。闹腾喜庆的年，有锣鼓喧天的雄狮舞年，还有你来我往的亲戚拜年，日子跨越一年时光深处和新春伊始，忙碌的事儿很多，幸福的记忆满溢，每每在这样的冬日想起，总有暖意流淌。

　　寒假到来，往往已到农历腊月十几，年的脚步也随着呼呼北风悄然而近。大人们这时节是闲不下来的，忙着赚个小钱过大年呢。父母早出晚归给人家造屋做泥水工，筹备过年的大堆活儿，能在早晚上做的就早晚赶了，不能早晚赶的活儿就落在我们兄弟姐妹肩上。因着缭绕在小村子里浓浓的欢喜年味吧，寒冷的冬日忙着各种活，倒也不觉得累，一股兴奋劲儿总热乎着单薄的身子。

　　记忆中历经时间最长的活儿就是放养"年晚仔"了。所谓年晚仔，就是我们农村人专门为准备过年宰吃的鹅。小村里的习俗，春节要从除夕一直吃白米饭到年初七，一家老少几张口至少要宰几只鹅和几只大肥鸡。那时候家境贫困，一只鹅往往要上百元，好不容易攒下来的几个钱是舍不得花来买多余的鹅的。况且，掏钱买的鹅哪有自己养的吃得那么舒心美味呢。于是家家户户差不多都自养十来只鹅，一来自家可以大方宰吃，二来可以送亲朋好友。寒假时，年晚仔正是抢食的阶段，"鹅、鹅、鹅"的仰颈长鸣随时可以冲破围篱。于是，天还没亮，便要把它们从屋角转移到小巷子里，放下一盆水，摆下一盆半饱满的稻谷，任它们哄抢一番后，再赶到池塘里泡个澡。年晚仔在水里拍打嬉戏，我和小伙伴们便在岸边玩游戏，跳梯、捉俘虏……鹅儿们在池塘里引吭高歌，我们的笑声在岸边荡漾。但这欢乐是有所牵挂的，因水中那么多的鹅，它们也是不甘寂寞的主，广交朋友，玩儿嬉戏，东家和西家的鹅群混在一起是常有的事，那又要费一番工夫辨认了，辨认不好的回家还得遭骂或有家长的棍棒伺候。所以，我们的游戏便很短暂间歇，时常要抽空隙看管鹅大爷们。只有下午把它们赶往田野里，让它们乖乖地吃草或睡个懒洋洋的午觉的时候，才是我们最无忧无虑的放肆时光。秋收过后，勤劳的乡亲把田地进行泥土深翻，我们家乡人叫作"犁晒霜"。整块整块的泥块翻过来泊在田野里，经冬阳暴晒和寒风吹袭，早已硬得邦邦响。我们就在这一块块的"泥泊"上奔跑、比赛、捉人，踩着泥泊从这边田基跑到那边田基，喊叫和着寒风，欢笑响彻云霄，那无边的欢乐就消融在大大小小的泥泊上。

年末大扫除是板上钉钉的大事儿，这可须母亲做总指挥兼执行官，我们做士兵的大阵仗。厨房里的柴火、一年烟囱冒出的滚滚烟火已把家里的每个角落熏得乌漆墨黑，屋顶墙角的蜘蛛网旧的一层破了又盖上新的一层，早就寂寞难耐了。大扫除的当天，母亲早早把我们赶起床，用薄胶衣、破布等盖住家里的所有东西，戴上草帽，就开始扫屋尘。特制的长扫把扫完里间扫客厅，扫完客厅扫走廊，扫完走廊扫厨房，随着一阵灰烟弥漫的大战，屋子里霎时敞亮了。接下来就要收拾洗刷家具和洗浆棉被蚊帐等衣物了，我是最喜欢去洗被子蚊帐的了。这时绕着村子而过的水利已放水，浑浊的水漂流两天就清澈见底了，是漂洗的最佳时间。赶到水利边，村子里的姑娘媳妇们早已各自占好了位置，岸上高的桶、圆的盆，横七竖八地摆放着，搓洗衣服的、赤脚卷起裤腿浸在水中漂洗的、洗发的、两个人儿对扭衣被的……忙得不亦乐乎。缓缓流淌的水漂浮着大红花被、洁白蚊帐、多彩多姿的衣服，还有沉沉的草席，一条色彩斑斓的河流闹腾了，欢乐了。我好不容易在窄窄的桥上找了个位置，吊上两桶水，撒下洗衣粉浸泡，忽然为了闪让过桥的人，一脚踩下桥，"啪"的一声掉水里了。呵呵，这下好了，整个人都浸在水里"大扫除"了，一阵刺骨漫延全身，好在水不深，上岸跑回家换身干衣服，再跑去水利边，心还是热乎乎的。

大扫除完毕，母亲就忙着张罗筹备打粉酥（炒米饼）、做煎糍、炸酥角等活儿了。那时不同今日，所有的糕点都是自家制作。打粉酥可是大工程，程序繁杂、细致讲究。先淘米、晾干，炒成焦黄，磨成粉，备好箩筐、陈旧的铁质洗脸盆、木炭、稻草等烘焙的器具，再备好糖胶、肥猪肉、花生碎、椰丝、芝麻、白糖等混合的饼馅，母亲就带着我和哥哥打粉酥。母亲和粉、装模，我和哥哥压实刮滑，敲开，放竹筛上烘焙。在炭火烘焙下，炒米饼特有的香味儿直往上蹿，我们的衣服香了，饭桌香了，橱柜香了，祖先堂香了，瓦片也香了。刚烘焙好的粉酥脆香可口，酥软暖胃，放置在瓦罐里直到春耕后还年味浓烈。

大年三十是最忙碌的，一大早，父亲就给我们分好工，拆除旧春联，贴上红艳的新联，杀鸡宰鹅……大人小孩都忙得不亦乐乎。团年饭后，马上到我们小孩期盼已久的时刻了。我们乖乖待在家里，看父亲饮完碗里最后一滴酒，把高出碗口半圆的米饭扒下肚子，母亲收拾好碗具，拿出用红纸包好的压岁钱。父亲的眼睛睁得老圆，看着我们兄妹，说："又长一岁了，要懂事，勤勤帮手做工！""嗯！"接过红纸包，喜悦在心中涌起，庄重也在心中升腾，两块五毛的，都是一年的记忆，都是成长的印记！

"爆竹声中一岁除，春风送暖入屠苏。千门万户曈曈日，总把新桃换旧符。"大年初一，是最闲适的一天，父母不派任务，不用干活儿，美梦被响亮的爆竹声惊醒，爬起床吃了一年罕有的早上白米饭，便揣上压岁钱，呼朋唤友往圩镇赶。这天镇上的精彩多着呢，有掷铁圈的，有钓鱼的，精巧八怪的玩具吸引着一圈一圈的人儿。铁圈是要掷的，鱼也要钓一次，碰巧钓上个可心的玩具，那欣喜可不能用言语表达；玛仔也是要吃一碗的，蹲在那猪肠碌小店的长凳上，叫上三毛五毛的猪肠碌外加一点辣椒酱，那感觉美妙极了，仿佛成了一位腰缠万贯的大款。待到口袋里的钱折腾得差不多了，就心满意足地往家赶。

鞭炮声声，锣鼓阵阵，舞狮队在晒谷场摆开了阵势，观看的大人小孩里三层外三层，舞狮队一个节目一个节目地表演，舞棍、对打、叠狮等。暖暖的太阳照在晒谷场上，在金黄的舞狮上闪着欢庆的光芒，照在大人们满意的脸上，闪烁在孩子们纯真的眼睛里，舞出喜悦欢腾，舞出一年的旺气，舞出一年的平安。随后，舞狮要拜屋贺岁，挨家挨户在凑钱的人家门口欢舞，这个时候是要放上鞭炮以示吉利的，主人家放完鞭炮，舞狮才能离开到下一家。记得那个七彩的狮子头在我家门口上蹿下跳舞腾了很久，母亲一个劲催促父亲放鞭炮，但父亲却瞪圆了眼，薄薄的嘴唇上下翻动着酒气，说："嘿哟，舞久一点，家就旺久一点，急什么？再旺一阵！"

间隔还会有握着"鲤鱼"来贺岁的，一边晃动手中的纸扎鲤鱼，一边念念有词："鲤鱼来，鲤鱼来，一来添丁二发财，鲤鱼旭（动）一旭（动），银纸堆媚（满）屋，鲤鱼摆一摆，银纸任你拐（抱）……"村里的小孩都停止了游戏，屁颠颠在这条"鲤鱼"后跟着去"拐银纸"。

年初二始，亲戚间便开始往来拜年了，大人小孩把屋子挤得暖暖的。抓一把脆香的瓜子，剖一个清甜的柑橘，尝尝舅娘做的煎糍，咬一口三姨做的酥角，嚼嚼大姑带来的炒米饼，幸福就在心间流淌。我喜欢倚在母亲身边，听长辈们拉着家长里短，去年的丰收、新春的生计、小孩的成长、老人的身子骨……一桩桩，一件件，大事小务，无所不谈。时光清浅，岁月悠长，亲情就在一言一语中氤氲生长，爱在盈盈暖意中交融。

大年初七一过，大人们便又开始忙着开春了，新学期也即将开始，幸福的期盼便化作踏实的劳作，一个喜庆吉祥的年转眼过去，那浓浓的年味却长久温暖心头！

（此文发表于《阳江日报》2019 年 2 月 2 日文化·百花园版）

一犁新雨破春耕

因为当前疫情，很多人惋惜今年的春没能踏足野外，没能不设防地亲近大自然，闻闻那醉人的花香。在朋友圈、公众号里最多的关于春的讯息，是那一朵朵娇艳的花儿，而我的脑海里，土地忙活的情景总是春日里最鲜活的画面。

"微雨众卉新，一雷惊蛰始。田家几日闲，耕种从此起。"唐代诗人韦应物的《观田家》，描绘了农家春耕的无限生机和繁忙，只是在我的印象中，乡亲们的春耕远早于惊蛰。

那时候，春节间热闹的拜亲访友一过，村子里便闲不住了，大家开始谋划农事，修理农具，积肥、挖沟等是要提前做好的。"要得稻谷收，就要勤理沟"，田地的草儿还在休眠，乡亲们已准备修沟渠、整田基。这时田地一般还干旱，干起活来比较方便牢靠，沟渠经过了一年的水浸、冲击和人牛的踩踏，有的已破损，有的坍塌了，导致沟渠囤水少，需要加固、修整、扩宽，才有利于稻田灌溉；有些田基，也要把横生的杂草修除。沟渠是乡亲们齐心协力一起弄好的，田基一般则是各自为政，个人负责整理好自己的责任田。几天忙活，田间小道踏实爽朗利索了，看起来像是整装待发的士兵，更显精神抖擞。

"春雷响，万物长"，春雨霏霏，东风柔柔，草儿钻出了地面，喜洋洋露出了脸。先是广袤土地上的点点绿，旋儿茂密起来，浓绿一片，马齿苋、灰仔菜等野菜儿也赶来凑热闹，池塘边苦楝树开花了，淡紫淡紫的小花茂盛在新叶间，除了幽香，还有一股淡淡的苦味儿。

露出肚皮晒了冬日的池塘，我们再不能在那些咧嘴的泥块上玩耍了，这时候渐渐注入新的水，有的是雨水，更多的是从水利引进的，准备放养新苗。起先那池塘是属于生产队的，养着的鱼至少要到农历七八月才可以收成。一般在中元节、中秋节、冬至这些节日前夕，男人们就会下塘捉鱼，一网拖起来，大鱼小鱼活蹦乱跳，小鱼继续放养，大鱼就按人口分发到每家每户。那香葱、豆豉焖煮的鱼香氤氲在村子的每个角落，那肥厚脆腻的鱼油味儿，在全村子老老幼幼的唇齿间咀嚼萦绕。所以，乡亲们都很看重放新苗，要特地买进好鱼苗，待天气转暖放进池塘里。

一场春雨一场暖，春雨过后忙耕田。几场雨淅沥下来，大地苏醒，喝下甘雨的身子骨柔软如处子。有的勤劳人家在稻田里种着蔬菜的，这时候就该收拾侍弄了，以备春耕了。否则雨水一来，那些椰菜、菜果、芥菜很快就会烂掉。菜收回家里，还能藏着吃一段时间，或者腌制好，放进埕里罐里，密封妥当，待青黄不接的四五月掏出来，不仅能应付一下咕叫的肚皮，而且那股经发酵后的甜香直撩人的心，暖人的胃。

一日之计在于晨，一年之计在于春。有经验的农家人，在早一年就已经谋划了春的播种。好种子预示着好收成，不容一丝马虎，前一年秋收时就精挑细选，把一些粒大饱满、颗粒均匀的金黄稻谷特殊照顾，分开翻晒，并密封严实。而浸泡种子就更讲究了，水稻的外壳坚硬且比较厚实，想要其破壳发芽就必须将其外壳进行浸泡，如果天气太冷的话，种子也是很难发芽的。记忆里，父亲大约是在春分时节就开始忙碌浸种下秧苗的事儿了，他一般用大水桶装大半桶水，有时候还看见他加入了热水，可能是调节水温吧，再把备好的种子放进水里，盖好，放置一两天。其间，父亲会打开盖，轻轻地翻弄一下，看看，再覆盖好。浸泡的种子发出了小小的白芽，父亲便轻轻地把种子倒进箩筐里，盖得严严实实的，每天早晨还要担到池塘里浸泡一下。大部分种子长出了白白的长芽，就可以拿到田间进行播种了。播种的地是精心侍弄过的，表面的泥打磨得仿佛就是一层油光的泥粉浆，发芽的种子撒播在那上面，很快就埋进泥浆里。如果天气寒冷，还要盖上稻草或者罩上胶膜以保持适宜的温度，让种子顺利生长。

种子长得旺盛，插秧的日子就到了。安静了一个冬的田野瞬间闹腾起来，大人、小孩、牛儿，还有家里的狗猫，都涌向田地里，深翻稻田，修整泥土，汲水灌溉，下肥，拔秧苗，插秧……人们赶集似的，各忙各的活，各赶各的事。我的任务主要是插秧，卷起裤腿，站在水田里，俯身弯腰，左手抓一把秧苗，拇指食指中指捏分出一小撮秧苗，右手拇指食指中指赶紧向左手拿过那撮秧苗，夹紧迅速插进泥土里，再提手取秧苗，再插，撩起的水花唱着轻盈盈的歌。就这样反复操作，手指起落，脚步后移，秧苗就在眼前挺立成一行行、一片片。细看，是一株株、一行行，远看，就是一块柔软的绿绒布在迎风招展。

人们呀，真是巧妙的化妆师。几天工夫，辽阔的田野仿佛满脸沧桑的老人，变幻成簇簇新的娃娃，那一抹抹浓浓的绿，在明媚的春阳下，跳跃着金光，仿若农人满眼翠绿的希冀。早春插秧算是较单纯的农事了，并不觉得多么苦和累，和煦的风儿柔柔地吹，即使春意尚寒，春雨霏霏，劳作起来也不会觉得很冷，一切都是那么井然有序，一切都是那么生机勃勃。

清明前后，种瓜点豆。乡亲们忙着田里的，还要忙地里的。每家每户都有一些自留地，那是乡亲们种植番薯、花生、绿豆、红豆、黄豆、黑豆等农副产品的好地儿。种花生，我们家乡叫"点地豆"。花生，是佳节做糕点、做粉酥必不可少的馅料，更是人们用来换取花生油的产品，宝贝着呢。如果当年收不到花生，那就得眼巴巴地抽紧裤头带子，肚里没油。所以，点地豆既少不了，也不能马虎。我家经常是在垅地上那块带沙质的地里种植花生，我们翻土把地推平，父亲就开始在平整的土地间挖出一条条整齐的沟渠，母亲把一些猪粪、草灰撒播在沟渠里，然后我就跟着母亲把早已选好的花生种子一粒一粒地放进沟渠里。

"不能放太密，也不能太远了，一个脚印多一点就行了，太密了结出的花生就细粒，太远了地豆就少了。"母亲边放种子还边监督我的劳作，随时纠正。于是我总要认真估算，才放下种子，一发现距离不对，就立即捡起来重放，可不能因为大意影响了几个月后的丰收啊，一箩筐一箩筐的地豆搬回家，心里多喜滋呀。放好种子，就要盖上泥土，把先前挖沟渠翻出来的泥土，用脚拨弄回沟渠里，弄平整，再沿着沟渠的位置踩踏一下，就可以了。我沿着沟渠，扭着小屁股，不停地踩着，双脚一交叉便趔趄在地，还高兴地嘻嘻笑。母亲却说我体重不够，不准我踩，要盖严实了，种子才容易发芽。

窗外的树木萌绿，春雨飘然复来，田野早该一片青翠了吧，不知这场新冠肺炎疫情是否影响农事，驻守土地的乡亲们复产如何呢？电话那头，年迈的母亲唠叨着："村子里种田的人很少了，只有几户在家搞养殖的人种着，出城的人的田地都租给别人耕种了……只是去年种下的珍珠马蹄早成熟了，还在土里尚未挖出来卖。"声音里夹杂着丝丝担忧，虽然不是自己种的庄稼，但那是母亲劳作了一辈子的土地。她如村西头那口老井一样，坚定地希冀：泥土的芳香能播种出每一个春的亮绿，柔软的春雨能滋养每一颗待发的种子！

（此文发表于《阳江日报》2020年3月21日文化·百花园·笔会版）

粽香绵长

那个物资匮乏的童年，依着青青绿草刚缅怀完祖先的亡灵，肚子中的番薯味儿尚在口里回味，就开始翘首五月的大雨倾盆，盼望端午节早点到来，盼望大快朵颐那滑腻飘香的粽子。

谷雨时节，雨水淋漓起来，万物节节拔高，野地里的艾叶咕噜咕噜地长得欢，蛤蒌一朵朵舒展开了身姿，柔软嫩绿，一阵阵清香氤氲在山野间、小道旁，惹得盼望的心儿更热切了。

五月的雨水肆意酣畅，河水高涨，锣鼓声声，一阵紧过一阵，龙舟竞渡，把端午节的气氛敲得激昂热烈，家家户户开始忙着包粽子了。

那时候的乡下，包粽子可是一项大工程。记得母亲很早就开始为粽子忙碌了，先要准备好箬叶、草绳、红豆、绿豆、糯米、木柴等物品。红豆、绿豆都是自家种的，春日播下的种子经历了阳光沐浴、雨水浸润，一片片豆荚从青绿变成金贵的鹅黄，母亲便一大把一大把地摘回来了。双手掰开，一颗颗红的豆、绿的豆就蹦出来跳进簸箕里，趁着烈日，不几天就晒干，可置于罐中待用了。箬叶和草绳是从市场上买回来的，还要经过细加工，包粽子前天就煮开水，把干枯的箬叶浸开，洗刷干净，一片片箬叶就像一位位含羞秀丽的待嫁女，在簸箕里铺展开了青绿。而每条圆草绳是要掰开为两三条的，再把它们首尾打结，连成长长的细绳，卷成卷块儿，和箬叶一起浸泡。开水浸过的草绳韧劲大增，捆起粽子才不容易断，扎得牢。糯米是精挑细选的，要事先把混在里面的黏米一粒粒地挑出来，这样就保证煮出来的糯米粽子柔软滑腻，不怕生硬的黏米粒影响口感。家乡不靠山，家里的土灶常年烧稻草，木柴便是稀罕物。而熬粽子需要几个小时猛火，稻草当然不行，火力也不足，父亲就要想方设法准备好硬厚的好木柴，有时劈开几根旧横梁，有时到坡上掘两三个树桩。

端午节前一天，是家家户户包粽子的日子，天刚蒙蒙亮就被母亲的张罗声吵醒，睁开蒙眬的双眼，下床出屋，只见母亲已摆好了"八卦阵"：一盆浸泡过的糯米，一大簸箕箬叶、草绳，一盘红豆，一盘绿豆，一盘拌着五香粉和芝麻的五花肉，一盘散发甘香的蛤蒌……

开始包粽子了，只见母亲拿起三两张箬叶，交叠在一起卷成一个圆斗状，舀起半勺米放进箬叶斗里，稍按实按平，再往里放红豆、五花肉。这个五花肉是要用蛤蒌包住的，母亲说这样肥腻的五花肉伴着翠绿鲜嫩的蛤蒌，既香美又解腻，接着还要放进一层薄薄的米盖住馅料，这时候箬叶斗已基本满了，就在外面加上一片箬叶，增大箬叶斗，左右两边的粽叶向内折叠，最后把外面伸出去的箬叶折翻下来，严严实实地包住了所有馅料，一个方方正正的四角粽子就在手里了。但这时可不能松手啊，一松手，箬叶马上会松开，就前功尽弃了，要五指抓紧，用草绳捆好。捆草绳也讲功夫，如果捆不好，煮粽子时箬叶容易松开，里面的米馅料会漏出来，那样的话，粽子的醇香也会漏走的，所以母亲总是用草绳把粽子各个面都十字交叉地捆包起来，包得严严实实。而我的总是捆不好，学不会母亲的潇洒自如，不是草绳卷成一堆，就是绳子松散得随时要掉下来，惹得母亲笑眯了眼，还要帮我再捆一次。

几十个粽子很快就包好了，接下来就是煮粽子了。用了家里最大的锅，加冷水，大火烧热，再放置木柴熬着。这种肉馅粽子我们叫它为"白裹粽"，约要煮三个小时，低矮的厨房里气温骤升，母亲总是汗流满面，我在邻居家和厨房间来回蹦跳，总盼望着母亲先邻居一步，把喷香的粽子捞上来。

粽子终于上锅了，却还是不能立即大快朵颐啊，那糯米经长时间的水煮，太烫了，于我们简直就是狗咬龟——无处下牙。可小舌们馋着呢，急得把粽子吊到阔口碗里，给它"宽衣解带"，一边用指甲拉着草绳的一头，一道道翻滚着粽子解开草绳，一边扇着蒲扇给粽子降温。扯下箬叶，粽香扑鼻，用筷子夹一口，轻轻呵一下，放进嘴里，入口油而不腻，糯而不粘，咸甜适中，香嫩鲜美。

同学们都把粽子往教室带，琅琅书声中氤氲着阵阵香味，语文老师眯着双眼，问："粽子香吗？"

"香……"雀跃的稚声中仿佛能喷出香味儿。

"那你们知道端午节为什么要吃粽子吗？"老师忽地一脸严肃。

于是，我们知道了屈原，知道了一位伟大的爱国诗人虽有心报国，但无力回天，于五月初五投汩罗江以死明志。此后，人们为了纪念屈原，不让他被水里的鱼儿吃掉，所以要赶在端午节之前包好粽子往汩罗江投放。

教室里静默着，我们手拿着粽子，嘴里多了一种别样的味道。

时代迅速发展，如今物资丰盈，粽子的馅料包得一年比一年多，一年比一年好，瑶柱、大虾、鲍鱼……人们能想到的能拿得出的都往粽子里放，那个味儿也是越来越诱人了。糯米温热，我们南方人吃多了容易积滞。去年端午节，我改为用粳米包粽子。看着家里人吃得欢，我不禁莞尔。其实，不管什么年代，什么馅料，包的什么米，粽子品的不止美味，还有安康；嚼的不止节日的欢腾，还有一个遥远而鲜活的故事，还有我们华夏的民俗文化！粽香绵长，缭绕舌尖的还有浩然正气，融入心间的是千古忠魂！

（此文发表于《阳江日报》2018 年 6 月 17 日文化·百花园版）

五月艾香

　　五月，是艾的季节，是香的岁月。

　　五月的雨水像热情的篮球宝贝，呼啦啦一下就是倾盘。仿佛一瞬间，水渠满了，稻田涨了，山地喝足了甘露，一株株艾树像变魔术似的一下子冒出来了，在路旁伸展着娇嫩的腰肢，从石缝间蹦出青春的枝叶，在树丛中挤出灿烂的头儿，漫山遍野葱郁着。火楝树下，坡头上，山坳间，艾像憋足了劲似的，挺拔着，茂盛着，伸展枝叶，飞舞腰肢。

　　"日暖桑麻光似泼，风来蒿艾气如熏。"骤雨过后，艳阳热辣辣地亲吻大地，艾叶坦坦荡荡地明媚着，大大方方地清亮着，迎着骄阳，借着清风，肆意地散发着独特的体味，田头间、地野上、小道旁，一股股幽香在蒸腾弥漫。

　　"清明插柳，端午插艾。"艾草发出的奇特香味不仅可以驱蚊蝇，净化空气，还可以辟邪。家乡端午节的民俗，家家都在门前插艾草，祈求将家里不吉祥和疾病扫出去，祈求家庭和睦安康。农历五月初一的前一两天，母亲一大早忙完家务，就赶到坡上采摘艾草。我起床时，艾草特有的香味已在小屋子氤氲着，恬淡安然，飘满庭院。艾草齿状的叶儿张扬着，仿佛还凝着野外的露珠儿，翠绿欲滴，新鲜娇嫩。五月艳阳似火，母亲生怕艾草离开土地会蔫了，就把艾草插在装着水的桶里，补充养分保鲜。五月初一，天未蒙蒙亮，也许是母亲忙活的声音吵着，也许是艾香熏着，也许是记挂着节日里特有的习俗，姐妹们早早地爬起床。母亲已经把艾草分类好了，大株茂盛的就插在门楣边。厅堂的门楣高，要用梯子才能够得到，母亲搬来木梯，哥哥小猴般爬上去，把一束艾草小心地插进左边门缝里。下来，把梯子搬到右边，又猴般爬上高处，插好艾草。所有房间门口都插上了艾草，剩下一些细小的，母亲就把艾叶扯下来，洗干净，分装在碗里。那碗里早放置了麻蛋、红糖，还倒上几滴酒，家里每人一碗。我们用艾叶擦拭手、脚和脸。母亲说，艾香浸过的手和脚，一年都不怕蚊虫叮咬了，就会把邪气赶走，不会生病发烧。乡村里的蚊虫多，肆无忌惮地袭击着我们的手臂、大腿、额头，身上那里一红包，这里一红包，痒痒的，忍不住了挠挠，包儿却更大更红更痒了。于是，我们使劲地擦拭，直到擦拭了手脚和脸颈部的每寸肌肤，直到把艾叶捻得面目全非，只剩几条硬硬的茎儿和叶渣。然后口袋装着麻蛋，嘴里含着几条麻蛋，拿起课本往学校赶。冲到教室，教室里早已满室艾香了，用艾草擦拭身子，带着满身艾香来上学的都是笑脸。东方渐渐露出鱼肚白，一轮橘红升上来，我们放声诵读，一个个枯燥的铅字化作琅琅书声，夹着阵阵香气，透过窗户飞出教室，在校园中回荡。

年岁渐长，艾草的香味已定格在记忆中，温暖在骨子里。如今每年五月初一，我都会遵照习俗在门楣插上艾草，带着女儿用艾叶擦拭手脚。女儿用艾草搓着娇嫩的肌肤，艾香陪她度过了幼儿园、小学、初中，再到高中；艾香飘扬在我赶去上班的路上，暖暖的煦阳洒泼，草木跳跃着金色的光芒，令人神清气爽，精神百倍，干劲十足。

《本草纲目》记载：艾以叶入药，性温，味苦，无毒，纯阳之性，通十二经，具回阳、理气血、逐湿寒、止血安胎等功效，亦常用于针灸。全草有调经止血、安胎止崩、散寒除湿之效。因着艾草的这一功效，因着小嘴馋着，趁着野外的艾草茂盛着，我让婆婆摘回了鲜嫩的艾叶，准备制作美食——艾叶糍粑，我们也叫它艾叶贴。挑选好艾叶，留叶去茎，洗干净，放锅里加水煮熟煮透，捞出艾叶剁碎成蓉，和上糯米粉、白糖，加入烧开的艾叶水，揉成粉团；取一小块粉团，包上花生芝麻等馅儿，搓圆，放在菠萝叶上，就成了一个艾叶糍粑。一个个艾叶糍粑放在蒸笼上蒸煮，水刚烧开，锅里"咕噜咕噜"地唱起欢悦的歌，一股苦苦腻腻的艾香弥漫在屋里。等待 15 至 20 分钟，糍粑上锅了，趁着热气吊起一个，香味扑鼻，轻轻咬一口，微微的苦涩，淡淡的艾香，脆脆的花生芝麻味儿在舌尖上打滚，糯米柔韧嚼劲足，唇齿留香，回味无穷。带几个给亲戚朋友，"啧啧"之声咀嚼着甘香，称赞之声透着满足："嗯，好吃，香！"

五月艾香，香飘五月。

（此文发表在《阳江日报》2017 年 6 月 1 日文化·笔会版）

抽穗声声稻苗欢

　　立夏一到，大雨便滂沱了，往往一下就是几天，阳光也热情起来了，一出来就烈焰似火，阳光充足，雨水充沛。稻苗就像处于青春发育期的少男少女，一个劲地拔高、挺直，叶儿郁郁地绿着，腰杆滚滚地圆着，小满到了，抽穗期也就到了。

　　有些时年，夏雨会贪睡，长时间打盹，看不见稻苗张大嘴巴等水喝的焦渴，太阳急躁得一直瞪瞪眼，人们便得想方设法为稻苗灌溉。"立夏无雨，碓头无米。"那年夏季，雨水一直不来，眼看着稻苗要扬花灌浆，乡亲们急得眉头紧皱，日夜排队汲水。那天晚饭后，母亲一边往猪圈里挑水给猪儿降暑，一边吩咐哥哥和我："你们俩吃饱了就带戽斗去帮你爸汲水，排了一整天的队，终于轮到我们了，那垅地两块田不知要汲到什么时候呢。"

　　我和哥哥扛起戽斗就往村西垅地赶。赤脚走在小路上，尚烫的沙子炙烤着小脚，我俩一刻也不敢停歇。霞光绚烂多彩，绿树金光跳跃，归鸟叽喳欢歌，我趔趄在哥哥后面，把一座座坟茔抛在身后，很快踏进垅地的田基。垅地是村子里较高的水田，还带沙质，缺水是经常的事。在这旱季，稻田早已干枯，露出一道道狰狞的缝儿。稻苗已没过我的膝盖，橙色的余晖映照在它身上，它却耷拉着脸。我的心不由地一阵紧，加快了脚步，赶上哥哥。

　　到我家的那块田地，父亲已开始汲水了。水是从远处的水利引上来的，水利低，稻田高，村里人还未装上抽水机，只好一戽斗一戽斗地把水汲到水渠，再一戽斗一戽斗地把水从水渠里汲上通往稻田的小渠里，慢慢流进田里。从水利把水引上我家稻田要经过三道沟坎，父亲、哥哥和我各负责一道，最高的那道父亲守着，最低的把水汲往稻田的那道我负责。戽斗是用竹篾藤制成的排灌小农具，一根竹柄连着斗状的半圆形的器具，靠单人双手操作，把水盛进斗里汲到高处灌溉。我高高地挽起裤腿，踩进渠沟里，学着父亲的样子双手握住戽斗柄，俯下身子舀满一斗水，用力提起来，使劲地抛上沟渠。不想那水却是一大半落在沟坎上，还有的洒在身上，我只好舀半斗水，这下就可以抛上小渠了。就这样，一戽斗一戽斗地汲着，小渠里的水渐满，慢慢往我家稻田流去。

太阳沉下西边，夜色在广阔的田野上盖上了一层黑纱，黑纱渐厚，水渠、禾苗、远处的树、树下的坟茔……全都笼罩在模糊之中。云淡星稀，银光缥缈，蛙叫虫鸣。虽然浸在水里，但连续的机械劳作使我全身很快冒汗，身子酸软。唉，我偷偷地放下戽斗，摇摆下手脚，沿着叫声寻找青蛙。渠边的水田已灌满水，稻苗抖擞着身姿，偶尔一阵"哗哗"，那是满足的呢喃吗？我忽然一阵恍惚。不想父亲汲满了一渠水，上来了，我赶忙跳下水渠，飞快地拿起戽斗。父亲轻咳一声，拿起烟筒吸吧着，吐出一阵雾气，说："现在的禾苗正在浪花，需要充足的水分和肥料。施肥也要有水才能吸收。如果缺水，花就开不好，抽出的稻穗就是空壳的多，到时谷子不饱满，就会减产。所以务必要给水田灌满水，否则到年末就没米饭吃了。""哦。"我似懂非懂，一阵使劲汲水。父亲放下烟筒，说："走，跟我看看禾苗去。"我高兴地屁颠颠跟在父亲后面，哥哥也跑上来了。

来到我家稻田旁，朦胧中只见水沿着田基的缺口缓缓流进田地，水漫过一道道缝儿。父亲蹲下身子，哥哥和我也凑过去看，禾苗吸收了水，挺直了腰杆，昂起了头。一串串稻穗在稻秆中钻出来，稚嫩娇腻，淡淡的绿渗着浅浅的白，活像带芒刺的花儿黏附在稻穗上，好像一群在青葱绿野上飘舞浅笑的小仙子。我仿佛听见禾苗吸水的欢叫声，"咕咕咕咕"，徐徐入耳，仿佛听见稻苗抽穗的低吟声，"啪啪啪啪"，轻轻敲心。

　　水刚漫过三分之一水田，我们忘记了疲惫，加紧了汲水。夜色更深了，空旷的田野仿佛更寂静了，"啪，啪，啪；啪，啪，啪……"汲水声特别清脆，父亲的、哥哥的、我的，此起彼落，轻缓有致。清风拂过，稻苗一阵阵"哗哗"，抽穗更欢了；蛙儿兴奋地张大嘴巴，不停地欢歌，虫儿没有一丝睡意，卖力地鸣唱，合奏着一曲交响乐！

　　　　　　　　（此文发表在《阳江日报》2017 年 7 月 4 日百花园·地方版）

暴雨下的疼痛

　　暑，本意是指炎热，也指炎热的日子。古人诗句中有描写暑期的热气逼人，如唐朝诗人杜甫的《毒热寄简崔评事十六弟》描写："大暑运金气，荆扬不知秋。林下有塌翼，水中无行舟。"又如宋朝诗人曾几在《大暑》中吟道："赤日几时过，清风无处寻。经书聊枕籍，瓜李漫浮沉。兰若静复静，茅茨深又深。炎蒸乃如许，那更惜分阴。"可见自古以来，大暑炙热是正常的天气。在我们南方也常夹带暴雨、雷雨天气，但一般雨过后天气会很快转热。而今年的夏季，老天爷真是足够让人们凉爽舒意。记忆中，从夏至大暑这段时间，太阳就没怎么露过脸，一个台风紧接着一个台风地来，一场暴雨接着一场暴雨地下，雨就像不知疲倦的怪兽，根本就不想歇歇。

　　又是一个暑晨，东边刚刚亮出一片晴，顷刻间西边又是黑云罩顶，豆大的雨珠从空中急扑下来。跑去关窗，窗边早已灌满一地的雨水，雨珠如一头急躁的小兽，敲击得玻璃"噼噼啪啪"乱响。

　　"这个鬼天气，也不理会人家农民怎么耕种！"望着窗外一幕幕雨帘，脑中浮现近两天好友发来的水漫稻田的图片，我不由得叹息一声，一个陈旧的雨天记忆汹涌而至。

　　大致我 12 岁的光景吧，那个夏季也如今年的雨狂泄不歇，已收割完早稻的田地里，捆好的一个个稻草还来不及晒干、收拾，就被风雨冲刷，耷拉在一汪水里，随风飘浮。不只是父母，一村子的乡亲都一筹莫展：家家户户常年都靠着稻草生火煮饭呢！损坏了稻草且不说，如今这天黑雨狂，怎么赶时节插下晚造的秧苗呢？要把稻草搬上田地，再耙田深耕，才能插苗啊。眼看着稻苗已过插秧期，人们只好一咬牙，担起竹夹冲进黑雨中，把田地里的稻草担到没积水的坡上。我也挑着扁担，穿上白色的透明雨衣，趔趄地跟在妈妈、哥哥身后，像赶集似的去挑稻草。田野里一片白茫茫，只有田基还露出一点泥土。

到了自家田地，眼前的景象让我更傻眼了。平时轻飘飘的稻草经水浸泡，每个细胞都喝得鼓胀胀的，仿佛变得千斤重，扶上一个都特别困难。妈妈给我扁担两头各绑两个稻草，说："你先试试一边担两个吧。"挑起稻草，我就沿着田基往坡上走。因为增加了稻草的重量，我的脚步难以平稳，雨水顺着脸不断地往下流，让人睁不开眼。"哗"的一声，我一脚滑进了水渠里，水一下子就没到大腿。卷起老高的裤腿子也跟着滑下来了，浸在水中泥里，薄薄的雨衣根本就抵挡不住狂雨的侵袭，全身早已湿透。我感觉那雨水就沿着脖子往下淌，胸口、肚子、屁股、大腿，再流下泥水里。我挣扎着踏上田基，小心翼翼地继续走。我家稻田离坡上三四百米吧，平时走着一眨眼就到了，可现在却变得无比漫长。我把扁担从右边的肩膀移到左边的肩膀，又从左边的肩膀转回右边的肩膀，几次轮换，终于到坡上了。我长长地吁了一口气，把四个稻草堆在沙地里，长长地吁气。四婶也刚放下担子，说："哎呀，这个鬼天，还要不要人活！"邻居炳叔抹去脸上的水，洪亮的声音响起："没办法呀，稻草满地飘浮，也捣不烂，影响生产啊，几辛苦都要挨咯！"说话的工夫，哥哥已掉头往田头赶，我赶紧跟上哥哥，开始新的跋涉。

可越到后面越难挑，扁担在肩膀不断地碾压，又经雨水的浸染，我嫩嫩的皮肉早已火辣辣地痛。扁担每转换一次肩膀，我都要双手死力地把扁担往上托举，转好位置再轻轻放下。而湿滑的田基，经担草人们无数次踩踏，有一大段早已被踩成泥浆，没一块完整的安脚之处，每走一步都晃个不停。我的腿如同绑上了石块，越来越重，往往一脚踩下，扎在泥里就拔不出来。忽然，我用力过猛，平衡不住身体，跌倒在泥里。坐在泥里，喘着粗气，我多想就在那里坐着不起来，多想扔下扁担，丢下稻草，头也不回地回家，换上干爽衣服，在雨天里呼呼大睡。我无奈地张眼四望，黑云笼罩，苍茫之野，朦胧雨帘，人影隐约，慢慢地移动着。他们也许没有我肩膀的钻心痛，但也许腿儿比我更重呢。我幽幽地这样想着，一个人影已到眼前，是母亲。"起来啊，到坡上了你就歇一会儿。"我赶紧站起来，望着母亲也把扁担换肩膀，那两夹稻草可数不清多少个了。只见她龇着牙，眉头紧皱，稍晃了晃担子，又向前迈步。我回过神来，赶紧俯身，挑担，迈步。

我不记得多少个来回才把稻草全部搬到坡上，也不记得什么时候回到家，只是那次暴雨跋涉田野的记忆往后总会在脑海浮现。可能那踩在泥浆里的感觉浸透了身子吧，可能那扁担压在肩膀的疼痛已烙印骨子里了吧。在那之后几十年来，再累的活我也不觉得苦了，再苦的日子我也会忍着。

"轰轰轰……"灰暗的天空撒下了轰鸣，雷公来给暴雨助阵了，雨珠敲窗，弹奏起一曲激昂的交响乐。人生如这天气，有时好得很，阳光灿烂清风舒爽；有时给你脸色看，黑云倾注电闪雷鸣。在这有常和无常中，我们都要从容面对，笑看花开，静听雨声，在困苦中学会坚韧，在辛劳中学会珍惜，在疼痛中学会敬重。

（发表在《阳江日报》2018年9月8日文化·笔会版）

七夕瑶池欢

　　台风"天鸽"即将飞临，酷日数天热情似火，天地变成大蒸笼。潦草几口晚饭后，漫步小区绿荫小道，往日的凉爽不见踪影，空气仿佛夹着火在窜动。压抑难喘之间，歇下脚步倚于凉亭，手机信息的声音响起，打开浏览，一幅名为"河畔"的画面映入眼帘——6名身材曼妙的女子正在河边沐浴梳洗，还配上一段文字：当年织女下凡洗澡，认识了牛郎，演绎了一段惊天泣地的爱情故事；赵灵儿在外面洗澡，碰上了李逍遥，上演一出仙侣奇缘；花千骨出去洗澡，遇见了东方这个守护一生的暖男。以上故事告诉各位女士，在家洗澡是永远没机会的，一定要到野外去洗！美女们抓紧时间，天太热了出去洗洗澡吧，人生的转折点从此开始……虽然有点调侃的味道，七夕将临之际，却是非常应景的，我不禁莞尔，一幅遥远而熟悉的画面又清晰在眼前。

　　记得村里白发苍苍依然梳理整洁的婆婆们神情肃穆地说：七月初七的水是神仙水，是牛郎织女相聚时流下的泪落到凡间。这天的水放置多久都不会发臭变质，这天的水洗了身子一整年都不怕生痱子长痘痘，女孩子如果用这天的水洗澡就会变成凡尘的仙女，肌肤美丽，聪慧过人，找到与自己厮守一生的如意郎君。因着牛郎织女美丽的故事，因着这个美好的期盼，每年的七夕，村子里的姐妹们都约好到水井边洗澡沐浴。

七夕这天，晨曦一起，鸣鸟涌动，水井便闹腾起来了。姆姆们从田间赶将回，婶婶们从地头腾挪来，把家里的水缸挑满，把一家子换洗出的衣服洗干净，把久没浆洗的杯帐浸浸仙水；大哥哥姐姐们把瓶瓶罐罐一一捧来，装满甘露；年迈的婆婆也解开常年盘着的发髻，轻轻梳洗……

繁忙直到中午，水井才稍稍归向安静，大人们都回去准备午饭喂猪打理家务。我们就在人最少的间隙，仙水最清甜和凉爽的时刻，选上一套最喜欢的换洗衣服，提上吊桶，如一群出笼的鸟儿雀跃往村西头的水井边。正是农忙过后，水牛或泡在池塘里接受凉爽的洗礼，或在树荫下悠闲地咀嚼着甘甘的草儿，一抹抹白色的垂涎见证着它的有滋有味。田野的稻苗青青，在艳阳下跳跃着喜人的光芒。阵阵风儿夹着特有的泥土气息吹过，泛起微微的绿波。石块砌成的水井，在一片青翠的番薯地间、稻田旁、火楝树下，环成一个大大的圆，仿若仙界的瑶池。

这时经常会有调皮的男孩故意待在井边，不肯离去，试图捣蛋。向往娇柔天仙的姐妹们顷刻变身女汉子，双手叉腰，"泼妇骂街"一般把他们轰走。其他的日子，都是他们在这里洗澡玩耍，一年之中只有这刻才属于我们女孩子的美好时光，我们岂能再让他们侵犯呢。

直到把所谓的"牛郎"赶出视线之外，姐妹们才各自把衣服搁在水井旁边石基上，迫不及待地提桶吊仙水。正午的阳光直直地照射在井水中，井水就像一块晶莹剔透的白玉，井底的沙石清晰可见，阳光在白玉上泛起闪闪的金波。大姐姐熟稔地提绳放桶下井，待桶滑至水面，桶绳轻轻一甩，水桶口倾斜向井水，很快桶注满水了，一手握紧桶绳用力往上提，吊起水，再换另一只手握紧桶绳，往上提，这轮番两下，一桶水就出井了。我们就争着抢着把整桶水往身上、手脚、头上倒。清凉透肌肤的仙水浇透身子，一阵清凉透骨立即袭击上来，凉爽通过血脉传遍五脏六腑，酷热一下子消除殆尽。再一桶水吊上来，顷刻间又被哄抢一空。暑气就在嬉笑打骂中离去，瑶池成了欢乐的海。

大姐姐说，只是用仙水冲刷身子，是不能把一年的晦气清洗干净，变得冰肌玉洁的。一阵抢水狂欢后，姐妹们开始全方位擦拭身子。阿月带着大把的水瓜叶，阿芳掏来了水利基的白角泥，阿倩揣来了稀罕的小香皂。抓一把翠绿欲滴的水瓜叶，姐妹们使劲地搓着手臂、玉指；掏一块滑嫩的白角泥，姐妹们轻轻地拭着双腿、脚窝儿；握着小香皂，姐妹们柔柔地抚摸着小脸、肩膀、身子，腻滑遍布全身，清香氤氲在仙水中。智慧的建设者在水井的西南角边筑了一个椭圆形的水池，是供乡亲们浆洗蚊帐被子等大物之用，这时候就是我们的小瑶池。费了九牛二虎之力终于把小池的水吊满，我们又争抢小瑶池的位置了，姐妹们都浸泡在水池里。稍大点懂事的姐姐们是不会脱下衣服全方位接受仙水洗礼的，只有尚未发育的小妹妹才可以只穿一条小裤衩，惬意地让七夕的仙水在全身骨子自由流淌。于是，小瑶池中除了香气，还有被仙水鼓起的花衣裳。拨起水向其他人洒，仙水浸透肌肤，水花洒向小脸，笑声充满了水井，欢乐弥漫在七夕的小村庄。

岁月流转，家家装上了自来水，村民为了安全起见，已把古老的水井固封，只留一个可容小桶吊水的口子。不知故乡的水井里，如今是否绿草萋萋，当年的小瑶池可还是原来的样子？姐妹们各奔东西，住进钢筋水泥的城市，童年的快乐渐远，属于我们的七夕瑶池的欢乐依然荡漾在心头，仙水的滋润久久地积淀在骨子里，幸福生活的梦想坚定在追求中。

沉思之间，手机的信息又嘀嘀响起，晚饭收拾妥当后，姐妹群里热闹起来了。妞姐把新装修好的房图发到群上了，宽敞的客厅，阳光洒满一屋，与丈夫共同打拼多年，她在惠州城郊换上了更大更舒适的房子。我城东的房子已经装修好水电，8月就可以入住了。阿芳甜甜的声音响起，群里又是一片欢呼和掌声："哇，好耶，到时我们一起去饮酒。"……

此刻，抬头望星空，苍穹忽见低，"七夕今宵看碧霄，牵牛织女渡河桥"，牛郎织女即将相会。低头顾四周，歌舞正升平，锅碗漂洗柔情中，酸甜苦辣朝暮里，在平凡的柴米油盐酱醋茶中，姐妹们用辛劳忠贞经营着凡尘的美满爱情。

（此文发表于《阳江日报》2017年8月31日文化·百花园·笔会版）

故乡的老井

那天，送老妈回故乡，从黄村这边迁回家乡平冈镇周村，终于见到了那口老井，那口老得缱绻成帽子形状的老井。

老井坐落在村子西边的陇地里，与番薯地相依偎，与稻田相对，与那口大池塘相守，一条小路从另一边接通了村子的大道。井是四方的，并不算深。晴日，探头往下看，井底的沙石什物尽收眼底，还看得见四壁石头的搭建结构以及打水时不小心掉下去的桶。冬天水枯竭时，大人们就踩着那石头缝下到井中，把桶打捞上来，再一瓢一瓢地把水装满。我觉得那模样很正点，后来我也曾学着那样子，踩住石缝到井下，双脚叉开稳在井中央，为自己和同伴把脱手的桶给打捞上来；还到过井底，为大人们舀水，那感觉威武极了。

可是，村子里的井为什么不像别的村子打在村中，而选择在郊地呢？为了这，上学时我们没少受同学的嘲笑和恐吓："你们村子里的井在坟墓边，吃的就是死尸水呀，哟哟……"母亲不以为然地说："别听他们瞎说，这井是经过探测的，因为我们村算是靠海的了，其他地方的水不是有咸味就是带涩味，就那个地儿的水最纯净。其他村子的井水都没我们的好。"是呀，炎炎夏日，小伙伴们不是经常豪气地舀起水缸里的水，仰起头咕咚咕咚地喝得欢吗。那井水又甜又解渴，滋润着我们的五脏六腑。于是我们昂起头，对同学的无知嗤之以鼻。

这井是口好井，水质好，水源足，滋养着一方乡人。记忆中，有很多年的冬季，邻村的婶婶姆姆们会担着桶，踩过狭窄的田基，到我村的井边排队打水。那时很多村子的井都干了，只有我们村的井尚能舀起半瓢半瓢的水。

在 20 世纪七八十年代，那口井承载了村子里太多的内涵。四方井边铺上水泥，平滑得很，还环着七八十厘米高的墩墙，这样井就宛如一个庭院，纯朴、热闹、安详。天还未亮，母亲就到井边挑水了，辗转在梦中，我依稀听到水倒进水缸的"哗哗"声，还传来村道上乡亲挑担行走的律动和几声轻轻的问候。想必井早已睡醒，睁开汪汪之眼，唱起欢悦的歌儿，开启了一天的繁忙。东方露出几缕鱼肚白，井边更热闹。这时候，力壮的都赶到田里地头弄活去了，老人、孩子、年轻的媳妇陆陆续续地到这里涮洗，洗衣服的、洗锅碗的、洗菜的……家里吃的用的杂什，都往这洗，一来免除挑水之苦，二来到这小庭院聚聚。老人们拉拉家长里短，年轻的说说桑麻农事，小屁孩则以水作玩具，泼水嬉戏、欢娱。中午，是井一天中最恬静的时刻，人们忙着在家吃午饭，大人们趁机歇一小会儿，小孩们也怕热辣辣的太阳，我不在乎晒黑，却喜欢这刻的怡然。风吹过稻田，掀起一阵翠绿的波浪，由远及近，闪着金光往井边涌来，转而又一阵泥土的芳香，淡淡的，还夹着稻苗的清凉，轻轻地往鼻孔里钻。番薯地边的苦楝树"哗哗哗"地唱着歌，东边的池塘，几只水牛浮在那里，享受片刻的清凉舒爽。阳光明晃晃直窜进井底，往下看，水面上铺着一层细碎的金光，因水长久浸染，水边的石块滋生青苔，丝丝伸展在水中。"这么透亮清澈的水，会不会住着仙女？那漂着青苔的石缝里，有没有小龙王？一定是它们一起护佑了这一方的平安。"我的思绪不由得飘忽起来。

晚霞映红了树梢，映红了田野，映红了摇曳的番薯苗。归巢的鸟儿啾啾地叫得稠密，井像一位慈祥的母亲，敞开宽大的胸怀，接纳从四面八方归来的孩子。四叔拴好牛绳，来洗一下沾满泥巴的裤子；六姆刚从地里回来，又要给水缸添水了；边姐煮好饭了，说来洗个头，长长的黑发在水桶里漂着漂着。我晃着两个水桶来挑水，学着大人的样子，叉腿站在井口边，提绳放小桶下井，待桶滑至水面，桶绳轻轻一甩，再甩，水桶口倾斜向井水，很快便注满水。我一手握紧桶绳用力往上提，吊起水，再换另一只手握紧桶绳，往上提，轮番两下，一桶水就出井了。六姆直夸我人小力气大，我感觉我的脸、我的肩、我的身子都披满了金灿灿的彩霞。弓腰，抬起，我挑起水往家里赶，两只桶像两个调皮的孩子，一前一后晃悠，沿途洒下一行勤劳的痕迹。

井是神圣的，老人们不允许孩子们往里扔脏物。每年春节，村子敲锣打鼓舞狮子，是一定要到井边朝拜的。威武跃动的舞狮，祈祷村子的井年年纯洁清澈，喝水的人们岁岁平安吉祥。井究竟有多少岁了，奶奶当年也说不上来，它永远那么活力十足，年年月月吐出甘泉，润育这方土地的生生不息。

我离开家乡 20 余载，偶尔回去，也没有到村子西头看看那一口甘甜的井。如今，只见原来井四周绿意盎然的番薯地，乡贤们捐钱铺上了水泥，与原来的晒谷场绵延成一片，开阔平坦，再找不到当年井边绿草萋萋的模样。岁月流转，梦中的井已飘远，我有点怅然若失。

"社会进步了，家家装上了自来水，人们的环保意识增强了，不再喝井水，但不忍填井，就把古老的水井封好，留一个可容小桶吊水的口子。乡亲们依然可以用甘甜的井水浇菜、洗衣服……"母亲额头的皱纹堆起了笑意，我便释然了。井以它甘甜的乳汁，滋润了一代代乡民的灵魂，福佑这方旺盛。现在憩息在老居里，伴着花开花谢，笑看云卷云舒，喜听歌舞升平，感受劳动创造的幸福，奋斗的足音，岂不正如那清澈之水，源远流长！

（此文发表于《阳江日报》2019 年 10 月 24 日文化·百花园·笔会版）

故乡的松树林

　　每想起故乡中的那片松树林，凉爽惬意总是盈满心头。

　　那片茂密的松树林，就在故乡通往圩镇的那条水利的两旁。一条宽阔的水流从圩镇上方的村子蜿蜒而来，绕着故乡的村前而过，又潺潺绵延向沿海的那些村子。水利给乡亲们灌溉农田带来便利的同时，也极大地方便了人们的出行，高高的水利基既是水利的坚固围堤，又是一条通向圩镇、其他村子的道路，村民们赶集、走亲戚都走这里。水利基路一边是水流，一边是靠近水田的斜坡，斜坡生长着或稠密或稀疏的绿草。

　　20世纪80年代末，就在我小学毕业的那年，在村干部的号召下，班主任敖景阳老师带着我们全班同学40多人，扛着铁铲、锄头，提着水桶，浩浩荡荡地向水利进发，开展植树活动。班主任说："植树造林，富村利民。"我们像一群出笼的小鸟，雀跃欢欣，在草地上跑着、笑着、闹着。农家的孩子从小就劳动，男孩子们像牛犊子，干劲十足，张开弓步，挥起锄头，对准目标，用力锄下，双手一顿一提，一块带草的泥块就被翻出来了，草地上随即出现了一个小坑。再挥锄头，再起泥块，一个树坑就挖好了。女同学早准备好了树苗，把苗放进坑中，扶正，男孩子一铲泥块早已盖住树根，几只脚踩几下，然后浇水，一棵松树就稳稳地扎在土中了。如此这般，一棵棵树苗整齐地排列在水利基的斜坡上。

　　"栽树忙一天，利益得百年。"树苗长大后的美好景象激励着我们忘记了疲倦。记忆中，我们在那里欢腾了好些天，男孩们的双手都磨起茧，我们女孩子也挥起锄头，硬是在属于我们村子通往圩镇的这段水利基上栽满了树苗。

岁月长树，时光养人。水利基泥土肥沃，水分充足，松树苗沐浴着阳光雨露，呼啦啦地长得欢。我们到镇上的中学读书，每天都骑着自行车在树苗旁经过，松树就如我们的好朋友，和我们一起成长。"一年高过头，二年高过楼，三年平檐头"，寒来暑往，稻谷熟了又绿，绿了又黄，一片旺盛的树林日渐翠绿澄亮在乡亲们的眼眸里。收割的酷日，一包包沉甸甸的稻谷扛上，这里堆起喜悦的小山堆；叔叔伯伯们在这讨论着农事，婶婶姆姆们傍着树根，拉拉家长里短，倦意悄悄歇下；插秧的晌午，爱美的姑娘们脱下帽子在绿荫下趁着吃饭的间隔稍作梳理；庄稼靠近林子的人家，劳作的当儿，也把懵懂的屁孩们安置在林子中玩耍；耕牛忙完耙田的活儿，在水里清爽几下，就在林中吃草，享受着悠闲的间隙；村头村尾的婆婆们久不见面了，赶集的途中，在这凉快的当儿嘘寒问暖……因着这片林子，艰苦的岁月变得悠长，平凡的时光过得绿意盎然。

在读阳江师范三年级那年的一个周末，我邀请了两位女同学到我家乡作客。从阳江市区到平冈镇周村的那个小村子，有 20 多公里。阳光灿烂，我们骑着自行车，一路颠簸得全身的细胞活跃异常，豆大的汗珠子不断往下掉。终于望见我的家乡、望见那片松树林了，"到了，这就是我村子的树林！"自豪的话语还飘荡在空中，我们就毫不设防地被林荫包围了。风从林中蹦跳出来，清凉劈头盖脸涌来，一身汗珠子顷刻间不见踪影，车轮子顿时变得轻快，一阵阵神清气爽，舒畅地转着，转着。

多年后的一次同学聚会，我们忆往事，诉相思，当年一起到过我家乡的慧忽地感叹："总记得你家乡水利旁那片茂密的树林，多么凉爽怡人啊！"随着她的陶醉，那片松树林的倩影又浮现在我脑海里。是呀，在这里经过的人都会记住这片凉爽，而作为家乡的一分子，又怎能忘记它曾经的相依相守呢。春雨绵绵，大地呢喃，松树林沙沙低吟，与潺潺流水合奏一支耕作的歌；稻谷从单薄日渐圆满，丰收的喜悦挂上松树林的眉梢，它轻扭腰肢，舒展身姿，与麦浪共舞；北风呼啸，泥土沉寂，松树林伸展枝干，挺立风雨中，酵酿着谷米满筐的希冀。

改革的步伐稳健强劲，实现"三通"的目标在小山村里开花结果。一条水泥大道横穿水利，贯通村子，水泥大道两旁还铺上了艳丽的红砖行人道，行人道种上了大圆叶子树，树荫笼罩。外出创业的乡贤慷慨解囊捐善款，牌楼至村口的两旁挺立着两排大皇椰树，高贵雍容，富丽庄严。听说故乡已被树为广东省美丽乡村建设的典范了。松树林的那条泥路，成了一条搁置的小道，只有耕作或串村时，偶有人影。如今车来车往都在水泥路上，那片曾庇护我们村子的林荫，已然不见踪迹，唯见绿草丛生，野花肆意。

回家乡的日子渐稀，但每次经过水利边，我都不忘望一眼当年栽下松树林的那一片地。那片林子依然茂盛葱郁，深情款款，老的草新的树在村子大道上连成一片，各显风姿。风雨潇潇，烈日炎炎，它们目送着游子奔赴远方谋求发展；秋风瑟瑟，寒雨刺骨，它们笑迎乡民喜悦归宁。

岁月辗转，时光不老。梦见树就会梦见故乡，望见水就会飘起思绪。那些苍翠的大圆叶子树，那些整齐的大皇椰树，已代替记忆中的松树林扎根故土，与流水合唱，与庄稼共舞，守着蓝天白云，依偎着那一汪绿水，凝望着那一缕乡愁，年年岁岁，岁岁年年！

（此文发表于《阳江日报》2018年11月6日文化·百花园版，收录在《行走阳江》一书中）

系在风筝上的梦

　　季节静静流淌，昨日浓郁的翠绿倏忽幻成满目菊黄，大地换上了一袭高贵的新衣。风儿渐渐成熟了，悄悄地把叶儿引逗着，在空中飞舞、盘旋，不带一丝痕迹，仿佛不曾惊动谁。天空慢慢高远了，淡淡的云淡了，更淡了，淡得可让一队队翱翔的雁群清晰可见，那振动的翅膀、矫健的身姿、灵活的阵形，仿若一个个飞翔的故事，在空中翻飞逍遥。

　　小时候村边的那块田野，是我们小孩子玩耍的乐园，"点不动""玩猫山""捉俘虏"等，欢乐的笑声总在那里回荡。而记忆中最让我兴奋的莫过于放鹞。那时候的纸鹞可不像现在这么易得，随便可买到五彩斑斓的，每一只纸鹞都要我们自己动手，选材、构型、制作，然后才能放飞。

　　制作纸鹞要先找齐竹篾、砂纸、颜料、画笔，在那个物资匮乏的年代，弄这些小东西着实要我们动一番脑筋。竹片要干的，父母忙着农活，根本顾不上我们，坡上的竹子，我们不敢轻易砍人家的。鬼精的哥哥窥伺着二伯公的竹篾，二伯公是专门制作那些祭奠用品的，他家的竹篾常年都有，但二伯公对竹篾看得紧着呢。最后我和哥哥帮二伯公当了几天小帮工，才赚来两条上好的竹篾。砂纸呢，要到大队供销社购买才有，钱是奶奶从裤兜里翻出来的。画笔，就是哥哥的毛笔了，所谓颜料，也就那么一种——墨水，但足以勾画出活灵活现的画面了。

　　开始制作纸鹞。哥哥用刀把竹篾削细削薄，这个最讲技术，既不能削得过细过薄，否则扎成的纸鹞没重量飞不上；也不能太粗太大，那样很难扎成各种形状。刀过时，竹屑纷飞，哥哥削一会儿，又眯着眼比划着，仿佛一个手艺精湛的竹匠正制作一件无比神圣的艺术品。好不容易削好了竹篾，截成大小不等的几段，哥哥用力把一段长竹子压弯，弯成对称的弧形，平放地面。哥哥说，不对称的话，就会一边重一边轻，鹞在风中会摇摆，就飞不起来。我忙帮着把接口固定好。哥哥再用两条篾十字交叉地固定好鹞架，捆好每个接口，接着小心翼翼地糊上砂纸，然后在砂纸上画上大眼睛，一只美丽的鸟就显现在眼前。

"儿童散学归来早，忙趁东风放纸鸢。"在收割完庄稼的那些秋日，雀跃的风在碧空掠过，总会把等待放学的时间扯长。而放学冲到家，也不过下午三四点光景，我们飞翔的憧憬如那艳丽的阳光。哥哥拿起纸鹞往距家不过50步的田野跑去，我则拿着那卷大小不一的麻线屁颠在身后。

田野上三五成群的伙伴已在奔跑了，地上摆的、手中弄的、空中飞的，都是自制的纸鹞。哥哥迫不及待地拉着麻绳圈在前跑，我托举着纸鹞在后跟着，随着哥哥一声"放"，我立即放开纸鹞，哥哥一边飞奔着，一边放线用力向上提，可纸鹞不争气，只在空中打了几个旋就栽下了。找来一些纸，给"鸟儿"捆上长长的尾巴后，我们接着来。纸鹞迎着风渐渐升空，仰看那"鸟儿"在暖阳中舒展身姿，我高兴地跳着、叫着，一种清淡而富足的快乐在飞翔。

刚上中学那年，学校计划在重阳节组织我们到附近的罗琴山野炊并举行放风筝比赛。戴着厚眼镜学识高深的语文老师给我们普及有关纸鹞的文化：

阳江风筝是广东地区汉族传统手工艺品之一，已有1400余年的历史。九九重阳，是纸鹞放飞的最佳时节，放风筝便成了民间最兴盛的赛事。纸鹞的文化意涵很丰富，它飞得很高，表示高寿、高手、高收入、高声望等，都是人们梦寐以求的愿望；它需要接受线的约束，提示人们：每个人都希望自由，但必须接受法律、纪律、规则等的约束，要不然就会像断了线的纸鹞丢失性命；它是人类最早的飞天器，寄托着中华民族的飞天梦，鼓励着一代又一代人去努力实现。

因着这些梦想，重阳节那天一大早，我们百多号人带着锅碗瓢盆和美食，扯着心爱的风筝，欢歌上了罗琴山。山上凉风呼呼，吹得人神清气爽，登高望远，蜿蜒的河流、美丽的村庄、一大片一大片金黄的稻浪尽收眼底，在半山腰那块开阔的山地上，我们架起锅炉生起火，便开始了放风筝。当阵阵香味在空中弥漫，几十只风筝已在空中打转、盘旋。我组几位同学合作的那只"麻雀"很快蹿上了天空，并且很长时间都傲然在最高处。拉着那条勒得手生疼的丝线，仰望着空中七彩的"麻雀"，我们仿佛仰望着未来：风筝飞得更高更远，我们的梦也最斑斓！可天不遂人愿，一只黑乎乎的蝙蝠忽的打转过来，我们的长线被缠住了，糊弄几下，绳断了，那高飞的"麻雀"随风飘下远处的半山腰。而这时，老师开始评选了，"游丝一断浑无力，莫向东风怨别离"，我们眼巴巴地望鹞兴叹。

那只飘飞的"麻雀"就一直萦绕在我记忆中。前两年，阳江市举办风筝比赛，我随单位参赛队伍来到了阳江市南国风筝竞技场。这里不愧是全国最具规模的风筝放飞场，据说占地面积 12 万平方米，可容纳 30 万人放飞。上午 9 点，场外已人头攒动，场内一片欢腾，珠海的、中山的、深圳的、潍坊的，甚至不同肤色的运动员齐集绿茵地，真是"漠阳大地喜迎四方客，鼍城上下欢舞太平年"，各种各样的风筝在这里竞逐风流。碧草盎然的赛场，"鹦鹉""蝙蝠""蝴蝶""猫头鹰"等等稍作休整，长长的"蜈蚣"正在摆弄手足，蓄势待飞。而最吸引眼球的则是"灵芝"，那是我们阳江的风筝绝品；"巨龙"风筝则由一个威武的大龙头连接着一节一节的"躯干"，估计不止 100 米长，造型别致精巧，独具特色。

风疾了，竞技场外的草地上空，风筝已满天喜舞。竞技场上空，"鸢飞蝶舞喜翩翩，远近随心一线牵。""蝙蝠"在空中展翅，"猫头鹰"俯视大地，"大章鱼"舞动着长爪子，"蜈蚣"随风扭动着身姿，而那条"巨龙"在十多号高手几次折腾后，终于乘风而上，在鸳鸯湖上空盘旋翻腾，活像一只俯冲下凡间吸水的龙王……"哇！"一阵惊呼声，拉走了我的目光，寻声望去，只见南半空 16 只"燕子"正在专业运动员的操纵下变幻出各种各样的造型，一会儿四列中队，一会儿两列，一会儿摆成菱形，一会儿画出斜线，一会儿又绕着圈儿。"天下太平新样巧，一行飞上碧云端"，碧蓝的苍穹成了七彩的欢乐海洋。我和同事待不住了，拿起那只大"鹦鹉"，走上竞技场，摆弄、奔跑、放线，俯仰之间，"鹦鹉"嗖嗖地扶摇直上，在空中向我们展开了灿烂的笑脸。如此时光如此地，秋风送你上青天，"鹦鹉"的笑脸渐渐模糊，最后只见空中一个小黑点。

我们喜滋滋捧回了"最佳放飞奖"的奖牌，一同捧回的，还有我们那永远追求幸福快乐的梦！

（此文获阳江市 2016 年风筝征文比赛三等奖，发表在《阳江日报》2017 年 10 月 28 日文化版）

香飘记忆的炒米饼

　　炒米饼，阳江的特产，俗称粉酥。那香，是浸在舌头上的酥，是飘在记忆中的年味。

　　小时候，要到过年才可吃到香喷喷的炒米饼。那时候，年关将至，小村子里家家户户张罗着准备过年，打粉酥是必不可少的活儿。打粉酥的过程繁杂、细致而讲究。记忆中，在寒冷的隆冬，母亲把家里里外外大扫除了一番后，就开始忙碌起打粉酥的事。先是量好白米，淘好，晾干，再炒米。母亲总是在晚饭后炒米，忙完了所有家务，一家人就挤在厨房里，把大铁锅烧热，倒入大米翻炒。我们姐妹是负责烧火的，翻炒大米是重头活，要用锅铲不停地翻动，疏忽一会儿很容易把米烧焦，米色也不均匀，这活当然是母亲包干。大米的水分逐渐蒸干，变得焦黄，特有的香味在昏黄的灯光下氤氲着，馋得我们忍不住抓上一把，直往嘴里送，却烫得舌头打转，忙不及吐出来。

　　米炒好了，第二天大早，就去磨粉。小村子里只有尧嫂家一只石磨，一簸箕一簸箕的炒米早已排起了长队，大姆小婶们在谈着家长论着里短，小孩子们则在一簸箕一簸箕的炒米间嬉戏，炒米粉的香味与欢乐的笑声交荡在小天井里。关于年的味道仿佛隆冬的北风，迅速窜满了村子的每个角落。

　　开始打粉酥了。母亲准备好了箩筐、陈旧的铁质洗脸盘、木炭、稻草等烘焙的器具，先在洗脸盆底铺些灰，点燃几块木炭放在灰上，再把洗脸盆置于箩筐内，在洗脸盆的四周放置稻草，垫得比洗脸盆高一点，将一个圆圆的竹筛放在箩筐上。一个简陋的"烘炉"做好了，母亲拿出早已煮好的糖胶、切薄块的肥猪肉、花生碎、椰丝、芝麻、白糖等混合的饼馅，就带着我跟哥哥或姐姐专心地打粉酥了。她先把一小量筒炒米粉倒在一个盘子里，和上糖胶，打上一个鸡蛋。"和上鸡蛋，粉酥就会又香又脆。"母亲边说边把粉搅拌均匀了，拿过炒米饼模，把粉铺一层在饼模里，放上薄薄的大夹肉、舀一点饼馅，再铺上一层炒米粉，顺着饼模抚平，用刀刮去溢出的粉，就把饼模交给我们了。我们接着用汤匙把模里的饼面压实刮滑，用个小木槌敲一下，饼就轻轻地松开了，再倒转饼模一倒，两个圆圆的粉酥就跳到了竹筛上。

这过程说起来轻巧，做起来就难以拿捏了。首先是炒米粉不能和得过湿，过湿饼就会太硬，吃起来费牙力，太干的话饼就松开；而用小木槌敲饼模也考验你的功力，力气敲得不够，饼粘在模里不松开，力气太大的话，饼就会猛地弹起，掉下来，摔得面目全非。这时候，我们一边垂听母亲的责备，一边窃喜着，这样就可以把这炒米粉和馅儿提前尝个鲜了，慰劳一下因烘焙香味而诱起的馋。饼模是木制的，上面刻有祥禽瑞兽、花草树木，还有"福禄平安"之类的文字。记得我家的饼模有一个刻着大大的双"喜"字样，是我最喜欢的，我总是抢先把这个模的粉酥打好，赶忙递给母亲。

炒米饼很快就把筛子排满了，这时母亲就会选择烘焙得硬点的粉酥，叠放在箩筐里四周稻草上，随着小木槌"噼啪"的声声起落，粉酥逐渐增多，箩筐里围成一个圆形的"城堡"。火候控制是炒米饼好坏的关键，非常讲究技巧，火候不足，则饼难熟，也不够脆；火候太足的话，粉酥很容易烘焦，特别是箩筐"城堡"里的粉酥，就会被烘成"阴阳饼"，一边焦黄，一边米白。这样的粉酥是难以见众的，吃起来也很燥热。所以母亲总是每隔一会儿就提示我们移开筛子查看火候，添减木炭。经过大半天时间，木凳上的小屁股早已麻了，粉酥终于全部成模，放在炭火上慢慢烘焙，直至第二天。这当儿，母亲总是定时调整火候，甚至半夜也要起床查看。

我们在粉酥香味中甜甜地进入梦乡，再被满室的香味熏醒。一脸甜笑的母亲已在烘炉旁收拾着，除了整理一些有破绽的装在竹盖子里让我们解馋，其他的粉酥要放置在瓦罐里，封好，存放时间就会长久些，直到春耕过后，还是脆香可口。刚烘焙好的粉酥是最可口的了，拿起一个，手心淌过一阵暖意，炭火的余热尚存。轻轻咬一口，粉酥"啪"的一声融进嘴里，炒米的香、花生的酥、五花肉的滑而不腻，通通绕过舌尖，咀进五脏六腑，咀进你的笑意里，让人回味无穷。

粉酥补肾补胃，寒冷的冬季里耐寒养身子，是我们阳江人拜年必带礼品，三姑六婶、大舅小姨的亲戚们聚在一起，互品着粉酥，互评着优劣，拉着家常，谈着一年的春计，闹哄哄、热腾腾的年味就在炒米的芳香中弥漫浓烈……

岁月渐远，童年的一些事情慢慢模糊，春节吃粉酥的习俗现在还沿袭着。只是随着社会经济的发展，如今大多数人已不用自己动手打粉酥了，平常随时可购到吃到。但春节家家户户打粉酥过大年的闹腾总是忘不了，那大米的香味早已刻进记忆中，炒米氤氲的年味滋养着的幸福已悄然融进生命里。

（发表于《阳江日报》2017 年 1 月 22 日文化版，发表于《湛江日报》2017 年 6 月 11 日环北部湾阅读+百花版）

腻滑鲜美的咸圆子

咸圆子，是阳江人的特色传统美食。那腻，是粘贴在唇齿间的酥滑；那香，是缠绕在舌尖上的鲜美。

咸圆子，就是咸的糯米汤圆。我们阳江人有冬至吃汤圆的传统习俗，寓意"一家团圆、美满幸福"。冬至的汤圆，有糖的和咸的。糖的一般是祭祖用的，甜甜腻腻的，一般半碗下肚，就不想再吃了。而咸圆子，百吃不腻，倾注了一家人的期待，所以，从不马虎对待。和粉搓切圆子，备汤料，煮圆子，各个环节都做细做好，一锅咸圆子才满室飘香，馋你的嘴。

翘起脚尖盼来冬至，一年四季的农事已忙完，寒风呼呼在村子里蹿着节日的气息，家家户户就要准备好糯米。农家的糯米不常用，经常是三婶送来，四姨换走，各家的食料共同享用。择个阳光灿烂的好日子，把银白的糯米在水里浸泡适当，掏上来送到米机铺里，机器"轰轰轰"几下，白白嫩嫩的糯米粉就出来了，再倒进大圆簸箕里，放在太阳底下适当翻晒一会儿，把水汽晾干就可以用了。

煮汤圆，首先要做好糯米圆子。把台面擦洗干净，将大半的糯米粉倒在台面上，弄成一个浅坑形，慢慢地往浅坑里注入烧热的开水，把粉往中间拨拢，来回搓动；再注一点水，再拨拢，再搓。如此来回，直到把一堆粉搓成团，再取一小块搓成长条，然后切成一粒粒的圆子。全部弄好后，要撒点干粉轻轻搅拌一下，以防圆子粘在一起。听母亲说，早点搓好粉团，放置点时间，做出来的汤圆就会更有韧劲，嚼头更足。

咸圆子的味道好不好主要靠汤料，备汤料是很重要的一环。我们阳江临海，大海的富足滋养着人们的味觉，故煮咸圆子的汤料以本地海产品为主，虾米、鱿鱼丝、瑶柱、鲜蚝、海螺、腊鸭、瘦肉、萝卜、香菜、葱、花生油样样都可往里添加。而这些汤料还要动巧手弄精致，这样不仅容易煮出食料的精华营养，煮出来的咸圆子还会给人视觉的美感，能刺激你的食欲。虾米、瑶柱要洗干净，最好放水里浸泡使之松软；萝卜切丁，比圆子小些，不要喧宾夺主；鱿鱼切丝，瘦肉切丝，加入花生油酱油腌一下则味道会饱满一些；腊鸭也要洗干净切成小块；鲜蚝最好是小点的，不用太大，洗好滤干；香菜和葱洗干净切成小段。

一切准备就绪，开始撸起袖子煮汤圆啦。猛火热锅，下油，先把瘦肉丝放进锅翻炒，陆续加入虾米、鱿鱼、瑶柱、腊鸭、萝卜等，汤料先不用完全炒熟，翻炒几下，再放水入锅，连同浸泡虾米、鱿鱼、瑶柱的水也倒进锅里，盖上锅盖，猛火煮开。随着火光扑闪，香味已在屋子里氤氲开来，一阵阵直往人的鼻孔里蹿，陶陶然地让你的垂涎旺盛。约煮 15 分钟，汤料的精华出来了，就可以把之前搓好的圆子粒放进去了，这时候可要保持锅里的汤料沸腾的状态。把圆子倒进去后还不能放松，否则大好的美味就会功亏一篑了。要一边放一边轻轻搅拌，防止圆子粘底或粘在一起，糯米圆子黏性大，还未滚上汤面的话很容易沉下锅底，时间久点就会煮焦。大火煮到全部圆子浮上来，就熟了。关掉火，下香菜，放葱花，一锅色香味俱佳的咸圆子就亮丽地呈现在你面前，红的虾米、白的圆子、黄的瑶柱、翠绿的菜……你的眼睛已是满眶鲜活味道了。

迫不及待地拿来敞口盘子，先装上一勺，轻轻摇一摇，慢慢呼口气，再轻轻吸进一口汤。顷刻间，海味的鲜、腊鸭的醇、萝卜的甜、葱花的香……统统在舌尖打转，在口腔间徜徉，滑向喉底，流进五脏六腑。一粒圆子放进嘴里，糯米特有的黏滑在牙齿间轻轻嚼动，腻腻的、韧韧的，让你欲罢不能，一口再一口，一碗再一碗，直到肚皮鼓起，直到打嗝声不断，直到起立艰难，你的眼睛还是巴巴地望着锅里。幸福的日子就在一碗滑腻的咸圆子中滋润，富足的生活就在那缭绕的香味里厚实。

糯米富含维生素 B，是一种温和的滋补品，能温暖脾胃，补益中气，对脾胃虚寒、食欲不佳、腹胀腹泻有一定缓解作用；还有收涩作用，对尿频、自汗有较好的食疗效果。所以，咸圆子老少皆宜，男女适合。

如今，市场上天天有现成的糯米圆子粒卖，一些餐馆食店也可随时为你煮咸圆子，不用再等到冬至才吃。阳江人吃咸圆子的用料也更加讲究了。逢年过节，开张入伙，结婚满月，一些单位企业的迁址、开张、志庆等等，只要是喜庆的都少不了煮上一大锅咸圆子，让家人和前来祝贺的宾客一起品尝。一锅鲜美醇香的咸圆子，不仅是盼望着把一家人团团圆圆、美美满满的日子过得殷实，还承载着我们阳江人盼望家庭事业一帆风顺、兴旺吉祥的美好期待。

（此文发表于《阳江日报》2018 年 1 月 5 日文化版）

牛的美好生活

　　记忆中的牛是农家人的宝贝，是耕田人的好帮手。耙田、犁田、犁地种番薯、犁晒霜、推磨……几乎所有的力气活都离不开忠厚老实、吃苦耐劳的牛。牛是稀罕物，记得刚分田到户，村里很多农户买不起牛。我家也一样，一到农忙，只能一家大小扛着锄头、铁耙，在自家责任田地上掘田、锄地。那时八九岁吧，叉开双脚踩在水田里，学着大人的样子，双手握住高高举起，往下锄，锄头无力地跌下，顿时水花四溅，弄得满身满脸都是泥水。再接着来，一次，两次，终于学得有点样子了，却早已腰酸背痛，嫩嫩的小手掌也起了泡泡，只好扶着腰，挂着锄头柄喘粗气。广阔的田野一片闹腾，插秧的、抛肥的、犁田的、汲水的……忙得热火朝天，吆喝声、谈笑声、水声等，奏一曲耕种的交响乐。尧叔的吆喝最撩人。只见他一手扶犁，一手甩牛鞭，"嘿"的一声，前面的大水牛迈开大步，它颈背上拉着的那把犁也向前移动着，一块块滑腻的泥条翻出水面，在水面上画出一条美丽的弧线，旋即浸润进水中。我羡慕地看着：有牛，真好啊！

　　后来我家终于有了一头老牛，是我家和炳叔家合伙买的。那时家里一贫如洗，我家的几个钱再加上炳叔家的，也只够买头便宜的老水牛。老牛确实是老，身子仿佛老树皮，颈背上的茧特别高，走起路来，瘦骨嶙峋的身子上突出四个骨头，在前后左右摆动。没有人告诉我它究竟多少岁了，也不知道它究竟耕作了多少田地，更让我失望的是父亲和炳叔不准我们像其他家小孩那样，骑在水牛身上招摇在村子里、乡间小路间，享受不了"牧童骑黄牛，歌声振林樾"的那种悠然。

可父亲和炳叔就把它当宝，说牛是庄稼人的好帮手，要好好养护。确实，老牛犁田耙地任劳任怨，无论劳作多久多累，从不发脾气，我们两家的田地全靠它。每当农忙时节，父亲总是要弄上稀饭、番薯等好吃的喂给老牛，给它增加营养；北风呼啸的冬季，父亲和炳叔又找来棉花袋，精心给老牛制作了厚厚的外衣，盖在老牛瘦弱的背上，还铺上厚厚的稻草给它作床垫。

那年开春，老天爷一反常态，黑着脸暴雨冷风日夜不歇地下了几天，田野是白茫茫一片，池塘灌满了水。"一犁春雨破春耕"，雨刚缓会儿，炳叔就牵着我家那头老牛往田头赶，他要把靠近池塘的那块田弄好下秧苗。当炊烟徐徐地从烟囱冒出，在瓦片间飘忽，邻居棉叔急急地来告知，说我家老牛跌倒在塘基上，爬不起来了。父亲的脸霎时变得冷峻，吆喝着带我们飞奔出门。忐忑着刚进池塘，便见靠近稻田那边的塘基围满了人。踩着泥泞的基地趔趄过去，人群中，炳叔正在无限懊恼：连续下了几天大雨，这塘基原来踏脚的坡阶松动了，老牛一脚踩上去，没力气撑住，滑了下来，挣扎了几次，就动弹不得了……透过人群，只见我家那头老牛牢牢跌坐在稻田与塘基之间的沟渠里，沟渠已被折腾成浮泥，老牛大半个身子就浮在泥浆里，露出头有气无力地呼吸，两只浑浊的眼睛无助地望着前方。一直折腾到黑夜，父亲请来了村里所有的青壮年，找来担架麻绳才把老牛弄回牛棚。

后来老牛究竟卖到了哪里，我不知道，只是很怀念那头一直劳苦到不能动的老牛。

没有老牛的日子，农忙时节我们又得当牛。农耕时我们又顶着烈日举起锄头，大块的土地就请尧叔的牛来犁田耙田。这样熬过几年，拖拉机驶进了田地里。我们曾经好奇地围着那"轰轰"作响的神奇机器，从村道上一直跟到田基旁，那是用拖拉机的车头，装上一个很多曲柱形的耙，一共三个轮子，司机就坐在一个刚放得下屁股的小盆凳上。拖拉机驶进水田，

"轰轰轰"转一圈，又硬又实的田地就被搅得稀巴烂了，比大水牛又犁又耙省事得多。

后来我家再没有买牛，村子里就只有尧叔家的水牛了，耙田插秧的都是拖拉机，下秧苗什么的小面积耕作就锄头出力或者请尧叔的水牛了。不知什么时候，尧叔家的水牛老了，尧叔也老了，小村子里没看到牛了，只是偶尔会在附近一些小土坡上看到散落的牛。

去年一个晴日，路过阳春，看见一位农民伯伯，扶着一架割草机大小的机器，在地里深耕，非常灵活便捷。友人解惑：那是微型耕田机，会耕田，也能耙地。我们啧啧赞叹：人类真聪明，不仅把自己从繁重的体力劳动中解放出来，还解放了牛！

确实呀，新时代的牛，也乘着改革的春风，过上了悠然滋润的好日子。

晨曦万缕，东风和煦，赶在从城区回平冈镇上班的路上，又到了那一片碧绿的草地边。我习惯地向那一片葱绿张望，眼前的画面使我双眼亮堂起来，一幅和谐的牛鸟图，让人的心瞬间柔软。薄雾弥漫的绿野间，一头水牛伏在草地上悠闲地望着远方，一只雪白的鸟儿，也许是白鹭，又或者是白鹤，正停歇在宽厚的牛背上，活像一位小妹妹在向大哥哥撒娇，又像小妹妹在为大哥哥挠痒痒。另一头水牛则卧在草地间的一个水坑里，三只雪白的鸟呈三角形围绕在它身旁，娇小的鸟儿并不惧怕庞大的水牛，水牛侧着头，悠然地摇着尾巴，也不欺负这嫩俏的精灵，也许，它们正在呢喃细语，互相问好，或是诉说昨夜闲适而美妙的梦呢。广阔的绿草中，耀眼的白绕着乎乎的黑，诗意点缀在天地间，温馨在这片天地间氤氲。

车子再向前，另一幅牧牛图很快映入眼帘：大大小小的一群牛，约20头，黑的水牛黄的山牛，各有风姿，正徜徉在绿意盎然中，专注地吃着草，不理会公路上疾驰的车辆，也不理会尖锐刺耳的汽笛声，如一群两耳不闻窗外事苦力攻关的学子，聚精会神地做着功课，把肚子吃得饱饱的，不负这阳光明媚，不负这草儿肥。

近年，野外放牧的牛儿多起来了。国家实施精准扶贫以来，地方对一些贫困户采取政策资金的扶持，给一些贫困户购买牛来牧养，帮助其脱贫致富。一次下乡了解扶贫户情况，家里找不到人。再找，远远望见田基上的身影，一顶草帽，手牵着一头水牛，后面三两头黄牛跟着，漫步在旷野间。驻村干部介绍，由于扶贫对象年纪大了，体力活干不了，养几头牛再适合不过啦，每天伺候牛儿吃饱、养膘，不出意外的话，就能挣几个钱补贴生活。

我的思绪仿若又回到儿时，晚霞万丈，辉映在小村庄，年少的我牵着那头疲惫的老牛，走在回家的路上。如果，那头老牛活到现在，就不用那么劳累，那么狼狈不堪，它一定也会羡慕现在牛的舒畅生活吧。

（此文发表于《阳江日报》2019年10月9日文化地方版）

岁月窑薯香

"最是人间留不住，朱颜辞镜花辞树。"王国维《蝶恋花》中的伤春感怀，引发了多少人对时光流逝的无奈和焦灼，然而岁月总是有情的，它会给你留下弥久珍贵的回忆，让你走过的路，充满芳香。

10月的天空飘着稻香，飘着果香，还飘着番薯香，故乡变得一片橙黄。小孩子们的眼睛又开始紧盯着垅地里待收获的番薯了。大人们在田头地里忙活的缝儿，哥哥和他那些伙伴们就蹿到垅地里，选一处一面低三面高的地儿，用泥块筑起圆锥形的泥窑。

我和我的小伙伴们屁颠颠跟在后面，找了泥块再找干柴。干柴是随地找的，一棵棵苦楝树下，会有干枯的枝干、厚厚的落叶，还有一些灌木丛边，也有干枯的枝叶，很快就把窑边堆满了。烧柴的当儿，那些大哥哥早已窥准了番薯地的破裂之处，沿着那裂痕，双手刨开沙土，又大又圆的番薯就到手了。红红的火焰把泥窑的泥块儿烧得通红透黑，他们就停止烧火，七手八脚地"打窑"了。先把窑顶上几块泥夹起，放进窑肚子里，窑顶上露出一个口子，再把番薯扔进滚烫的窑里面，放一些番薯又夹一些泥块下来，待把所有番薯放进去，就把所有泥块敲碎，盖住所有的番薯。顷刻间，一个红红的泥窑就成了一个大焗炉，等番薯焗熟，就可以大快朵颐了。

我的眼睛紧紧盯着红泥，盼望香味快快从哪儿冒出来。半刻，一刻，大哥哥说："要火炭沉、石头蒲（浮），番薯才能熟的。你们这几个小妹妹每人夹块火炭，放到水里，等火炭沉下水底了，就回来告知我们，番薯就可以吃了。"

我们傻乎乎地觉得很神奇，拿着他们递过来的火炭，走到晒谷场旁的水塘边，把炭放下水。只见黑炭轻轻漂浮在水面上，像一只小黑船在水面上随着水波轻晃。垅地都是沙质的，水清澈得可以看见水底的沙子，还有水中间的一条小小的游鱼。塘水如一面镜子，天上的蓝天白云倒映在水中，恍若鱼儿就在白云间欢畅舞蹈，我迷迷糊糊地看着那水中的鱼儿、蓝天、白云，半晌不知身在何处。

回到泥窑边，大哥哥们早已吃得嘴边都沾满了红的、黄的、粉的番薯肉，脸上还有一抹抹黑黑的炭灰。再看看那个拱起半弧形的泥窑，早被扒开了，大块头的番薯早被消灭掉了，地上还稀疏散落着几块番薯，不是"小薯孙"，就是沾满沙子的"伤兵残将"，可怜兮兮地等候着我们这群去履行"特殊使命"的"巾帼部队"。虽是这样，但那泥土炙烤淀粉的香味，也可以慰劳一下我们的馋嘴。我们小心翼翼地掰开薯皮，去掉沙土，把那香味往嘴里送，连焦红的薯蒂都狼咽而下，咀嚼良久，回味无穷。看着那尚冒着热气的泥土，拿起棍子翻挖又翻挖，真希望能翻出"漏网之鱼"……

随着时代的进步，人们的温饱问题早已解决，日子过得越来越有滋味，一只番薯馋得口水直流的年代早成为过去式。焗窑的花式更是层出不穷，火红的泥窑里，焗下的美食多种多样，鸡、鹅、栗子、玉米……人们能想到的、想吃的都往里扔，番薯的身影已难以寻找。泥窑里飘出的香味远不止那一种淀粉的味道，还有诱人的肉香、海鲜香等，直撩着你的味蕾。一些烧烤场也风靡起来，亲朋好友，齐聚野外，观赏美景，同事知己，畅谈古今，尽情玩乐，到钟到点，就有窑焗鸡、鹅、玉米等美食摆上桌，任君选择品尝，岂止乐哉。

可这些别人为你打点好的，哪比得上自己动手弄好的美呢？

还是20世纪90年代的那个"三八"节，单位同事带齐"家当"，到野外举行泥焗鸡活动。因着时节潮湿，一些地也已播种，我们找到了一块半荒的田地，锄开大块大块的硬黄泥来筑窑；因为人多，按年级分成 6 个组，每个组筑一个泥窑，每个泥窑要焗 10 来只鸡，于是各组就来了场筑窑赛。一个个泥窑各具风姿，有的把捏不好，几次刚垒到一半就塌了。有的窑太小了，鸡放不下，要赖着脸求别组帮焗鸡；有的呢，窑肚子开得太大了，收不回拢，最后筑成了个田中"碉堡"。烧火、打窑、焗窑的当儿，同事们还进行了玩牌、顶棍儿、拔河等活动。平时烦琐的工作压得人只剩下喘气，一次集体活动来得那么珍贵，一群老的、年轻的、活跃的、拘谨的，一来到野外，都敞开了心怀，肆意叫着，狠狠闹着，大口啃着，欢乐的笑声与那泥焗鸡的香味儿，在田野上空氤氲。

也是窑薯香的季节，天空湛蓝，白云舒展，猛烈的阳光夹着一丝丝的凉。我们几个闺蜜好友，领着小孩，带着从市场上买来的走地鸡、鸡蛋、肉、栗子、玉米等，还有几只圆满的番薯，来到郊外一块刚挖完番薯的地里，来寻找放飞野外的雀跃，来品味美食出窑的惊喜。男同志负责筑窑，女同志负责带领小孩搬泥块，孩子们呢，一切都新鲜，一切都稀奇，兴奋地玩着泥巴，寻找干柴。起窑，美食出土，手里拿着的是喷香的鸡，嘴里咀嚼的是可口的栗子，眼睛盯着的是甜甜的玉米。一直吃到肚子打嗝，剩下的就是鸡壳鸡骨，还有那仿若儿时被大哥哥争抢一空的番薯，在西斜的霞光中散发着丝丝的香味。只是那香味，远不如记忆中的那么浓烈诱人。

可那记忆中的窑薯味还是那么香，也许，飘着香味的是那岁月，刻在脑子里的是那份陶然的向往。

（此文发表于《阳江日报》2019 年 12 月 14 日百花园·文化·笔会版）

夏日童谣

小时候，在家乡那南海之滨的小山村里，听不到像现在电视、DVD等设备播放的动漫儿歌，倒是一首首脍炙人口的童谣美妙了时光。

夏日，太阳西沉，村子还是闷热得很，忙完里里外外的活计，乡亲们都习惯搬凳子到家门前或巷口乘凉，一把蒲扇摇得吱吱响，将一天的劳累轻轻卸下。大人们聚拢一起，舒意地谈着天南地北，酣畅地论着家长里短。屁孩们则趁着人齐，疯玩狂欢，时而捉迷藏，时而唱童谣，时而玩"捉俘房"等游戏。记忆最深的就是那童声缭绕在夜空的曼妙感觉。

童谣都是跟奶奶妈妈或姐姐们"拾口黄"（阳江方言，机械背诵的意思）学会的，一首有一首的韵律，一首有一首的寓意。广渺的天空像巨大的穹庐，月光给大地披上银纱，田野、树木、池塘、房屋都恬静在朦胧中，蛙鸣虫吟，山村的世界显得格外的美。我们一群小妮亮开喉咙："月亮光光照竹坡，鸡乸耙田蛤唱歌；老鼠行街钉木屐，猫儿担凳等姑婆；姑婆无采屋，斩开做蜡烛，蜡烛无着火，斩开做凳坐；坐无稳，一交跌落牛屎氹，淫（切音：依坎）两淫，就起身，嫁观音；观音阿玛伟钓鱼，嫁蟾蜍；蟾蜍背脊有支勒，嫁牛突；牛突伟咬人，嫁门神；门神公，吃酒醉，漏都手巾未知锤，狗子揹（切音：柯啮）去，猫子揹回，揹回二叔公拭拭嘴……"

时而又换个调儿：月亮哥，卖油油，阿哥担凳妹梳头，梳好未，擦昵油。

一首首童谣就好像一个个丰富多彩的童话，我们嘴里唱着，脑中浮现的是一幅幅千奇百怪的画面：带着小鸡咯吱在巷头巷尾觅食的鸡姆，变成了牛，扶上犁耙在田间耕耘，青蛙、老鼠、猫儿、狗儿……齐齐上场，我的思绪便如一阵阵清爽的夜风，惬意地飘逸、幻想，直到进入美妙自由的梦境。

夜空上一颗颗星星眨巴着眼，夜光下伙伴们赛起了歌喉，阿战抢先唱："月亮里头一粒珠，送妹过河去读书，读都三年无个字，读都四年无本书，亏都白米喂猫儿。"

阿战的歌声还在耳边缭绕，阿米娇嫩的声音早接上了："打掌仔，笑呵呵，阿姨教我唱首歌，保证无跟阿妈尾，留妈安心去割禾。"

阿米刚唱两句，我们高声齐起，像潮水般盖过她的声音："打掌仔，打哇哇，有治吃，无治罢，无好去望口，无好去过家，系屋企，听妈话。"

我们越唱越起劲，睡意早不见踪影，仿佛要把所有学会的童谣显摆个遍，一声比一声高，一波比一波快："落水仔微微（切音：么飞）阿公去等圩，阿婆偷米做煎糍，比阿公捉着，打得阿婆屎别别。"

……

正唱得起劲，几个男孩却跑来捣乱，晃着头乱叫着试图破坏我们美妙的歌声，被我们大叫着轰走了。临走他们还不服气地唱着："恶家忧，扒烂秋；恶家婆，扒烂箩。"

姐妹们可不甘示弱，齐齐唱着："麻雀仔，路边褒，老娘晒谷你来偷，有日终归捉紧你，慢慢潜毛挂上钩。"唱罢，还不约而同地哈哈大笑起来。

一会儿，我们又捉起了迷藏，聚拢一起按人头点唱，确定谁捉谁藏："点鸡零罗仆，放鸡仔出六，捉个麻麻鸡仔来煲粥，粥未熟，密谁偷吃厨烂肉。咸鱼头，咸鱼尾，密谁偷吃就系你。"

一支支歌谣都围绕着农家人的生活来编唱，寓做人的道理于其中，朗朗上口，比简单的说教更让我们知耻知羞。我们百唱不厌，赛着谁唱得快，比着谁唱得顺溜。在一遍遍比唱中，我们明白了小孩子要听从大人教导，学会为家里着想，懂得了要知礼诚实、认真读书……时光就伴随着童谣欢乐成长。

如今，信息化技术日新月异，电视、电脑、手机等多彩动漫的画面深深吸引着少年儿童的眼睛，新科技的发展丰富孩子们见识的同时也慵懒了他们的身骨子，童谣已鲜有听到传唱，好像一件过时的物品封存在记忆中。只是看到现在一些孩子沉迷在电子游戏中忘乎所以，总是特别眷恋自己那遥远而熟悉的童年，虽没有锦衣美食，但童谣浸润，就如那书香幽幽，启迪思想，熏陶人一辈子，何其幸福！

（此文发表在《阳江日报》2018 年 7 月 31 日文化·地方版）

拜月亮哥

儿时的中秋，期盼中带着美好，印象中最深刻的不是节日才有的杀鸡剃鹅，也不是那350多个日夜才有的月饼，而是拜月亮哥。那时候，故乡称中秋节赏月叫"拜月亮哥"。

月一天比一天圆了，也一天比一天亮了，翘首以望的中秋节浅笑嫣然而来。

等月亮出来，是我们最热切的期待。

吃过晚饭，太阳还留恋在西边，仿佛一个走亲戚的顽皮孩子，也想留下来和我们一起拜月亮呢。只是我完全顾不及它的感受了，一放下饭碗，就蹦跳在巷子里，东家瞧瞧，西家瞅瞅，看看小伙伴们都吃晚饭了没有。继而呼朋唤友跑到巷口连接田野的那块空旷的地方，踮起脚尖，盯着东方，盼望那轮圆圆的月快点露出脸儿，升出地面。母亲说，要等月亮哥出来了，才能拜月亮，月亮不出来，摆下的美食一直晾着不好。那时候住的是瓦房，站在院子的天井里，只望见头顶四角的天空，哪能看到明月在东方升起呢，只能到外面做侦察兵——等月亮了，等着它最初从东方出来的惊喜。

我们站着，望着，一如盼望从外婆家满载而归的母亲，雀跃而急迫。一直到太阳也溜达倦了，眼皮打瞌睡了，东边才露出一缕银光，淡淡的银，淡得仿佛分辨不出，刚出来的时候还簇拥着橙色的祥云，甚是炫目。我们便飞奔回家，大声喊着："月亮出来啦，拜月亮哥咯！月亮出来啦……"

母亲早已备好拜祭月亮的用品，放在一个大圆簸箕里。所谓拜祭品，其实也简单得很，一筒月饼，一个柚子剥开两瓣两瓣地连在一起，一盘家乡的咸水糕或者芋头糕，几个圆圆的煎糍粑，年丰时会多一筒月饼。但仅此足以让我们满足而兴奋不已，这是积蓄了一年的虔诚等候。

听到我们的欢叫，母亲便搬出一张折叠的小圆桌，摆在房子天井中，我们姐妹也赶紧帮忙把准备好的供品搬出来，放在桌子上。母亲慢条斯理地摆弄好桌子上的东西：最前面是半球形的轴子皮倒扣在桌面，当作香炉，那是花了工夫弄出来的。一个柚子，从上半身横划一刀，揭开上面的"小盖"，再把下半身一点点小心翼翼剥开，其间不能把柚子皮弄坏，要保持完好，这样看起来才更像一个香炉。靠近香炉的是酒杯、筷子，再就是那一簸箕的供品了。我们静静地待在一旁看着，可母亲不急。暮色拉下一层浅黑的纱布，月亮在鱼鳞瓦面上露出头尖儿，母亲才点上香和蜡烛，插在柚子香炉上，拜月亮才算正式开始了。母亲没有像其他节日拜祭那样站在祭品前念念叨叨，说月亮哥会自己吃东西。父亲让我们姐妹们拜月亮，于是我们面向月亮，双手合十，闭着眼睛微微鞠躬。我不知道为什么要这么虔诚地拜月亮，我只感觉这时的月亮是个十分美好的东西：弧线完美得浑圆，散发清辉万丈，辽阔的天空一片澄明，夜晚的村子一片敞亮，整个世界一片柔软的纯洁。我模模糊糊地觉得，朝拜向往这么美好的月亮，生活或许也会变得美好一点的！

拜了月亮，父亲把那柚子香炉放到较矮的厨房屋顶上，我们便开始享用美食。那时候的月饼一般是豆沙、五仁馅的，母亲分给我们兄弟姐妹每人一个，我当作宝贝似的捧在手心，轻轻抚摸，慢慢闻闻。母亲又把一个月饼切成七八份，我们各取一小份细细品尝着，又香又甜的美味在舌尖打转。

母亲是个嘴笨的人，只告诉我们月亮里有丹挂树，住着美丽的嫦娥。关于嫦娥的故事是祖母讲述给我们听的。相传射日英雄后羿得到了王母娘娘的一包不死药，因舍不得撇下妻子嫦娥，就把不死药交给她珍藏。后羿的徒弟蓬蒙知道了，趁后羿不在的时候，威逼嫦娥交出不死药。嫦娥被迫吞下不死药，飞落到离人间最近的月亮上成了仙，居住在月亮上面的广寒宫中。后羿很想念嫦娥。乡亲们在院子里摆上嫦娥平日爱吃的食品，遥遥地为她祝福。从此，每年八月十五，就成了人们期盼团圆的中秋佳节。

祖母的眼睛在月光下闪烁，我痴痴地望着碧蓝夜空的那轮明月，仿佛也看到了那里掩映着依稀的树影，那就是传说中的丹桂树吧，听说那树下还有一只玉兔陪伴着嫦娥呢。可我那双渗着月饼和柚子的甘甜的手，使劲把眼睛揉了无数遍，还是看不到美丽的嫦娥和可爱的玉兔，连模糊的影都想象不出，只好静静地沉浸在一片银色的美好中。我不知道是因为嫦娥使月亮更圆润洁白，还是因为月亮使嫦娥更温婉动人。夜晚的风是那么凉爽怡人，天上明月，人间烟火，一切都是那么安谧、纯静、美好。

美好的夜晚是不会这么快就结束的，不多时，外面便传来了欢乐的嬉闹声，我把月饼放好，撒腿往外跑。伙伴们已聚在巷口，比着谁的食品多，都是一手月饼，一手水果，嘴里还嚼得啧啧有声。吃得差不多了，我们便玩起了捉迷藏，躲在小巷里，藏在大树下，闪在石墩旁，哪里都洒满银辉，哪里都有我们小小的身影，好像哪里都可藏，又好像哪里都能被月光发现，感觉藏无可藏。于是便躲在最近处，等捉人的一开始捉人，马上跑回去封印，趁捉人的还没有那么快反应过来，乌龙一下。这样嬉闹一阵，伙伴们又堆在一起闹，玩起了老鹰捉小鸡，快乐的叫声穿透月光，在村子里荡漾。

我们叫累了，笑累了，倒在床上，梦中的月亮哥还是那么圆那么大，天空还是那么明那么亮。

（作于 2020 年 10 月）

清明时节话扫墓

东风微微，温柔了杨柳，婉约了花事，芳草萋萋，蒙蒙烟雨斜送丝丝怀念，春的脚步叩响了淡淡悲哀，怀念先人的季节在幽幽花香中氤氲。春风拂煦清明节，踏青祭祖念先人。清明将至，绿草皮又成了"香饽饽"，家家户户开始张罗着"抔山"。

家乡人清明扫墓，为了表达对先人的尊敬，祈祷先人护佑家人过上安康富裕的生活，都要在扫墓前给祖坟换上新绿，家乡人称这叫抔山。祖坟经历了夏雨的侵袭、秋的风吹、冬的萧索，早已塌矮了，黄泥凸露，还盖满了腐烂的树叶，这样不经修葺就进行扫墓是不风光的。谁家的祖墓修整得好，就预示着兴旺发达。恰逢这时大地送暖，天地披上新绿，于是，乡亲就争先恐后地把各地的绿草皮移盖到自家的祖坟上去。

抔山是件大事，要修整好祖坟的杂物，培上新土，用绿草皮盖住坟身四周，还要把草顶放在坟前最高处，给祖坟戴上"新帽"，这个过程不能有半点马虎。记忆从 10 岁始吧，每逢清明节前几天，我家和四叔家就相约去抔山，父亲、母亲、四叔、四婶、哥哥，还有堂姐堂哥和我，凡有一点劲儿的都不能待在家里。春雨绵绵，这时庄稼已经播种好，坡上没有多少可铲除的草皮了，田基也修整得很整齐，我们经常要到很远的水利基上找草皮。铲草皮的活难以把握力度，经常是大人们干，我担着一担畚箕，把绳子扯短，趔趄地跟在哥哥姐姐身后，每担几块草皮到坡上的祖坟，就累得直喘气，汗珠子合着雨丝黏在身上。姐姐们哎哎地叫着，四婶开导我们："女孩子家，要多出点力，担多点草皮，把坟'抔'得靓靓，祖宗就会保佑你们嫁个好人家……"我似懂非懂地望着四婶的黄脸，拖着疲软的身子继续趔趄在泥泞的田基。

"风吹旷野纸钱飞，古墓累累春草绿。"祭奠那天，青树环绕，披上新绿的土坟，朦胧着的氤氲，点香斟酒，烟火几重，引言恭拜，无语的沉思。缅怀，生与死在天涯对话，阴与阳在蒙蒙交织呢喃，湿了相思记忆，透了追寻感伤。我脑海中浮现如蒙太奇般的影像，爷爷的爷爷，曾爷爷的曾爷爷……遥远而陌生，模糊而捉摸不透，我想象不出安眠在祖坟里的先辈们经历过怎样的磨难，只知道他们在这片黄土地上辛劳了一辈子，一个意念隐隐冒出：努力读书，祖宗们保佑我们走出不同的路。

初中毕业，我考上了阳江师范学校，成为一名准"铁饭碗"，四婶笑说："老祖宗保佑啊，你看小妹就是肯出力担草皮。"接过姐妹们羡慕的目光，我腼腆地笑笑。

出嫁后，夫家同族家人，每年清明前几天，也都会相约去抔山。三伯公在城里住着，一家人每年都抽不出时间回来，丈夫要忙着上班，抔山的重任往往就落在任劳任怨的家公和在家务农的憨实堂哥身上。岁月日长，家公渐老，行动日缓，婆婆怜惜地不停念叨："担吧，担得多，就发得多，祖宗保佑我家子孙……"清明节那天"拜山"，几家子大大小小几十号人聚在林荫下，好不热闹。祭品在祖坟前一一供展，几巡香火下来，鞭炮震天响，能说会道的三伯婆就开始念念有词了："老太公嫩太公，今日清明节，鄂好肉好酒一并有请，保佑我家子孙多财多福，宝马、奔驰、梅菜来菜（劳斯莱斯）汽车和飞机任我驶，鄂做官大过主席，养虾大过鳙鱼头，斟酒落地，大吉大利，炮仗开花，富贵荣华……"

年年雨缠绵，岁岁草萋萋，花谢又旋踵花开，一季复一季……堂姐堂妹与丈夫在外面滚打摸爬，过上安稳的日子，我和丈夫踏踏实实做好教书工作，收入随社会经济发展水涨船高。三伯公包下大片滩涂养殖海鲜，赚了大钱再投资做生意，过上优哉游哉的小资生活。而父亲、四叔、家公、堂哥他们还守着三亩薄田度着清闲。四婶说过的话，时常在我脑海响起，婆婆的念叨，也时时耳边回荡：葱绿的草皮里透着希望，却不一定藏着好日子。

清明扫墓祭祀，缅怀先人寄托哀思，是中华民族几千年来留下的优良传统。担草皮抔祖坟是表达对先人的深切怀念，现在也简化很多了。外出工作求学的亲人这时不远千里赶回来踏青祭祖，趁这节日相聚一回。前辈晚辈一齐畅谈家事，通过清明祭祖认识先辈，修正自己，弘扬孝道亲情，唤醒家庭共同记忆，促进家庭成员乃至民族的凝聚力和认同感，促使在怀念中寄托美好期望，在期望中拼搏进取。

总之，认真做事，融入社会改革热潮，努力奋斗才是通往好日子的康庄大道。我想，这也许是扫墓祭祖的初衷吧。

（此文发表于《阳江日报》2017 年 4 月 4 日文化·百花园·地方版）

随文学荡漾的青春梦

1991 年 8 月考上阳江师范学校，我有幸加入了髻山草文学社。当时的指导老师卢荣存，激情飞扬，文学素养高，每次的辅导课都精心筹备，引领我们一群懵懂的少年徜徉于文学的海洋里。我们逐渐认识了诗歌的朦胧，体会了散文也可以深邃，知道了即使几十字的小小说也可以映射社会现实……

我们幸福地参与每一次的文学活动，上课、创作交流会、联谊座谈会、参观访问……每一次活动，我们都受益良多；每一次出访，我们都载满笑意而归。于是青少年开始追梦，开始用似朦胧非朦胧的诗行记录青春梦想，开始以感性的笔调领悟人生，开始透过幼稚的笔思索正在改革发展的社会，甚至表达羞涩的爱情……社员们的作品也陆续见诸报端，一行行的手写变幻成一串串的铅字，慰劳着我们喜爱文学的热切，坚定着每一名社员的挑灯书写。我们期待自己的文字随成长而灵性飘逸，盼望自己的情感因丰富而柔情细腻，憧憬自己的思想因成熟而深邃崇高。

升至三年级，我们已是社里的老油条了。梁永艺，当时的文学社社长、学生会主席，"智囊团"的首脑；关分豪，思想颇富创造性而不失幽默，当年我们全部社员梦寐以求的全市青少年纪念毛泽东诞辰 100 周年征文的桂冠就被这家伙摘取了；梁荣选，思想深邃肯干耐劳的黄牛；黄千红，文笔比他的笑意还自信的美男子；龙有瑶，乐观豁达的阿 Q；林良娜，文笔灵活、清脆的笑声随人转的社里的舒婷；岑始强，外表严肃而情感丰富、笔尖灵动的思考者；当然还有年龄最大被称为"大姐"的我。每个晚上自修后、周末，甚至课间的时间，都会到文学社里溜达，讨论社里的事、评论某作品、谈论校里的新鲜事……而最喜人的就是每当稿费到手，就会邀上这班老友，到原两阳中学门口侧边的小店里，来个煮酒论英雄，享受文学带来的快乐与豪情。

记得1993年那个"每逢佳节倍思亲"的金秋，为了给新社员们搭设个交流的平台，社里组织了一次秋游。带上锅碗瓢盆，带上美食，高举髻山草文学社的旗帜，往学校后侧的山上寻梦。

秋风阵阵扑来凉爽，架起锅炉欣煮食物的当儿，社员们互相介绍，谈论文学；大雁排成"人"字于高空掠过，品尝可口食物的空隙，大家说着动人的故事，背着关于秋的诗词；湖水粼粼跳跃着金色的音符，我们唱起了歌，玩起了游戏……就在乐而忘返的时候，老黄牛说："来，阿艺、阿豪、大姐，站一排，给你们来张桃园三结义。"

相片冲洗出来后，我们都笑了，真的是桃园三结义！一只调皮的手，一个追求文学的梦，把我们聚在了一起。虽然毕业后奔忙于各自岗位，虽然相聚甚少，虽然手中的笔搁浅了，但每当看到这张老照片，就想起那友谊，那文学，那梦，那荡漾的青春，好温暖！

（此文发表于《阳江日报》2015年5月8日百姓故事版）

文学路上的星星

教诲如春风，师恩似海深。金桂飘香的 9 月，暖流总是氤氲在内心深处，每当想起那些深深影响过我生命的老师们，怀念与感恩便如初秋的云朵，不停地翻滚缭绕。

初三那年，在散发着黄泥尘土的校园里，我收到了一封牛皮信封的来信，是当时在阳江印刷厂工作的曹飞跃老师寄来的。曹老师在信中鼓励我要多读书，还随信寄来几张小报，里面密密麻麻刊登着一些和我年龄相仿的学生的文章，有诗歌、有散文等。曹老师还鼓励我可以像这些学生那样，学着写一些像那样的文章。

我如获至宝，认认真真地读了几遍，那是我从没看过的东西，有青春的思考、懵懂的苦恼，以及对未来的梦想，语言清新，文笔细腻，情感或缠绵或激越。有些语句我读着不太懂，只是朦朦胧胧地半知半解，却又被深深迷住。可我也只能是羡慕，怎能写出那样美好的文章呢？

1991 年的暑假，我收到了阳江师范学校的录取通知书，曹老师的笑容如那时的阳光般灿烂，她扶了扶鼻梁上厚厚的眼镜，叮嘱我："阳江师范里有一个文学社，到那里读书你要加入这个社团，学习文学，积极创作，争取有机会发表文章。"我便记住了"有一个文学社"。

踏入阳江师范学校，我感觉一切都是那么清鲜有趣。髻山脚下，一幢幢高大的楼房错落有致，掩映在绿树碧草间。刚落成不久的艺术楼就在山脚下，显得特别雅致恢宏；饭堂也是新的，宽敞大气；宿舍楼虽然旧了点，但来自各地的方言在这里交织碰撞，欢乐的笑声在狭小的空间里回旋，全新的学习生活充盈我们的心田。

　　新学期不久的一天自修，安静的教室里走进几位高年级的师兄，他们自我介绍说是"髻山草"文学社的社干，要到一年级新生这里来招收新社员，要求有兴趣参加的同学交一篇自己近段时间创作的文章，文学社择优录收。一听到"文学社"，我马上挺直了腰板，听得特别认真。我心里又激动又忐忑：文学社，我正想找你呢，你却找我来了，一定要写好这篇文章，过好第一关，成为社员。至于当时写了什么，我现在记不起来了，只记得文章交上去不久的一天晚修，在明亮的白炽灯光下，我和那些刚被选上的新社员们，有二三十人吧，围坐在髻山草文学社活动室的长桌边，文学社辅导老师卢荣存和社干们给我们召开了新社员第一次会议。卢老师是一位刚大学毕业的年轻老师，刚好也任教我班的语基课，是一位知识渊博、能说会道的老师，课程里一个小小的话题，他都可以古今中外、天南地北，随意铺展，娓娓道来。记得他当时介绍了髻山草文学社的一些基本情况，还说要在我们一年级每班挑选两名编委，负责一些文学活动的传达组织等方面的工作。我耳边响起曹老师的嘱咐，心想：如果能当上编委，是不是有更多的机会学习文学呢。可是我刚进入文学社，毫无特别之处，哪有把握被选上？活动室里非常安静，我仿佛听得见自己"怦怦怦"的紧张心跳。一个念头在我脑海中涌起，我忽然站了起来，在众人诧异的目光中，走向辅导老师和社长，俯下头来，小声地请求：我是四班的，想当编委。也许卢老师是呵护我一时毛遂自荐式的勇气吧，后来当真选我担任我班的编委。我知道，这是对我勇气的鼓励和赞赏，那时我班写作出色的同学多着呢，他们的文笔、功底都比我好得多，如关分豪、黄千红、龙有瑶等。我格外珍惜这个难得的馈赠，每次都积极参加文学社的活动，认真倾听辅导老师的每一次讲课，认真写文学社布置的每一次创作任务。

　　上辅导课、阅读、创作、出社刊、联谊活动等，是髻山草文学社最经常的活动。丰富多彩的活动，既加强社员之间的交流学习和创作热情，又提升创作能力。每一项活动于我来说，都是那么鲜活、有意义，深深吸引着我。文学辅导课是很难得的，卢老师文学功底深厚，讲课引经据典，信手拈来，侃侃而谈，甚是吸引人。我想，大抵大学里面的教授作那些鼓舞人心的演讲，也不过如此吧。他会给我们讲他的一些求学之路、读书心得。卢老师说他是当年全县的文科状元，由于当时高考报考制度的原因，最后只被华南师范大学录取，他总会教给我们一些文学创作的理论，并结合具体例子辅以说明。有一次上课，他论述了散文创作的虚与实，写景抒情要虚实结合，在虚中体现实，于实景中衬托虚，增强文章的感染力。运用他教的虚实结合创作法，我写了一篇散文《风雨交加的日子》，参加当年全国青少年华夏杯作文大赛，获得了优秀奖。获奖的还有另外一位同学。校长在全校升旗仪式上给我们隆重颁奖，可惜我当天没能参加，没有上台领奖。但后来领到奖金50元，我甚是欣喜，那是我文学创作收获的"第一桶金"，我心里像藏了一块糖果，甜甜的滋味慢慢地弥漫，渗透全身。

此后，我更加喜欢文学，喜欢文学社了。下完自修，我总喜欢有事没事往文学社活动室跑，那里有同伴遨游书海的专注身影，那里有忙于采编文学作品的爽朗笑声，那里有青春萌动的文学梦想……

时光如白驹过隙，一晃眼，即将过去30载，岁月厚薄肥瘦，甘甜苦涩，美好的时光始终如一道曼妙的风景，总是刻在心底，镌在灵魂深处，丰盈人的一生。

如今，工作之余，我仍然喜欢把生活的感悟用文字记录下来，把自己的小喜小哀诉诸笔端，给平凡枯燥的日子增添一丝色彩。我常常想起接触文学的最初时光，感恩之情不由在心底涌起，老师的教诲就如黑夜中的星星，闪耀着光芒，指引我们坚定向前。

我有幸也成为一名老师，我希望孩子们那一双双无邪的眼睛始终闪烁着光芒。我也会给他们讲讲我的阅读写作经历和感受，鼓励他们认真阅读，让优美的文字滋润他们的灵魂，丰富他们的人生。

（发表于《阳江日报》2020年9月20日文化·百花园·笔会版）

金黄的家乡

    季节渐深，寒冬将至，新闻上、朋友圈里，阳春马兰金黄的稻浪图在翻滚，那一片炫目的色彩亮丽了一年的岁月。记忆深处那熟悉的金黄又如深秋的曦阳，光芒穿透五脏六腑，温暖从脚底升起，舒适惬意。

    秋天的家乡是金黄色的，那是天地间悦动灵逸的金、夺人魂魄的金，那是纯净透亮的黄，是与天空的碧蓝、云朵的纯白相映趣的黄，是大地十月分娩的黄金儿，是农民盈满心间的喜悦。

    田野是一片纯净的金黄，成片成片的稻田铺展在蓝天碧空下，天地间披上一件质地柔软金黄的大绒袍。那时物资还是很贫乏的，家乡里所有的稻田都种上了水稻，池塘边、水利旁、沙垄下，稻田就如大地母亲一双温柔的大手，紧紧地把整个村子无缝地抱在怀里。

    "六月禾生米熟，十月禾熟米生"，田野里的黄仿若要燃烧起来了。一株株稻苗才彻底成熟，一粒粒稻谷肚子滚圆，身子黄灿，挨挤成一串串稻穗，不停地鞠躬弯腰，向淳厚的大地致意，向辽远的碧空问好，向悠悠的白云打招呼，向南行的大雁说再见，那憨厚的姿态勾起了乡亲们的笑意。人们便忙着取出收藏好的镰刀，扛起箩筐，抬出打禾机，走向田野，喜滋滋地把亮闪闪的"金豆豆"收回家。

    站在起伏的稻田边，我的个子比稻苗高不了多少，展现在眼前的是一眼望不到边的耀眼。秋风或疾或徐，大黄袍起伏飘逸，一会儿一个劲儿地匍匐向远方，一会儿又扭着腰肢摆弄回来，那一片片的金黄在艳阳下跳跃灵动，或明或暗，或高或低，如一堆堆碎金，如一片金海，让人恍若处身在梦幻的世界里。年少的我说不出是由内至外还是由外至内的悸动，这究竟是怎么的一种喜欢，秋天这片渗入灵魂的金黄。作为南方的村庄，收获的季节还有夏季，那时田野也是一片金黄，但盛夏收获时乡亲们已撒播下晚稻的秧苗，所以一大片金黄之间会间隔着一片翠绿的稻苗，哪有秋收之稻田金黄得那么纯粹明艳，那么灿然夺目，那么一尘不染地嵌入灵魂。

整个村子的男女老少都会投进这金色的喜悦中，整片田野都是喜悦的悸动，割稻穗的、打禾的、捆草的、整理稻谷的、捉禾虾的……各司其职、各得所乐，那一个个劳动的身影，就像给一片金黄镶嵌上一朵朵不规则的小花，又像一条条鱼儿在金色的海洋里游动。躬身劳作是相当劳肌酸骨的，但当汗水滴落在脆黄的稻穗中，所有的辛劳都被那片饱满的希冀掩盖，所有的疲惫都揉碎在金黄的稻谷里。

晒谷场上是浓重的金黄。收割回来的稻谷铺在晒谷场上，接受太阳的炙烤，为最后的归仓入库画上浑圆。偌大的晒谷场被分成一块一块，每家每户得到的并不多，故稻谷晒在场上，是无法铺得薄薄的，有一定的厚度。这时像是丹青妙手把浓浓的黄倾泻下来，又仿若稻田上的大黄袍折叠起来了，铺展在晒谷场上。我偶尔会去那里翻晒稻谷，有时用双脚插入稻谷中，按照横竖轮流的方式，左右走动，将下层的稻谷翻出来，接受阳光的亲吻。脚步移动之处，稻谷像个调皮的孩子，弄得脚丫子痒痒的，只是那一粒粒调皮在双脚之间闪动着光芒，让你生气不起来。有时用锄头状的木质工具把稻谷弄成番薯畦状，让最底层的稻谷全方位接受阳光的抚慰洗礼。

这耀眼的黄当然深受鸟儿的青睐，它们经常趁着晒谷场上无人，三三两两扑翅而下，把一粒粒饱满的金黄收入腹中。待到人儿发现走过去赶，它们就吱吱欢叫着飞回那片林中。一转眼，又是几只飞来，不知是刚才那几只，还是刚才那几只呼朋引伴带来的"金黄痴迷者"。

夕阳西下，村子沐浴在缤纷中，万道霞光映照在屋顶上，穿透袅袅炊烟，跳跃在池塘水面上，晒谷场的金黄与绚丽的晚霞争辉共艳。这时候，家家户户的人从田地里赶回来，从家里走出来，忙着将晒谷场上的稻谷整理收藏，把晒了一天的稻谷聚拢成一堆。于是，晒谷场就耸起了一堆堆小山，大的、小的，高的、矮的，都是单一纯净的金黄。有的稻谷刚晒了一天半天的太阳，还带着泥土和禾苗的碎末，乡亲们需要把它们整理精当。有的摇动风柜，把饱满的和干瘪的分开，饱满的是精美的粮食，干瘪的还可以当作鸡的零食或者小柴。有的已晒了多天，放一粒在嘴里，用牙齿一咬，"啪"的一声脆响，谷粒里的水分已被阳光蒸干，这样的稻谷可以直接封存入仓。

叔叔伯伯、姆姆婶婶们忙着手上的活儿，不忘抽出空隙话桑麻。"今年垅地由于水分充足，收成比往年好。""梁地那块由于施肥不及时，谷粒不够饱满。"……不知是晚霞的照射，还是稻谷的金黄映衬着，一张张晒得黝黑的脸盈着浅浅的金，清浅的暖，清浅的满足，不论稻谷饱满干瘪，终究是收成了，一年的口粮算有了着落。

这时的晒谷场浑然成了屁孩们的乐场，我们放下扫稻谷的扫把，满晒谷场追着、闹着，有的甚至踩上一堆堆稻谷，再欣欣然跳下来，连带起一连串的稻谷散落在已经扫干净的场子上，欢乐的叫声笑声盖过大人们的交谈声，在晒谷场上方飘荡。这时候大人们是分外宽容的，不会过分责骂我们，任由孩子们疯闹，可能是金黄稻谷充盈着人们的心田吧。

家里也弥漫着金黄的味道。屋檐下，摆放着一筐筐未来得及整理的稻谷。房屋的一角，篾编织的围子里，稻谷静静地卧着，卧成尖顶状；有的用蛇皮袋一袋袋装好，摞在一起，筑起稻谷方阵。于是，从家门口到厨房，到客厅，到房间，都氤氲着稻谷特有的味道，不甘不甜、不咸不淡，带着泥土的味道，渗着汗水的味道，飘着金黄的喜悦。恍惚间，满头满脑都是那暖在心底里的黄，在眼前晃动，在昏暗的灯光下闪烁，在沉沉的梦中缭绕缠绵。

又是一年秋已深，路边的稻田早换上了金装，母亲说，家乡的稻谷已收割入仓了。秋日，车子行驶在家乡的沥青大道上，两旁高大的大皇椰树挺拔威武，目之所及，有养殖的鱼塘，有残荷枝枝，有枯黄的珍珠马蒂叶，更多的是一大片金黄的稻谷。当年绕着村子的那片金黄已经变得斑驳多姿，浓厚的金黄间隔着点点的绿、片片的灰。丰收的田野里，不见当年的热腾，金黄之中只有稀疏的人影，硕大的收割机在田野"轰轰轰"地忙碌着，一会儿工夫，稻谷已封装入袋，一袋袋挤在田间，等着人们搬走。

快速地收割，晒谷场已不够用了，一条大道被打扫干净，铺上了刚收割下来的金黄。那袖珍型的金豆豆，仿佛粒粒带笑，颗颗惬意。

作为一年辛劳的酬礼，丰收会把金黄如期捧上。

（此文发表于《阳江日报》2020年11月11日文化·百花园·地方版）

老牛·乡愁

　　总是会想起那头老牛，在春雨霏霏、草长莺飞的农耕时节，回忆尤为强烈。

　　老牛是我家和炳叔家合伙买回来的，那时刚分田到户，家里一贫如洗，我家的几个钱再加上炳叔家的，也只够买头便宜的老水牛。老牛确实是老，身子仿佛老树皮，颈背上的茧特别高，走起路来，瘦骨嶙峋的身子上突出四个骨头在前后左右摆动。没有人告诉我它究竟多少岁了，也不知道它究竟耕作了多少田地，更让我们失望的是父亲和炳叔不准我们像其他家小孩那样，骑在水牛身上招摇在村子里、乡间小路间，享受不了"牧童骑黄牛，歌声振林樾"的那种悠然。

　　可父亲和炳叔就把它当宝，说牛是庄稼人的好帮手，要好好养护。确实，老牛犁田耙地任劳任怨，无论劳作多久多累，从不发脾气，我们两家的田地全靠它。每当农忙时节，父亲总是要弄上稀饭、番薯等好吃的喂给老牛，给它增加营养；北风呼啸的冬季，父亲和炳叔又找来棉花袋，精心给老牛制作了厚厚的外衣，盖在老牛瘦弱的背上，铺上厚厚的稻草给它作床垫。

　　看牛的任务落在我和哥哥身上，哥哥嫌老牛没趣，总把牛丢给我。秋季里的一天，太阳西斜，老牛耕作完，我牵着它往家赶。路过一片半黄半绿的稻田，老牛兴许是太饿了，兴许那稻苗太诱人了，我使尽了吃奶的力气都拽不回想吃稻苗的牛头，我害怕得快要哭起来。好在那时周边没人看见，好在老牛不是一头贪心的牛，只吃了两口就掉转头跟着我走。我吁了一口气，感激而又怜惜地牵着牛继续走。一个马尾辫子与一头老牛一前一后行走在小路上，广袤的世界里只有我和老牛相依相伴。

如果不是那场大雨，我想老牛还会陪伴我们久一点的。

那年开春，老天爷一反常态，黑着脸暴雨冷风日夜不歇地闹了几天，田野是白茫茫一片，池塘灌满了水。"一犁春雨破春耕"，雨刚缓会儿，炳叔就牵着那头老牛往田头赶，他要把靠近池塘的那块田弄好下秧苗。春寒料峭，北风伴着冷雨呼呼地闯进厅堂，我缩在家里不敢出门。当炊烟徐徐地从烟囱冒出，在瓦片间飘忽，邻居棉叔急急地来告知，我家老牛跌倒在塘基上，爬不起来了。父亲的脸霎时冷峻，吆喝着带我们飞奔出门，远远便见靠近稻田那边的塘基已围满了人。踩着泥泞的基地趔趄着过去，人群中，炳叔正在无限懊恼：连续下了几天大雨，这塘基原来踏脚的坡阶松动了，老牛一脚踩上去，没力气撑住，滑了下来，挣扎了几次，就动弹不得了……透过人群，只见那头老牛牢牢地跌坐在稻田与塘基之间的沟渠里，沟渠已被折腾成浮泥，老牛大半个身子就浮在泥浆里，露出头无力地呼气，两只浑浊的眼睛无助地望着前方。雨水无情地落在它虚弱的身子上，然后沿着身子流下泥浆里。我感觉我的心不止被寒风冷雨直接刮着那样痛，我感觉我的泪就要和雨水混在一起了。我的老牛，我的伙伴，我多想耗尽我所有的力气扶它站起来，可大人们都做不到的事，我一个孩子怎能办到呢。后来一直折腾到黑夜，父亲请来了村里所有的青壮年，找来担架麻绳才把老牛弄回牛棚。

随后的日子放晴，村里大大小小都忙着耕种，父亲说老牛着实老了，不能下地了，把它拴在池塘边的树干上。那天中午，我扛着锄头回家，只见老牛呆呆地望着不远处的稻田，牛尾巴无力地赶着苍蝇。我走过去抚摸着它的头，它稍转过来一下，又掉头望着远方。那里，强壮的水牛深翻出一条条滑腻的泥沟，泥土独有的芳香仿佛随风飘来，芳草萋萋吐出翠绿的希望。我忽然发现两行泪水从老牛的眼里流出来，淌在粗糙皱褶的牛皮上。

那是眷恋吗？是忧伤吗？还是什么？我不懂。后来老牛究竟卖到了哪里，我也不知道，只是老牛流泪的情景时常浮现在我的脑海，记忆犹新。

又是春雨缠绵，万物新生。那天和丈夫回老家，他又生气了。说要怎么才能劝得住这对老顽固，又出去锄地种豆，害得又心悸了，头晕脑涨，浑身不舒服，就知道给他惹麻烦，那东西要值多少个钱，才抵得上一次看病的花销！也是的，家公家婆均已70多岁了，一辈子面朝黄土背朝天积压了一身的病痛。丈夫多次咆哮，他们这边答应好好在家颐养天年，转过身又到田边地头忙活了，弄得身子好两天又治疗几天。面对我们多次的责备，老人一脸无奈：好好的田地，荒弃了多可惜啊！

老人布满沧桑的脸，闪烁的是我熟悉的不舍，老牛守望庄稼的情景又浮现眼前。"绿野喜耕种，一犁江上雨。"田野又是一片春意盎然，那是老牛深埋在泥土的希冀在葱绿着吗？朦胧中，我仿佛看见，那片芳香的泥土上有了更多的老牛、壮牛、小牛，在执着地守护着一辈一辈的泥土的乡愁。

（此文发表在《阳江日报》2017年4月11日文化版）

岁月沉香

北风起，寒冬至。当寒风卷起萧萧落叶，掠过那片欲黄还绿的草地，飞过红白相间的校道，钻进裹紧了衣领的脖颈，我忙着在衣柜里翻找冬衣，仿佛蓦然感知：冬季果真是到了，一往无前，一如以往，一年又将暮色。虽然日历早已显示进入冬季，但天气暖和得很，一袭单衣迎着凉爽的风，总以为岁月尚浅，还在意识里的夏季秋季，直到寒风真的呼啸而来，才惊觉那只不过是一个恍惚。时光流转，四季更替，从来不会因为任何的理由而歇步，一年的岁月就在指缝间流逝，岁月的萧索落入尘埃，沉归大地的泥土，化作一缕幽香。

晨起，打开南边阳台的门，拉开窗帘，千万缕橘色跳进来，暖意霎时不可阻挡地漫进小屋，一夜的寒意不知不觉躲进角落里。移步阳台，抬头望向窗外，只见那轮浑圆的曦阳，被彩色的云霞簇拥着，正挂在不远处的树梢上，感觉不到那橙色的曦阳是否在跳跃移动，只看见它周围的彩霞在变幻，鲜艳的红一会儿铺开，淡化成浅浅的一抹黄，时而又聚拢成浓浓的艳丽，灿烂、淡然围绕在太阳四周，萦绕、旋转、游移，那片天空夺目抢眼，房屋、树木，全都镀上一层暖意，就连树上掠起的小小鸟影，也染上了一抹灿然，显得更加灵动多姿。我的脚步移不动了，我静静地面向曦阳，让千万缕阳光照在我的脸上，我扬手、上仰、转身，让暖意铺盖在我的身上。我缓缓地呼吸，想把阳光吸进五脏六腑，听说多晒晒初升的太阳非常有利于人的健康，那么呼吸阳光，就是吸纳一种必需的营养了。心里这样想着，更加珍惜这片刻美好而宝贵的阳光，生怕它稍纵即逝。

午后的太阳热辣起来，照在操场上，点燃了这一片天空，激动的喊叫声掀起一阵阵喧闹，校园足球联谊赛正在如火如荼地进行着，孩子们沐浴在阳光下。绿茵场上，"烽烟"四起，小运动员们勇敢拼搏，左冲右突，围绕着足球奔跑、争夺。一张张稚气的脸，有的红扑扑，有的汗津津，有的脚法比较灵活，有的还是显得笨拙，但无一例外的，都是死盯着那个黑白相间的足球，仿佛那是梦寐以求的香饽饽，那是唾手可得的烧烤肉。球场外围，啦啦队忙得不亦乐乎："五七班，加油！五七班，加油！"那边也响起："五四班，加油！五四班，加油！"……一声声、一阵阵，此起彼伏，你不让我，我不让你，仿佛谁喊得响亮，谁就会赢，谁叫得久，谁就第一，输什么都不能输气势。

忽然，一名运动员带球越过对手，直逼到对方球门，抬脚一踢，球旋进了球门。"耶！"啦啦队们跳着、叫着，有的还拉起手来舞着。那欢叫声，穿透阳光，冲上云霄，那笑意，纯粹自然，张扬无拘。

那是年少无畏的肆意吗？青春追梦的洒脱吗？

一片此起彼伏的喧闹中，我依稀想起了多年前的那个懵懂少女。刚上初一时，体育老师组织了一场女子篮球赛，当时的我只知道篮球是男孩子的天地，没听说过我们女孩也可以打篮球，惊异中夹着几许雀跃。于是，一群泡在家务和农活中长大的不大不小的姑娘们，在篮球场上围着一个浑圆的球追逐、拉扯，弄得本就有点飘浮的黄泥尘，在我们脚边扬起阵阵"烽烟"。我们毫无章法，一心想着怎么能出点狠劲，抢到那个球，不管拉衣服还是扯裤子，也不管踢腿还是劈脸，只要能靠近那个球。忽然间，我不知怎么就拿到了球，兴奋得什么都不想，紧紧地抱住球，从对方的场地直冲到我队的篮球框下，用力一掷，耶，球进了！周围的同学大声呼叫着，我高兴地跳了起来，仿若脚底被什么托住了，浑身是劲且轻飘飘的。可是，裁判老师双手摆开，脸上露出一抹笑意，判对方发球。我纳闷了很久才知道，原来打篮球是不能那样直接抱着球跑的，我那样是走步违规了，球进了也不算。

　　我有那么一丝的失落，但很快就被阿Q精神鼓励着：哼，怎么着我也是进了球，管它走步不走步，反正我就是把球投进球框了！这样想着，心底的喜悦丝毫不减，我又加入了撕扯的那团人影里……

　　又一阵欢腾响起，场上又有运动员精彩的进球，啦啦队的喊声越来越激动，小运动员们的争夺越来越激烈，情真真，意切切，每个人好像都完全投进这阳光下独特的天地里，认真地融入属于这个季节的色彩中。也许，许多年后，他们也会像我这样回忆现在的肆意一刻，慢慢品味属于不同时光里的随意舒展。

　　那憨厚可爱的年少轻狂，还像场上的泥尘，扬起一阵阵莞尔，在心底掠起柔软温馨的悸动。只是一刹那之间，青春已随着风吹雨打去了，剩下静看一群孩子肆意呐喊的笑意了，原来呀，不单只是一个冬至不觉，迷离之间，被这一阵阵年少的尖叫唤醒：人快奔五了，是否进入人生的冬季呢？

　　也罢，走过春，走过夏，走过秋，岁月留下了一些有关风有关雨的记忆，很多的人在眼前闪耀过，很多的事在旅途中美丽过，随后，渐渐沉淀在时光中，藏在灵魂深处。平常不触碰它，无从记起，风吹过，掠过浮沉几起，便像久经蕴藏的酒，剔除了生活的糟粕，汲取时光的精华，酝酿着甘醇的味道，散发出馥郁久远的芳香。

　　（此文发表于《阳江日报》2020年12月16日文化·百花园·笔会版）

冬日的萝卜干

俗话说："冬吃萝卜夏吃姜，不用医生开处方。"冬季吃萝卜，可顺气降火，它是低碳的环保补品，不仅经济实惠，还好吃得很，脆甜可口。煲汤用它，火锅用它，炒菜用它，馅料用它，怎么做都好吃，让人百吃不厌，舌尖生津。吃着甘甜的萝卜，儿时冬日晒萝卜干的时光常会萦绕脑海，那些许沐浴阳光积拢香甜的惬意便在心田流淌。

那时每年秋收后，乡亲们总会在稻田里种上各种蔬菜，以迎接喜气洋洋的大年。每年春节前，父亲都会养 10 多只鹅仔，以过上一个有鹅肉吃的"肥"年。记得当时养鹅常喂萝卜菜和稻谷的，稻谷金贵着呢，萝卜菜却是人不吃的，易得。于是每年母亲都种上很多萝卜，在沙地种着，还见缝插针，往田里番薯地里的一条条番薯沟背撒下种子。萝卜生命力强，不挑剔，偷一缕冬阳，张开嘴喝点水，就喜滋滋地生长，一晃眼白嫩嫩的个子就跟着翠绿的叶子蹦出泥土的禁锢。翠绿的叶子是鹅的美味，又肥又白的萝卜一时吃不完，母亲就把一箩筐一箩筐的萝卜晒干。

要晒出口感脆嫩的萝卜干，是要注重细节的，不小心萝卜干容易苦涩，遇上连日阴雨天还会发霉。记得母亲总是选择阳光灿烂的日子，拔摘萝卜回来，先用清水把萝卜洗干净，再把萝卜按长条方向对半切开，如果萝卜肥大的话，还要再对半切条。切好后，把一块块的萝卜切口向上铺好，上面撒一层盐，腌制一夜。母亲说，盐要适量，多了太咸，不好味，太少了存放时间不久会变质。第二天清晨，沐着暖暖的曦阳，把萝卜块铺在干净的地上或晒谷场上晒。我家离晒谷场较远，走几步就到了田野，故经常是铺在田基上晒。冬日的田基干旱，还有半干的草儿垫着，不用担心会弄脏萝卜。到晚上，萝卜块经过太阳的炙烤，一些水分已蒸发掉，身子变得柔软多了，颜色也渐渐变黄。收拾回家，母亲把萝卜放进簸箕里，撒上少许盐，不停地揉搓。萝卜块在母亲的搓揉下，仿佛渗出嫩滑的精华，身子泛着光，更驯服了。母亲说，用力揉搓萝卜干，让它尽可能与盐充分糅合，还能把其中的辣味儿搓掉，这样晒出的萝卜干就会脆嫩爽口。

　　常常恰好是寒假，晒萝卜干收萝卜干的活儿都是我的，我看着萝卜干一天天地变得更黄更小更软，心也仿佛跟着柔软。傍晚的阳光温柔了些，我和小伙伴们把鹅群往田野赶，鹅群觅着草，我们便到"犁了晒霜"（秋收后将田里深层的泥犁翻起来，使土壤充分利用冬季阳光和北风晒透、风化，改良土壤结构，乡亲们叫犁晒霜）的泥块上来回奔跑比赛，玩得累了、饿了，便走到晒萝卜干的田基上，挑几条最小最柔软颜色最黄的萝卜干，悄悄地品尝。刚晒两三天的萝卜干甜中带辣，还带着阳光的味道，我们吃得有滋有味。刚开始大口大口吃，半干的萝卜"啪啪啪"地在齿间脆响，后来则小口小口"唶唶"着，仿佛那是稀有美食，舍不得吃掉。

　　晒好的萝卜干一般是第二年的食物，为了防潮变质，要将萝卜干密封在瓦埕中。这一瓦埕的萝卜干，可是家里一年的美味。把萝卜干切块，下个油锅翻炒几下，加点糖煮一下，就是我们伴粥的上菜；萝卜干浸水，滤去多余的咸味，切成丁块，和着鸡蛋煎成块，那美味直馋着我们的眼睛不能眨动，扑鼻的蛋香、腻腻的油香，就着又甜又咸的萝卜干，吃起来香而不腻，恨不得立马把整盘煎蛋一股脑儿塞进嘴里；炎热的夏日，抓几把黄豆，放几条萝卜干，伴几片五花肉，熬成一锅汤，就成了我们的最美珍汤，淡黄淡黄的清汤直馋得我们垂涎三尺。喝一口，浓浓的黄豆清香在喉间打转，消暑解渴；再喝一口，肥腻的五花肉香在舌尖缭绕；再喝一口，甘甜的萝卜干味儿脆而不腻，一直喝到见锅底，一直喝到肚皮圆成大球……

　　萝卜干还是那时难得的零食。记得一天的课间，我和一个同学不知玩什么，突发奇想，跑到她家里，找到屋角那个黑不溜秋的瓦埕，揭开盖子，解开捆住埕口的一层膜，掏出放置在埕口最上面的一卷捏成球状的稻草，手伸进去，就能掏出萝卜干了。小心翼翼地照着原来的样子把瓦埕的一切归位，我们便迫不及待地分食手里的那几条散发着咸香味儿的萝卜干。存放了一段时间，萝卜干回糖了，红黑红黑的，是红糖的那种红，接近黑色了，一看就感觉里面满含着糖分。印象中我们没有冲洗，把一条萝卜干直接送到嘴里啃，那种带着咸香的甜在鼻孔中窜。我们来不及细细品尝，嘴里咀嚼着，把剩下的往裤兜里塞，就往学校飞奔而去。

岁月如梭，时光流转，如今物质充盈得幸福，各种各样的美食层出不穷，吸引着人们的眼球，充斥着人们的味蕾，冬季晒萝卜干已不再是乡亲们必做之活了。现在的孩子，不会品尝到萝卜干在一年四季里的不同味道，当然也想不到把萝卜干当零食吧。可是那小小的萝卜干，是巧手侍弄出来的，是记忆中的美味，是伴随童年的暖，糅合了母亲的智慧和辛劳，那每一口人间烟火，都是生活的爱。

（作于 2021 年 1 月，发表于《湛江日报》2021 年 2 月旧阅读+百花版）

走不出的故园

——读林贤治《故园》

曾听过白庚胜先生的一个讲座，他说：这片土地足以让你们创作。读着林贤治先生的《故园》，我却感觉不到精心创作的痕迹，纯粹是把一个个活生生的人物白描展现在你的眼前，不加修饰，还原最真实最自然的本初，让扎根在这片土地中的卑微，破坏而出，让土地中曾经伤痛累累的种子，迎接阳光，迎接雨露，站立成风中的枝丫。

也许，这种返璞归真不刻意雕琢的质朴书写，就是最高境界的创作，讲述最深处的牵挂，融入最自然的情，表达最深沉的爱。

因着也是在平冈镇乡村长大，因着工作的关系，数次到过林老先生的故乡旦祥村的小学，我侥幸地想：林老先生的故园也算我半个故乡吧。故我读着故园里的一个个人物，以及描写到的一些风物，便觉得特别的熟悉亲近，是我偶尔从祖辈父辈中听到过的唏嘘，依稀有我从乡亲中看到的身影，如同邻里阿公阿婆、叔叔婶婶、姑姑姆姆。而席卷而来的更多是一种忍受太久却轰然撕裂般的痛，又如封存在隐秘处的伤痕悄然揭开的如释重负。痛后之平静，是更潜入灵魂的痛，更深入内心的思考，更虔诚的珍惜。

故园的人和事，始终是他的牵挂：血脉相连的父母姐妹，堂嫂、一块长大的发小阿毛、邻里柳眉、歌唱家美芬、凤娟、宗元、疯女人爱蓉、阿朋和芹丽的家庭戏剧、浪子五奎，甚至他家的仇人阿和……

因着他们的苦难和挣扎，林老先生的袅袅乡愁蔓延在沉痛中。《故园》里的每一个人，仿佛就是淹没于时代洪流中的赤裸裸，随着时代的波浪起伏沉浮，浪急浪大，由不得他们，漂向何处只能随浪漂，他们看不到岸在何方，偶尔在浪里挣扎一下，幸运的能浮出水面呼一口气，更多的是导致呛人更多的水而更加渺茫无望。

林先生的母亲是土匪的女儿，7岁丧父，9岁成为童养媳，孤独的童年操劳着大人的劳作，沉默干活劳顿一生。林先生的父亲读书人出身，教过书当过村医，土改合作化批地富，"文化大革命"的浪潮给他"现行反革命"，后来"一打三反"又被揪斗押送，受尽屈辱苦难。阿毛一生下来就是地主分子小罪人，在挨批挨斗的母亲肩膀上长大，在木棍竹鞭的阴影中认识世界，随着母亲受欺凌的无奈逃离故乡，成为没根的飘浮。单身汉阿和表面上"赤条条来去无牵挂"，实则孤独脆弱如秋后的芦苇，正当改革致富风吹起，他就贷款筑起他的水塘庄园梦想；可惜天灾残酷，一次山洪把他的鱼儿冲走，他的美梦化为泡影，从此一病不起，孑然离世。宗元因为出身贫苦有文化，初中毕业被保送到省水产学校且留在省城工作；因为晕船不适合出海而请求在陆上工作，却被领导以不服从工作分配为由开除，回到故乡20年后再上申请复职，却在省城铩羽而归；他在"大跃进"时期被定为"落后分子""反党分子"，被迫开始到粤北山区修公路的流亡生活；土改后再度回归故乡当上生产队的会计；他不畏权势，憎恶倚仗权势、独断专横，妻子死后他选择了自杀的方式离开，对这个社会作最后一场抗争。浪子五奎在外奔波闯荡30多载，直到农村老人也可以领"养老金"了才告老还乡……一个个不同的人生际遇，一个个不同的年代磨炼，岁月在他们身上铸涂上土灰色，让他们与这片大地融为一体，生死相依。

因着他们的勤劳和坚韧，故乡的风吹送着沉甸的希冀。一个个鲜活的人，挣扎在时代的洪荒大地上，脚踏在村子贫瘠的土地上，卑微而坚强地生活着，努力与命运对抗着，希望通过勤劳的双手获得生的希望，通过不息的劳作换取活的尊严。每天日未出已作，日落而未息，这是乡亲们最普遍的常态，历苦难而愈坚强。一年四季的田头地里的劳作，养活一家子最基本的柴米油盐，在那个物资匮乏的年代，需要通过不断重复繁重的劳动而换取点滴的回报。林先生的母亲与我的祖母是相仿年纪的妇女，在村子里，我祖母算是勤劳而不笨的，她生下9个子女，仅仅养活了我父亲和四叔两人，艰苦可想而知。罗琴山是平冈镇最高最野的山，山高林密，毛草高得惊人，上山根本就没有路。初中与老师同学去那里野炊放风筝，我就迷路了一次，一个女同学从后山下去了，一直找到深夜才找到。林先生的母亲10来岁就跋山涉悬到几十里外的罗琴山砍柴，她是靠着怎样的意志与韧劲，才能撑着每天把一担枪的柴弄回家？我的脑海里总是会浮现一个小小的身影，隐在密林，时而穿梭，时而不见影子。成为母亲，她忙完田里弄地里，开荒拓土，种豆点瓜，一刻也不消停。那时的生产队劳作时间长收获少，人们仅靠木犁、锄头等有限的工具侍弄贫瘠的土地，还要上山下海、开渠筑堤，长期繁重操劳把人压成佝偻，还是面朝黄土背朝天。

　　阿毛在棍棒拳头下艰难生长，为了存活跟着母亲远走他乡；小村中的文化人宗元不畏权势、不轻易向命运低头，上广州要求复职不果，最后以自杀对世界作一次夺回尊严的抗争；擅长捉鱼的阿和梦想着发财致富，贷款垒鱼塘、种瓜果、办养鸡场、盖镇海楼，这应算最早的农民搞养殖搞休闲园的创业开拓吧；五奎外出闯世界一心想过上体面生活，做"泥仔"、到澳门打黑工、走私、做包工头、给人看仓库……一棵棵草儿在坚硬石缝中寻找阳光，倔强生长，怎不让人动容？

　　因着他们的善良和纯朴，故乡的小草野花便也明媚清亮。一花一草总关情，村子里每一个人，在林先生心里都占着分量，分量最重的当然是母亲。林先生的母亲，是平凡的母亲，是农村妇女的伟大代表。她历经磨难而宽容善良，受尽艰苦而始终释放温暖，生活给予她的恶，她却回报无私的爱，她的样子就是大多数农村妇女的样子。她对生活的坦然面对，对日子的默默追求，对子女对他人无私的爱，至死也割舍不下的对黄土地的那片眷恋，让我的眼眶不断滚烫，让我的喉头持续生疼。每天不歇、照顾好家庭子女，已属不易，尚能尽己所能对困苦之人施以援手，她的善达到何等境界啊！关照接济苦难的邻里，帮助路过的陌生人，她不记仇，不吝惜自己的爱。不记得谁说过：生活没有什么不公，你是什么样子，她就是什么样子。林先生的母亲付给了黄土地温厚纯朴的一生，也安息在那片给过她温暖与爱的黄土地的怀抱里。林先生的三姐，是一位奇女子，她抛弃荣华富贵，一生追求纯洁的爱情，对爱情的热烈与忠贞，多么让人起敬！本是柔弱的柳眉，放弃了与亲生儿子回城安享富足生活，留在乡村照顾后夫的瞎眼儿子一家，磨难一生，洗尽铅华，留存下来的是甘于平淡与不求回报的付出……一个个弱小的生命，活出了高贵的魂灵！

因着梁荣礼老师的推崇，于多年前敬仰林贤治老师的大名，读过他的作品《旷代忧伤》《人间鲁迅》。我想，林老先生每次回归故里，一定不忘走访关心他所牵挂的乡里故知，来去匆匆，他总能抽出宝贵的时间去探寻他的日萦梦绕。

我常如林老先生那样，怀念故乡，怀念故乡或满或半的明月，怀念故乡的池塘，怀念小巷吹来的风，怀念村庄上空飘浮的云，怀念故乡的亲人。想起美好，就会想起故乡，身处斗室，会想起记忆深处的泥砖屋小瓦巷；走在璀璨灯光下，会想起故乡黯淡的煤油灯；雨滴敲窗，会想起雨落瓦片的声声清脆以及屋檐边的帘帘雨珠；鸟鸣啾啾，故乡中通往田野小路旁的小树林就会浮现脑海……那是一生的怀念，是跋涉千里万里也走不出的牵挂。

但我的怀念与林先生的念想怎能同一境界？我关注的常是花开花落稻苗绿稻谷香的外在，林先生把触角探进泥土深层，更清醒地反思一个年代，审视一个年代的村子，以及村子里的命运与觉醒，是时代的怀念，也是社会与人生的深度思考。

随着时代发展的步伐，故乡已走在奋进的大路上。振兴乡村开展得如火如荼，破旧的危房拆除了，崭新的小洋楼建起来了，曾经泥泞的村道铺上了钢筋水泥，农田耕作有了拖拉机收割机，一切都机械化了，人们的劳作较以前轻松多了，创业激情越发高昂，生活越来越滋润。只是站在宽敞洁净的巷子里，难免几许失落。村子好像缺少了一点记忆中的生机，大多数的年轻人外出创业，携家往城市定居发展。留在家乡的大多是中老年人，农村小学建美了校园，更新了现代化设备，可稚嫩的笑脸一年比一年少了，宽阔的文化广场聚集的人儿有点稀疏，如今幽静舒坦的故乡能恢复往日的闹腾吗？浑厚的黄土地怎样才能焕发永久的勃勃生机？乡村文明期盼着留住一代代人的甜蜜乡愁！

质朴的深沉，永远的故乡……

（作于 2021 年 2 月）

岁月沉香

第三辑 时光清浅

国旗飘　心飞扬

秋风飒爽，季节金黄，不知哪一天，下班回家的路上，蓦然抬头，看见一面面鲜艳的五星红旗，整齐地铺展开来，悬挂在公路的灯柱上，艳艳的红，特别耀眼，金色的大的星、小的星，在阳光下闪着光芒。顿时，一天的疲劳消失殆尽，昂扬从心中升起。是呀，微风吹动岁月的风铃，10 月祝福的旋律即将奏响，伟大的新中国将迎来 70 华诞，国旗，就应该在蓝天下飘扬。

晨鸟欢鸣，阳光熹微。伸着懒腰，揉着睡眼，步出阳台，想看几眼青翠的绿。恍惚中，几抹鲜艳的红飘飞晨风中，我惊呼，脑海闪现过电影《战狼 2》中吴京手擎五星红旗带领中国侨民越过战乱区的画面，肃穆顿时于脚底升腾，喜悦瞬间蔓延全身，人一下子清爽起来。扫视花园里各幢楼房，10 多家阳台上挂着五星红旗，在秋风中温柔地飘扬。呆站着，思绪随着国旗舞动而起伏，我在努力地回忆，确实想不起上级有过什么要求让人们在家里悬挂国旗。那些机关单位、企业升挂国旗，是执行有关规定，悬挂在公路、大街小巷，是政府为了营造喜庆吉祥的节日气氛，而一些群众在自家升挂国旗，则是发自内心的自觉行动，那是真真切切感受到了祖国的强大兴旺，是深切感受到了国强民富带来的幸福，是源自心底对国旗的热爱，是对祖国的依恋与祝福，是源自心底那份属于一名中国人的自豪与骄傲。

于是我迫切地想要购一面五星红旗，让它也在我家阳台上闪耀。与其说是跟风，不如说是心中豪情涌动。这段时间，电视上、广播里、朋友圈中……所有的媒体都在讲述我们这个伟大国家浩瀚如大海的恢宏史篇，讲述伟大的中国共产党的奋斗历程，讲述中国人民奋斗不止自强不息的巨大发展，讲述现代人生活如春天繁花锦绣。幸福呀，早如一条涓涓溪流，在心中诗意地流淌。多少年来，总是唱着：五星红旗，你是我的骄傲；五星红旗，我为你自豪；为你欢呼，我为你祝福，你的名字比我生命更重要……但心底的豪情和爱意从没有像现在这么浓烈过，就如一瓶陈酿的酒，愈陈愈香，愈陈愈醇。一个民族历经磨难、顽强坚韧，没有人不爱她的誓死拼搏；一个国家改革开放、广纳百川，没有人不爱她的奋斗不息；一片沃土巍巍高山、浩瀚大海，没有人不爱她的博大内涵。

可忙于俗务，直到国庆清早，才穿梭于各文具店铺，想不到那么多家的老板都是摇头，说："大点的国旗呀，早抢光了，仅剩小国旗。"售风筝的爷爷洪亮的声音很入耳："我这把年纪，从没见过国旗这么好卖的，我们的祖国真的伟大咯！"张目四望，沿街上，商店、民房、企业机构的门口都飘着鲜艳的国旗，有的挂着大旗，有的挂着小旗，有的大小一起挂，有的门口甚至一字排开十来面，行驶的小汽车、摩托车，脚踩的自行车、三轮车，也有国旗迎风飘扬。一面面旗帜就像一个个可爱的娃娃，在阳光下快乐地跳着、蹦着，尽情释放着欢喜；又像一个个婀娜多姿的美少女，在晴空下扭动多情的腰肢，尽情展示着艳丽。

终于在市购书中心买到了店里的最后一面4号国旗。立即赶回家，打开、挂好、插在阳台上，打开中央电视台看直播。阳台上的国旗"呼呼"欢叫，电视里天安门广场上的国旗耀眼璀璨、世人瞩目，受阅官兵铿锵有力的步伐震天动地，坦克、飞机、导弹雄伟亮丽的身姿登场撼动全球。群众曼妙的舞步喜悦而激昂，朋友圈中爱党爱国爱民的文字刷屏了，国旗在广袤的大地上飘扬，神州大地一片欢腾，一张张笑脸写满了自豪和幸福，一双双泪目闪烁着五星红旗的光芒。

所有的喊叫，所有的舞动，所有的欢腾，都不足以表达心中豪情的澎湃汹涌，那种镌刻在骨子里的恒久的激动，也许需要多形式的释放。权且把满腔爱国之情徜徉在青山绿水间吧。国庆节第二天清早，太阳照、花儿笑、鸟儿叫，我们师范的同学一行约 20 人，穿上鲜艳的班服，擎着大国旗，舞着小国旗，开始了"庆 70 华诞，与祖国同行"徒步活动。从市区乘车出发，过红丰镇，经塘坪镇，欣赏了江河水库的静与美，在大八镇河垌村下车，沿着蜿蜒的山路，徒步前往阳春蟠龙小学。10 月的阳光穿过树丛，给树叶剪出细细碎碎的花朵儿，树底下跳跃出斑驳的光，路边的野花盛开，紫色的、白色的、淡黄的，一朵朵，一枝枝，笑意盈盈。风儿柔柔，艳丽的五星红旗在山间盘旋飘舞，绕过成熟的香蕉园，走过清凉的翠竹林，仰望高大茂密的黑榄树，轻抚野生野长的益智树，惹得黄的蝴蝶、花的蝴蝶跟随翻飞。

在阳春金坪村，清清的溪流边，我们择一平地，心灵手巧的倩摆出携带的茶具，开火，煮水，泡茶，淡淡的茶香在河边氤氲，缕缕茶香随着艳丽的五星红旗缭绕。品一口茶，香浸润着每一根神经。漠阳大地山水翠，红旗飒爽心飞扬。

（此文发表于《阳江日报》2019 年 10 月 12 日文化·笔会版）

花　事

　　花是懂人语的，能在刹那间给你惊喜和感动，就像我家里的那株茶花。

　　因着朱红的茶花特别惹眼，两朵盛开的花儿妩媚着，绿叶间还有一些含苞欲放的花骨朵儿，我就把这株大红的茶花从花市里搬回了家。

　　春节期间的阳光如花灿烂，这株山茶不负春光，热情地闪着光彩，我总会被它吸引，闻之，淡淡的，淡到没味儿；赏之，那朵盛开的朱红，娇嫩欲滴，六七层花瓣儿，花瓣中间尚含着椭圆形的小花蕾，想必还有几瓣花片儿未尽放吧。不急，这烟花正燃放，锣鼓还咚咚，刚大年初一，慢慢等待花儿开尽的美丽吧。我心里默想着。

　　鸟语中醒来，天空隐约有祥云，大年初二又是一个晴朗的日子。我步出阳台伸个懒腰，那株茶花恬静着。习惯性地凑上去，却被眼前的绚丽惊呆了：昨晚尚未开尽的花朵，此刻已完全绽放，中间的花蕾儿释放出无尽的热情，它们的瓣儿比四周的略小，占满了花的中间不见缝儿，挨挨挤挤围成三个小圆状，看似各开一朵，却又与四周的花瓣浑然一体，没有丝毫杂色，正正的红。整株茶树绿叶萋萋，花枝灼灼，茶花饱满热烈，雍容华贵，风韵高雅，如一块精美无瑕的赤玉，又如一位红衣绛裙的花仙子在绿叶间烂漫着。望着眼前的美艳，温暖瞬间漫过全身，激动涌上心头：是这善解人意的精灵，听懂了我的期盼吗？在这新春之始，盛开这么灿烂的笑脸明媚我的惺忪睡眼！我感觉一切的语言都是那么贫乏。"景物诗人见即夸，岂怜高韵说红茶。牡丹枉用三春力，开得方知不是花。"唐朝诗人司空图的这首《红茶花》，或许能诉说我那时的感动。

我顾不上忙家务，打开手机对着那朵红艳，选择最优角度拍了张照，迫不及待地分享给亲戚好友，祝他们新春花开富贵，生活如花灿烂。好友宝很快就回复了：哇，没见过这么大这么娇艳的茶花，一株小树可以长出这么色彩绚丽的花朵，真是妙！随即，他也发来了他家盛开的桃花，整株桃花都盛开了，只有寥寥几片小嫩叶，就像燃烧的火把，热情奔放。我莞尔，生命呀，真神奇，花儿呀，好像会跟你对话呢。宝感叹：是呀，这是一种感觉，我欣赏花了，它自然就会显得美丽，它能感受到你的爱意。

春风融融醉人意，红花灼灼暖人心。于是每天清晨、午间、黄昏、夜晚，我都会踱步到这株花前，浇一点水，凝视这朵胭脂染就的红，一连多日，它仍是一如初放的鲜艳。一些花骨朵也在陆续盛开，整株花更加妖艳可人了。每看一次，喜气就会盈满心田。可是，约在大年初八的早晨，猛见几朵红卧于茶树下，惊讶之时，俯身视之，那不是一瓣一瓣的花片儿，而是花儿整朵整朵地往下掉，依然还是树上的那么娇气浓艳。我不忍拾起，怕一动手，就会伤到它，我无法如黛玉那样去埋葬这么生机盎然的花儿，却又不知如何是好。就让它们在地上静静地躺着，这样好像就感觉没那么凄美，权且就当它们睡着了吧。无法排解心中的失落，只好这样安慰自己。今朝一朵坠阶前，应看树上尚含春。好在掉下的不多，树上还有艳红在闪，让我的惜花之情缓解不少。

为什么这么茂盛的花儿突然就掉了呢？打开百度，我为自己的无知惭愧：花蕾留得太多、土壤碱性化、浇水过多或施用了氮肥，都有可能造成茶花脱落。原来，是我浇水过多了，太多的爱，花儿也承受不起啊，适当的才是最好！

春光明媚，东风柔和，野外姹紫嫣红。漫步在阳江森林公园中，聆听流水潺潺，雀鸟私语啾啾，看眼前蝶儿飞舞，蜜蜂嗡嗡，忙碌在鲜花间。公园里，百花各展姿彩，争相竞放，粉的桃花盛放了一树风姿，橙的鞭炮花正挂在墙边笑，黄花风铃木披上了黄金甲，艳丽的紫荆花迎风摇曳……

徜徉在花香中，陶醉在花语里，手机嘟嘟响着，是学生飘发来微信："老师，我有一次没上了好久课，您还帮我补课呢，我印象好深刻，您还记得不，太感激您了。"记忆中又回到了 20 年前的那个春天，六年级的飘因为身体原因落下了一个多月的功课，于是回来后的每个周六周日我就在教室里给她补课。好在她悟性高，一点就通，故毕业时成绩依然很好，如今在澳门某银行工作。

　　记忆在脑海萦绕，眼前却是林间的一大片五彩缤纷的花圃，那是刚种上不久的吧，地边上的泥土仿佛还留着种花人的脚印呢，花儿已灿烂了。我拍了一幅花图回应："花儿开了，种花人就开心了！""老师就是种花人！"飘的笑意又传过来了。我莞尔，原来呀，你们是花骨朵儿，如今，也是种花人了，好好耕耘，把自己的花种好。

　　东风催春归，发我枝上花。踏着春天的脚步，随着新时代的节奏，再出发！

　　(此文发表于《阳江日报》2019 年 2 月 19 日文化·百花园·地方版)

暖　阳

　　记忆中第一次感受到阳光之温暖的是童年里那些寒冷的冬日，那暖意穿过衣领，透过薄衣，烘热了单薄的身子。那时候还是个物质贫匮的年代，棉衣基本上是没有的，有件布料厚一点的衣服就算不错了。一到寒风呼呼的日子，母亲总是翻箱倒柜找出能穿的衣服，按里小外大的顺序逐件套在我们身上，把我们小小的身子穿成大圆筒。但这仍不能抵御无孔不侵的寒气，圆筒身子还是冷得直抖。

　　冬阳终于穿透灰雾，洒下万缕金光，洒在瓦片上，洒在小巷里，我和小伙伴们飞出屋子，聚在村里那条最宽的巷道上，学着村子的奶奶们，在这里"晒日头黄"。我们手插在口袋里，背靠向阳的那面泥墙，面向太阳挤成一排，玩着我们称之为"挤屎渣"的游戏。一会儿一齐向左边挤去，一会儿向右挤去，一会儿又从两边一齐向中间挤，每次被挤出来的人儿就要重新找位置排好，我们呐喊着、欢呼着，游戏虽然单调，但乐此不疲。晨曦映在一张张幼稚的脸上，变幻成花，阳光照在我们的发梢、脸上、脖子、身上、脚上，温暖漫过我们的每一道神经，我感觉全身暖烘烘的。伙伴们也逐渐脱下外衣，嬉闹之间，我们的笑脸在阳光下熠熠生辉，清脆的笑声在温暖着童年的记忆。那时的希冀呀，就是穿得暖，吃得饱，金色的太阳给了我们无尽的恩赐。

　　曦阳暖，百花开。载着阳光，车子驶过公路，在那工业园区的一旁，我们去年植树节种下的树，此刻已绿装披身，正向着阳光舒展身姿，绽放生机。公路的另一边，几排紫荆花也正闹着春，有的挂着稀疏的几朵紫，像一只只蝴蝶在绿树间流连；有的全树只见花朵在盛放，不见一片绿叶，那花朵有的是紫中染白的，分不出紫或白，只感觉紫得洁净清纯，白得雅致高贵；有的花朵全身洁白，纯粹、透亮、美好，那该是新培育的花种吧，挺让人遐想联翩的。现代人真是聪慧诗意，他们能想方设法把这个世界装扮得更加五彩缤纷。真好啊，一年有一年的播种，一年也有一年的成长、开花、收获，今年的植树节眼看就要到了，又要种下新年的梦想了，种下希望，就能有个七彩的盼头。

春风吹，万物萌，春意又悄悄洒满地里、田头、山间。清晨，路过那青青的田地，一些辛勤的农人已经整理出稀疏的几块农田，泥土柔润光滑，整块田春水浸染着，春阳跳跃在水面上，闪着丝丝金光。这时节，也该准备播种了吧？正恍惚间，一阵洪亮而闹哄的叫声打破我的思绪，是鹅群，约百只鹅，从村子那边的小路闪亮登上这春意盎然的舞台上。鹅群中间，一对中年男女，该是夫妻吧，各自手握一根长长的细细的竹棍，正指挥着鹅群有序地往草地上赶。细瞧那竹棍，我不禁莞尔，在那竹棍的顶端，系着一块红红的绸布，看样子是从一些标语横幅上裁剪下来的，养鹅人来一个巧妙的加工，就制作了两杆闪亮的鹅旗。鹅群赶到了草地上，夫妻俩把放鹅棍往地上一插，便各站一边，在一旁看着。阳光照在那一抹红上，红色的旗帜随风闪耀，一只只鹅仿佛一个个守纪律的孩子，被这红红的金色鼓动着，乖乖地吃草。蓦然间，一丝感动掠过心头：盼望草儿嫩，鹅儿肥，顺顺当当卖个好价钱，应该是这夫妻俩最朴素的梦想吧。此刻，他们把梦想系在那长长的竹子端，脚踏实地，迎着春光，把勤奋写在大地上。

又逢一季花正好，是个阳光抖擞的春日，来到阳江一中 2019 届百日誓师动员大会会场。阳光炽热而温柔地铺在这片雅静的校园里，老师的期待，家长的寄托，青春的梦想，齐聚在阳光下。东风吹，战鼓擂，百日誓要拼无悔！近 2000 学子举起了拳头，高呼："2019，誓创一流！"12 年寒窗苦读，百日后，就要迈进高考战场了。梦想不论高低，无论远近，都用汗水浇灌着；青春之树，无论大小，无论粗壮，都需要信念和决心支撑。此刻，阳光照在那一张张青春的脸上，神采飞扬；阳光照在一个个举起的拳头上，铿锵有力；阳光照在迎风飘扬的旗帜上，熠熠生辉；铮铮誓言穿透阳光，在宽阔的广场上久久飘荡。煦煦和风啊，它听得见冲锋的号角吗？融融春日呀，正催大地奏响奋进的步音吧？

春光正浓，明媚的日子属于每一个脚步坚定的追梦人！

（此文发表于《阳江日报》2019年2月19日文化·百花园·地方版）

我的梦想书房

"书中自有黄金屋，书中自有颜如玉。"小时候，不懂得黄金屋之权贵，也不懂得颜如玉之珍稀，只知道小人书中有比花生米还香脆且回味无穷的滋味，哪个小伙伴家中有小人书，我就跟着磨蹭到哪家中。认识几个字了，见字就认，为了读完"纸角"上的故事，硬是在茅厕里蹲得双脚发麻，浑身恶臭才罢休；橙色的灯光摇曳，为了看完跌宕起伏的故事，双脚被蚊子叮咬起一个个大疙瘩，还浑然不觉。上初中后，更是对书本垂涎万丈，透过课间的缝隙看梁羽生华山论剑、观金庸舞刀光剑影，假日里跟着江湖儿女浪迹天涯，与琼瑶体味儿女情长，跟着主人公悲苦怒骂。那时候，没有书房也没有书柜，一本本书或破皮或损尾，可一个个美妙的故事在张张灰黄的纸里乐着呢。它们呀，就在破旧的桌子上微笑着，在稻谷堆旁芳香着，在床头上斜躺着，无处不见懒散，无时不闻清香。

参加工作后，在圩镇小学当一名教师，每月从微薄的工资里买回几本书，简陋的宿舍里，很快就把桌面堆满了，抽屉里也塞得没缝隙了。后来制作了一个大书架，靠在房门口墙边，书儿暂时有了个"巢儿"。可一会儿工夫，"巢儿"就满了，我的教学用书、自考的资料、一些散文小说，旧的舍不得丢弃，新的继续增多，把书架的框框挤得满满的。

早几年，在城区一隅按揭了一套房，房间小得放下床就没什么空间了，连个书架都没处摆放。近年来，因着兴趣爱好，因着机缘，随文友们参加一些文学活动，每次都拎回弥足珍贵的书，阳江文化丛书、阳江市作家协会文学丛书、《鼍城故事》《蓝鲨诗刊》……家里的书丰盈起来了，香味浓郁起来了。因着地宜，为了阅读方便，书在飘窗边排着队，在客厅的茶几上摆上几本，不常看的就装在箱子里放到床底下。有时在客厅随手拿起书本浏览，有时坐在书桌前阅读，有时干脆坐在地板上倚在床边翻阅，率性而为，随意休闲。女儿上到高中，整个高中阶段的课本呼啦啦地发回来，辅导书、练习资料什么的，几个大箱子早就不留一点缝隙了。每次想查找一本书，都要翻箱倒柜，翻遍飘窗边、床底下的箱子，好不麻烦。折腾几次，心里愧意日浓，一本本宝贵的书本安置不好，仿佛自己的一颗心无处安放，总是戚戚然，拥有一个宽敞舒适的大书房，便日益急切。

我的书房，门口迎阳光，窗边洒清风，推门见绿树，开窗闻鸟语。书房足够宽敞，古色古香的实木大书柜安靠墙边，书柜里书本琳琅满目，国内的、国外的，散文、小说、诗歌、儿童文学、史学……分门别类，秩序井然，精致的工艺品点缀其间，赏心悦目，富而不杂。大方书桌端坐书房中央，桌上文房四宝摆设有致，稳重缄默的笔记本电脑守护着桌上一抹翠绿；临窗安置着简易床榻，靠枕斜睡，茶几收放自如，翠绿的吊兰就挂在窗边，一帘葱郁从窗顶倾泻而下，生意盎然。

晨曦万丈，鸟语啾啾，睁开惺忪的双眼，我伸伸懒腰走进书房，拿起《蓝鲨诗刊》，随手翻开，诵读和着清风："假如春风不来/三月的桃花不开/……""最好是深秋，十月的天空/清空了多余的云/穆尔斯河水涨起来了，鲑鱼肥美/我曾不止一次想象过这样的情景/你穿着长靴，扛一根钓鱼竿/走向丰沛的河流上游/而我走在你的身后/……"于是，一夜的美梦随之在诗意的文字中延续。

假日的午后，太阳西斜，兰花吐蕙，温润的茶香在书房中氤氲着。斜靠小床，轻倚窗边，注视窗外绿树红花，与孩子共捧书本，打开一瓣瓣馨香，舒心交谈。哈姆雷特的冒险，共享单车的好处，广州歌剧院的绝妙设计，凡·高的向日葵……喧嚣渐行渐远，心灵在沉淀中纯净，时光在书香中绵长。

潇潇雨夜，水珠敲窗，书房里橙灯摇曳，一颗心就在灯下安坐，与千古智者对话，听中外仁师高谈，一行行禅意轻盖浮躁风尘，一天的忙碌疲惫慢慢消融殆尽。一个《蓝色之梦》旷远飘逸，一行行文字延伸出一串串脚印，从漠阳江畔流向远方，蓝色的海扬起富强的帆，各个铅字就如朵朵波浪，迷茫的心随着起伏激昂；品《曾国藩》修身律己、礼治为先，看《平凡的世界》里不平凡的人生，听鲁迅向全世界呐喊，咀嚼《菜根谭》无限淡淡的真味，目光在《假如给我三天光明》中更柔和，脚步《在路上》行走更从容，笑意在《追忆似水年华》里更优雅……

月光铺洒，蛙鸣虫唱，清风舒爽，禅坐书房，梳洗纷纷扰扰的思绪，记下忐忐忑忑的心事，敲下平平仄仄的诗行。生活的喜怒哀乐在这里悄悄发酵，美好自由的梦想升温成甘酿，不求记下岁月的厚重和深邃，只为留下感恩的点滴，守住人生瞬间的浮华和诗意。

梦想一隅，美哉妙哉，他日成真，岂止幸福可言尽！

（此文发表在《阳江日报》2017 年 7 月 25 日百花园·地方版）

肩膀上的爱

　　西安大唐不夜城广场上，灯光璀璨，人头攒动，喷泉表演已开始。虽然我和团友们提早 10 多分钟到达，但还是挤在喷泉区侧面外围的外围，找不到人群中的缝，看不见里面的情景，眼巴巴地看见冲上空中的水柱。远处的大雁塔在夜空中通体金光，温情脉脉地注视着喧闹与繁华。无所谓啦，能欣赏到大雁塔的夜景就好，反正我们阳江鸳鸯湖的音乐喷泉比这美多了。正安慰着伙伴们，忽然耳边响起一阵清脆的童音："嗯，嗯，放我下来，放我下来……"我侧目，身边的小姑娘正骑坐在一位汉子的肩膀上，双脚晃动，扭着身子撒着娇，灯光照在她的脸上，八九岁光景，可能是想挣脱束缚，钻到人群里面去吧。汉子估计是他父亲，不算高，黝黑，紧紧握住女孩的双脚，声音厚实洪亮："放你下来你咋看得到呢？这么多人，坐稳了，好好看，喷泉多美。"女孩便不再吵。

　　多么幸福的一对父女。我不由莞尔，心底有暖意流过，比那喷泉大雁塔的视觉冲击来得更猛烈些。很多年前，看过一幅漫画：人山人海的街头上，一位男子肩膀上托骑着小女孩，挤在人群中，女孩显得特别高，其他的看不出有什么特别。漫画没注明标题，乍一看，不明就里，后来找到漫画主题是宣传计划生育的，才顿悟：男女平等，无论男孩女孩，都是父母的心头肉，是父母的宝贝，要一视同仁地爱护养育，女孩儿，也要高高地托起。

　　一天闲着，翻看朋友圈，一位好友的头像很特别，黑白图片，看起来像是一个尖顶的建筑。点开放大，一幅父女图明朗在眼前。原来是女孩坐在父亲的肩膀上，右手正好环住了父亲的右眼，左手微微伸起，小脸扭向左边，隐约看到长长的睫毛，看不见她的表情，几抹披肩发向后飘逸，仿佛能听到阵阵欢乐的叫声、笑声在风中飞扬；那位父亲右手指向前方，看得到他咧开的嘴和右眼边的笑意，他们是在看远处的山峰、空中的飞鸟，还是山那边绚丽的云彩，不得而知，只是觉得，女孩就像一只快乐的风铃，父亲的惬意在空中荡漾。或许，那位父亲根本不需把女儿托在肩膀上，但这样托起来，女儿会看得更清晰，父女会更亲近无间，父亲的肩膀交出了厚重的担当，女儿收获了更高更远的幸福。

记忆又被拉回童年时光，那时小孩子们都非常喜欢"担公仔"（阳江俗语，一人双脚叉开坐在另一个人的肩膀上）。大队放电影时，人们都需要自己担凳子去看。放的电影大都是战争片，每当冲锋号一响，人们就激动得站起来了，没有悬念的结局——胜利就要来临了。但孩子们还想看到最后的情景，有的站在凳子上看，有的爬上大人的肩膀看，一直看到闭幕，随着人流，走在乡村的泥道上。负责"担"的多是父亲，肩膀有力。"担公仔"的感觉如何，我没什么印象，因为还有弟妹，要"担"的话，父亲应该"担"了幼小的，还有也是先"担"男孩。稍大点，我就要负责担凳子了，看着骑得高高的小孩，确实是羡慕得很，坐在温暖厚实的肩膀上，逍遥自在，望得远，看得清，那一种威呀，是至高无上的嘚瑟。后来，和小伙伴们一起玩"担公仔"游戏，两个人手搭手摆成"日"字形，担第三个人，一摇一摆晃晃悠悠的，该是乘大轿的感觉吧，也是很高兴的，但是远不及骑在大人肩膀上稳定、高远，以及那一种被宠的甜蜜。

"爸爸，你看，好美啊，那些水冲上天空了，好高啊……"小女孩欢呼起来，身子晃动着。"是呀，好美呀，那水飞出花来呢。"汉子按住女儿的双腿，也跟着叫。他双脚叉开，稳稳站着，灯光闪烁，也许，他像我一样，什么也看不到，但他脸上盈满了七彩的满足。他不是巨人，他只是纯朴地希冀，把自己能给的给孩子，以让孩子站得更高，望得更远，飞得更自由舒畅，那纯朴就如脚下大地般的厚实深沉。

（此文发表于《阳江日报》2019年8月27日文化·百花园·地方版）

冬日的那片绿

地尚寒，云已醒。在这寒冷的冬晨，连鸟儿都仿佛忘记了鸣叫，空气中缭绕着薄薄的轻雾，只有东方天际的几缕鱼肚白，才让人们的脚步变得匆忙。乔士桥头一如既往地车流缓慢，上班的、上学的、赶生意的……都在这里焦灼着。上班的车子小心翼翼地穿过纵横交错的车流，我习惯性地往江边望去。江边，那一片葱绿，算是这桥边最耀眼的风景吧，养眼着呢，那里有一畦畦夹在绿草间的茵茵菜地。

两年前，整个城市全力以赴地创卫，这条江得以清理。江中心的淤泥都被挖起整齐地堆在靠堤岸的两边，江东边的因为靠堤岸，人难以上下，西边这面好像还有浅浅的斜坡，行人可以走动。后来那堆淤泥间还长出了一条小路，小路旁边整理出一畦畦的地儿，地儿边，常见勤劳的身影忙碌着。天道酬勤，星星点点的绿很快便浓郁了。真是佩服那些长着慧眼的劳作人：肥沃的淤泥，水源充足的江边，也真是种菜的宝地呀。种菜的人巧妙地用上了这块宝地，想是为了吃上环保蔬菜吧。而我每望见这一片绿，满大街的浮躁就会点点消除，在这钢筋水泥包围的匆忙中，总会有人惦记着脚下的土地，不忘给这个世界增添些许盎然。

车子转上了中洲大道，周边道路的改造使这条路变得拥挤。好，就权且放缓焦急的步伐吧，目光越过路旁摇曳的狗尾草，望向那广阔的田野。薄雾给天地披上了一层轻纱，大地在一片朦胧中，枯黄的荒地、野草、池塘……慢慢往身后闪去，忽然，浓浓的绿悦现眼前。一大片田地秋收后，被整理成一个大菜园，一畦畦菜地连绵成绿海，各种各样的蔬菜尽展风姿。仿佛粘着白灰的那片青绿该是菜花吧，大大的叶子惬意伸展；那片翠绿的定是刚冒尖的油菜了，像一群活泼的精灵在释放着生命力呢；油菜旁边的葱绿则是白菜，挨挨挤挤地争着往上蹿；摇曳着小白花的是芥蓝，叶片儿竖得老高的该是萝卜，沿着杆子往上长成一堵堵绿墙的就是豆荚；还有一畦畦的仅见平整的泥土未冒绿儿，想必刚撒下种子……菜地的田基上，搭建着几间棚屋，这些勤劳的种菜人，把窝安在了这片绿意边，以便全心全意侍弄着这块土地。在这寒气弥漫的早晨，他们的身影已经绰约在雾气中。看，菜地中那灰衣服，将特制的长把儿大瓢抢得稔熟，不断把沟渠里的水往一片片绿中浇去，绿地上扬起了一道道白花花的弧线，给薄雾缭绕的天地增添了一道亮色。

寒风萧瑟绿意暖，轻雾弥漫菜儿肥。"雾起了，菜儿肥软了。"我的耳边又回响起母亲说过的话。当早晨起雾的秋日到来，收获的白菜就变得柔软，甜腻可口。依稀记得，年少时的每年秋末初冬，坡上的番薯地刚收获完，母亲就忙着整理成一畦畦，种上白菜、菜花、芥蓝、卷心菜……放晚学后或假日里的早晨，母亲忙不过来时，就会吩咐我到菜地浇水、除草。我学着母亲的样子，舀起一瓢水，洒向一棵棵菜。一瓢瓢水在我面前散开一串串花儿，洒在一张张翠绿的菜叶上，夕阳万缕，片片叶儿跃动着金光，我的喜悦就如那一片葱绿，蓬勃地旺盛着，铺展在那片丰收的菜地上。那茎骨肥厚嫩白、叶儿翠绿可人的白菜，几把猛烈的柴火，那香味就随着缕缕炊烟氤氲在小巷里，浅浅的甘甜芳香着我们的小嘴，柔软的腻滑滋润着我们贫瘠的舌头。广袤的土地，总是不会亏待辛劳，它会给你无私的馈赠。

下班回来，乔士桥头雷打不动地塞，一辆辆大的小的车蚁般蠕动，无数的尾气肆意喷涌，路两旁的绿树也呆立默然。喧闹的间儿，在那高楼与公路之中，几畦青菜在盛放着，几缕夕阳透过林梢叶缝，扑在片片葱绿上，金光跳起了欢快的圆舞曲。在菜儿边，一位老伯正忙碌着，背微驼，70多岁，刺耳的车笛声丝毫没有影响他工作的专注，他提着桶子在沙井里吊上水，再提着走向菜地。

　　辛苦了一辈子的老人，从不懈怠自己的双手，从不放弃可用的每一寸泥土，就为了把一个冬的日子过得肥美滑润。心里这样默想着，车子继续往前蠕动，老伯的身影消失在车流中，同样忙碌的身影不由在我眼前交替浮现：瘦小的父亲，此时也一定在家门口的那个小菜园中侍弄着，俯身扶菜除草，嘴巴微张，歌儿轻扬，惹得那群鸡儿在园外"咯咯咯""吱吱吱"地和鸣……年迈的公公，此刻也会晃着水桶慢慢走向屋后的菜园，那里，柔软的香菜、尊贵的菜花、水灵的芥蓝、圆润的红萝卜、挺拔的白萝卜……都像缠绵的情人，正等着与他约会。每隔些时日，他们就会数着日子打着大包小袋，大方地把土地的恩赐往孩子们的车上装。也许，让家人吃上亲手栽种的放心菜，就是他们夕阳般恬然的心愿；让熟悉的泥土都能焕发生机，是他们晚霞般灿然的期望。

　　当每一寸土地都长出了满眼的绿，大地自然散发出永久的芬芳！

　　　（此文发表于《阳江日报》2019 年 1 月 29 日文化·百花园·地方版）

相依共晚霞

晚霞温柔地铺洒，给微寒的黄昏点染些许的暖意。

从中洲大道转回城区，十字路口的红绿灯前，几排车子取暖似的紧挨停靠。交通的瓶颈、时点的瓶颈、一天的疲惫和烦躁都在这挤着，只有桥头靠右的道上，车子稀拉一点，桥头最外边高凸的道上，有老人靠着桥栏做着拉伸运动，还有人在悠闲地散步。

车子缓慢地移动，眼看就上乔士桥了，忽见一架庞然"大车"，从沿江路那边的河堤横路转上桥头，我的车子赶忙缓让了一下。原来是一辆手推车，车子上的货物完全盖住了车身，约 2 米高，还向四周扩张着。车子载的是一些纸箱类废品，还有很多透明的塑料油瓶、矿泉水瓶等等，一个挨一个，一层摞一层，用弹力胶带捆绑成了一座小山。拉车的是一位老大爷，满头银发，看样子已是古稀之年，不过腰板还直朗，穿得也很少，估计劳动早已使他身子暖和起来了。车子后面还有一个单薄的身影，是一位矮小的奶奶，背微驼。她双手搭在手推车的货物上，随着车慢慢向前走，说不清是她推着车子走，还是车子带着她走，只是感觉她瘦弱得没有力气。

怜悯从心底涌起：这一定是对夫妻了，古稀之年，还为生计奔波受累，估计整车货物不会很重，但人工拉起来，也不轻松。不知道那么高的堆砌，是否只靠这对老人完成，他们又是怎么完成的呢？要克服多少困难？要走多远啊？一连串的问题，如橙色的霞光闪烁，随着手推车的影子右转上河堤东边的小路而渐渐模糊，却又执拗不肯离去。

蓦然，我脑海中浮现出另外一对相依的身影。也是一个黄昏，在那西安古老的城墙脚下，我们匆匆赶路，忽见路旁停靠着一辆脚踏三轮车，脚踏车里几个瓶子罐子懒散地与路人对视着。该是收废品的。我们从侧边绕过，经过那脚踏车时，只见一位大娘坐在一张便携小矮凳上，捧着碗吃饭，头发束在脑后，有些调皮地挣脱束缚，在风中飞扬，或是耷拉在黝黑的脸上。她吃得很专注，因为坐得低，我一瞥就把她碗里的东西尽收眼底，那是一碗馍馍，只有菜没有肉的馍馍。我们刚在西安挤馆子吃过当地的羊肉泡馍，故印象很深。我忍不住望望旁边的那位大爷，吃的也一样。友人不禁感叹："辛苦了一天，才能吃一顿只有菜的馍馍啊。生活艰辛，珍惜美好吧。"

"是呀。好在还有个伴儿，艰苦的路上还有一丝患难与共的温暖。"我忍不住回头再望一眼那双身影，他们依然各吃各的，谁也不理谁，却又是那么安然平静。

不由地，我又为刚才那手推车的相濡以沫而涌起夕阳般的温暖。

或许，他们生活艰难，需要坚持劳作，帮补家用，虽年迈但不能像别的老人那样每天哄着孙辈颐养天年；或许，他们很富足，根本不须劳作，纯粹只是歇不下来，收拾点东西以打发细碎的时光，让余年焕发晚霞般的绚烂；或许，他们认为必须劳作起来，身子骨才有劲儿，每天活动筋骨的时间多了，去医院的时间就少了，烦恼也少了，幸福就来了；又或许……不管是哪种可能，身边始终有一个身影相依相伴，路上便会增添些许暖意和慰藉。

防疫期间，《中国诗词大会》第五季首场比赛开播，83岁满头银发的刘敏华老奶奶吸引了所有人的目光。大家敬佩她在古诗词方面有着深厚造诣的同时，更为观众席上她90岁的老伴刘影始终微笑看着她答题而惊羡。答题完毕，屏幕上播出他们平时一起像年轻夫妻那样浪漫诗意的画面，互相喂吃的、穿情侣服旅游、卖萌、打乒乓球。主持人还介绍，彩排过程中，两位老人始终手拉着手。刘影爷爷曾是共和国第一代空军战斗机飞行员，参加过抗美援朝战争，曾多次在与敌人的较量中取得胜利，国庆 70 周年，获得中共中央、国务院、中央军委颁发的两枚荣誉奖章。

一对耄耋老人浓浓的爱意穿透了荧屏，历经了战争洗礼和甘苦浸染的爱情，是镶嵌在古诗词里的旷世高贵，是岁月流淌的恒久温馨。

母亲在城里照看着孙子孙女，父亲不肯出城，一人守在老家。母亲在城里一有时间就往老家拨电话，一放假就赶回老家。可是，满头满脑的牵挂一到家，又变成了整天互不妥协的拌嘴。父亲离不开烟和酒，母亲总是希望他能少抽一点、少饮一点，不然又是整天咳嗽。爱意与担忧在对视着、交织着。

经常想起一张图片：一位老爷爷推着自行车，自行车后架上坐着他年迈的妻子，不知为什么，老爷爷回头望着老奶奶笑，咧开的嘴闪耀出两道光芒，那是仅剩的两颗门牙。空缺的牙位，看起来空洞，却适合装着呵呵呵的满足。

"没有高档的座驾，再也没有力气踩动脚踏了，那我就推着你走吧。"也许，这便是这对老人撒播长空的爱情蜜语。

爱情不是轰轰烈烈，是个人心里的深水静流。在岁月的厮磨中，融入柴米油盐中，粘着生活的酸甜苦辣咸，堆在杂物里，泡进菜馍馍中，夹在唠叨里，坐在车后架上……细细地品，是生活的原味儿。

"我们分担寒潮、风雷、霹雳，我们共享雾霭、流岚、虹霓，仿佛永远分离，却又终身相依……"舒婷的《致橡树》诗里描述的爱情，这些晚霞中的背影也许读过，也许没读过，也许懂，也许不懂，他们朴素地用行动表达彼此的忠贞，以不离不弃让幸福如绚烂晚霞。

（此文发表于《阳江日报》2020 年 4 月 18 日文化版）

晨曦中的那抹腼腆

晨曦缕缕，温柔地扑在行人的身子上。乔士桥一如既往地堵塞，这路段车子要缓下速度，小心蠕动。到了乔士桥西边，有交叉路口，上班的、送孩子上学的、买菜的、晨练的、赶货的……形形色色的人来人往，各种各样的纵横交错，路边有几家早餐的摊档一字摆开，一些人一些车停驻着买早餐，道路就更拥挤了。

"唉，真是，城管都不管管这些，怎能让这些人在这么复杂的路口卖早餐！"面前的车辆横七竖八，喇叭声也赛着高音，丈夫不耐烦地嘀咕起来。

"急也没用，慢慢过。"我不由再仔细地看了看路边的早餐摊点，共有4个，都是摆在一辆三轮车上。最东边的那个还制作了一个玻璃隔层，摆放着猪肠碌、炒粉、馒头等，摊主好像是夫妻俩，他们摊前买东西的人最多。往西是两位姑娘，她们没有玻璃柜层，但品种也不少，一盘盘猪肠碌、炒面、炒粉用保鲜膜盖着，摊前人也不少。最西边是一个30多岁的妇女，家当和两位姑娘的差不多。还有就是一位小伙子，白T恤，肌肤白皙，他车上只摆放着几个泥绿色的瓦煲，很崭新的样子，瓦煲盖得严严实实，看不见里面装着什么，可能是粥呀什么的吧，看起来很干净卫生。可是他的摊前寂寥得很，只有阳光几缕，闪烁在瓦煲上，闪烁在他那拘谨而腼腆的脸上。

车子过去了。记起早些天，我在课堂上给学生们讲河南省信阳市那个懒得饿死家中的青年杨锁的故事，告诫孩子们要做一个勤劳、有担当的人。

不由得回头再望一眼那排早餐档，望一眼那张年轻的脸，心里有柔软和怜惜流过：小伙子初到这里摆摊吧，可能是刚从学校里出来，找不到理想的工作，家里条件也不太好，没有充足的条件资助他开个像样的店面，他只得做点这样的小本生意，靠自己的劳动挣钱，养自己，养家；也许经验不足，也许害羞，他不敢像同行那样大声吆喝，也不会熟练地招徕顾客。我不知道，瓦煲里的食品是他自己弄的，还是家人帮弄的，但他一定参与其中，应该昨天夜里就要着手准备的。年轻人，能够出来谋生，真不错；不怕工作的苦，也不嫌弃摆摊的不光鲜，确实难得。心里这么想着，我开始莫名地担心，看那局势，准备的早餐怕是卖不完啦，那岂不是要亏本？唉，万事开头难，吃点苦头，摔个跟斗，也是正常的事，过些天就会好吧。年轻人，勇于尝试也是一种锻炼。转念一想，心又释然。

接下来的早晨，路过乔士桥头，我总是习惯性地向那个方向张望。一天，两天，小伙子的摊前还是清净得很，我多想下车到他摊前买点什么，可单位提供早餐，这里也不好停车，单位查岗严格，同伴担心会迟到，我只好作罢。第三天，阳光还是那么温暖，透过车流人流，我惊喜地看见小伙子的摊前站着两个人，小伙子低着头打包早餐、递给顾客、收钱……呵，终于有顾客了，好东西不怕被埋没。我的心又一阵莫名欢喜，好像做生意的就是自己。

一天早晨，有加班任务，我特意到那小伙子摊档买早点。刚有人走开，小伙子正低头整理着钱袋，见有人来，便抬起头，问："需要什么？就只剩瘦肉粥和蚝豉粥啦。"轻轻的语气，仿佛带着歉意。那几个土绿的瓦煲还是盖得很严实，我问："蚝豉粥有些什么？""蚝豉粥有蚝豉和菜干。"很老实的回答，后面连个"很好吃的"也不带。我笑笑，要了两碗蚝豉粥。装好粥，递给我，小伙子脸上泛起浅浅的笑意，历经劳动和磨炼的脸，已经变得自然大方，阳光闪烁在他脸上，那张脸已经忙得看不出腼腆。

（此文发表于《阳江日报》2019 年 7 月 25 日文化·百花园·地方版）

春暖花明媚

　　午后，阳光斑斓起来，温暖的光线夹着丝丝的春风，飘洒进窗门，撩得窗帘也热情起来。窗帘随意飘舞着，幻变出一朵两朵三朵的太阳花，给原本春寒料峭的日子披上一层温馨。

　　此刻，鸟儿"啾啾"一阵，"喳喳"一会，"吱吱"几声，此起彼落，在花园里叫得欢呢。也许它们正在做捉迷藏的游戏，也许正赛着谁的歌喉最美妙，那歌声清脆悦耳，没有一丝的烦躁和不安。

　　我不由得步出阳台，寻找那雀跃的快乐。往花园那一片树林中望去，却难见鸟儿的影子，只见绿色的枝叶上，有跳跃的金光闪闪。早些天还是光秃一片的细叶榄仁树，今儿已萌出四五层翠绿翠绿的叶子，凯旋门那边的树影绰约，整个花园，我最喜欢那儿了，幽静清爽，是沉思屏气的好地方。此刻，那儿好像更安静了。

　　我多想下去走走，但还是算了。在这里俯视，感受一片自然春色的安宁，比起奋战在抗疫前线的好多人，已属奢侈。凉亭旁边的那棵紫荆花树，淡紫色的花儿，绽开了娇俏的脸，艳丽在枝叶间。"空山不见人，但闻人语响。返景入深林，复照青苔上。"我脑海里浮现王维的诗《鹿柴》。这一片安静的小树林，这一片只闻其声不见其影的鸣鸟，仿若诗词里面描述的那片空山寂静、怡然。

　　十字路口旁的那几棵木棉，光秃的树枝已挂着点点红，就像挂上了小小的红灯笼。对面学校门口那棵大树，嫩嫩的绿撑开了茸茸的大伞，浸染着那一片天空变得格外柔软。

百花应该齐放了吧。20多天了，安静地待在家里，防控新型冠状病毒肺炎，不曾漫步森林公园闻闻那片粉粉的桃花香，嗅嗅那艳艳的山茶花；不曾踱步金山植物公园欣赏那花红柳绿，聆听鸟语虫鸣；不曾到鸳鸯湖公园观看那巨大的"孔雀开屏"，望一下碧空中飞翔的风筝；甚至离家最近的北湖公园都没溜达过，新江北路的紫荆花一定在盛放着妩媚，郊外的田地一定擎起了朵朵白色黄色的小野花，菜地里的油菜花一定也在招蜂引蝶呢，武汉的樱花该是含苞欲放吧。

东风来，百花开。所有的春色，会一如既往绽放美丽与力量，只要有阳光，只要有雨露，只要有东风。不理会是否有欣赏的目光，不理会是否有停驻的脚步，每一种生物都敬畏阳光，遵循自然规律，春光滋润的生命会如期生长。

小区小道上的人影显然多起来了，路上的车辆显然比前些日子繁忙。是呀，有些企业已经复工复产了，那些戴着口罩的人们，那些匆匆赶路的，他们感受到了花儿的妖娆吧，他们闻到了花儿的清香吗？相信，从来没有哪个时刻，像今年这样，让人迫不及待地想去触摸这春光的旖旎，失而复来的美好，会让人觉得特别珍贵。

"勤洗手，戴口罩，常通风……"不知道哪家传出了童音。侧耳，稚声还在断断续续。我莞尔，一定是孩子在练习老师线上教学的内容了。往年这个时候，早已开学，孩子们在校园的林荫小路上玩耍游戏，教室里琅琅的书声，逗着窗外鸟儿也叽叽喳喳地乐呢。如今，疫情来袭，假期延长，停课不停学，所有学校都开展线上授课，老师们化身"主播"，精心编辑课程内容，利用有限的器材设备，制作线上教学方案；学生们在家长的陪同下，学习卫生常识，培养担当意识，领悟只有学好科学知识才能在未来更好地回报社会的道理。于是，还在抗疫的琅琅书声就从千家万户中传出，与小鸟和鸣，与春风合唱，奏响一支独特的春之歌。

阳光好，花正红。抗击疫情的好消息频频传来，全国湖北以外连续17

日呈下降态势，湖北新增首次降至三位数，全国连续 9 天出院超千人……18 日下午，钟南山院士在广东省政府召开的疫情防控发布会上，终于露出了久违的笑脸。那张 84 岁的笑脸啊，比那盛开的鲜花还要灿烂，还要美，给人欣慰安详，也让人心酸。回想他从说"没事不要去武汉"时的一脸严峻，已经过了一个多月……这抹灿烂从冬走来，来之不易啊。路上艰险，14 亿人民共知，多少白衣战士奋战生死一线，多少蓝色警官驻守各路卡口，多少灰衣建筑工夜以继日战斗在"火神山""雷神山"，多少忙碌的身影奔走在物资供给的路上，多少赤诚的双手捧出了滚烫的爱心，才盛开了这一抹灿烂。

鸟儿还在枝头欢唱，金光还在风中舞蹈。百花开了，这个春天终将会走出阴霾，我期待着安然走进姹紫嫣红的美好。

（此文发表于《阳江日报》2020 年 2 月 23 日众志成城　打赢疫情防控阻击战专版，2020 年 3 月 26 日选登于广东作家网）

专注的目光

"咔，咔，咔……"朦胧之中，熟悉的声音在耳边响起，那是清洁阿姨用方形拖把拖地，碰到墙上发出的响声。该是早上 7 点多了吧，那位阿姨几乎每天都是这时间来搞卫生的。我睁开眼，窗边还是一片朦胧，又是一个阴霾的日子。全民抗击冠状病毒肺炎阻击战还在关键时刻，家家户户都宅家隔离，周围一片寂静，听不到小朋友玩耍的喧闹，听不到邻居们开门关门的声音，听不到大妈们广场舞的音乐，那拖地声显得特别清脆，仿佛是幽谷的一支乐曲，轻柔飘逸，安稳宁静。

起床，洗漱，走进厨房准备早餐。"咔，咔，咔……"的声音又在耳边响起，那么清晰。我抬头，透过厨房的窗户，看见了在梯间走廊的那个消瘦的背影，浅灰色的衣服，头发在脑后随便扎成一团。此刻，她正弓着腰，双手来回拖动拖把的柄子，响声就在拖把的一来一回中律动。

"阿姨，早上好。"我对着那个背影问候。清洁阿姨转过头来，回应着："嗯，早上好。"我看到了她戴着蓝色的口罩，嘴上虽然说话，却不曾停下手中的工作。我微笑一下，继续忙活，打声招呼，权且表示我对清洁阿姨辛勤劳动的感激和敬意吧。这位清洁阿姨皮肤白净，微凹的腮边几抹皱纹，看上去 60 多岁，人特别勤快，工作一丝不苟，我们整幢楼的业主都特别喜欢她。因为小区里有十几幢楼，每一位清洁工负责不同的区域，而且经常调换区域。先前，这位消瘦的阿姨是负责我们这幢楼的清洁，后来调换到别处，换来的是个矮胖的阿姨，比瘦阿姨年轻多了，但工作却耍心眼。她来之后，各公共地段的保洁时不时能看见马虎拖沓的痕迹，水迹经常是自然干涸的，留下或黑或黄或灰的痕迹，异味充斥在电梯狭窄的空间，四壁不再透亮光洁，走廊里的灰尘时常能摸到，可能不是每天都坚持清洗。业主们多次向管理处提意见都未果。忽然有一天，群里一位业主高兴地告诉大家：那位瘦瘦的阿姨又回来负责我们这幢楼的清洁了！顿时，群里欢呼、鼓掌不断，比久别的亲人回家还要雀跃。

某天下午回家，一进电梯，刚好遇见瘦阿姨在搞清洁。一桶还很清澈的水摆在电梯角落，阿姨正把一块蓝色抹布在桶里洗干净，扭干，抖开，铺在那个方形的拖把上，倒提起拖把，抹电梯的四壁。一上一下，抹布所过之处，电梯更显光亮透明了，照得人影闪动。我很是佩服阿姨的灵巧，对她说："哇，这样抹好，省力，又能抹到高处。""这电梯人多出入，很脏，特别有些小孩，总爱用手摸，大人站里面也会碰到，所以呀，要时时擦干净。"阿姨回答道。只见她目不转睛，始终盯着上下拖动的抹布，仿佛怕一转眼，就会漏掉丝毫的地方不能抹到。

全民与冠状病毒肺炎战斗已经打响好多天了，确诊病例人数与死亡人数还在煎熬着人心，也激发了所有人的不屈和斗志。这些日子，太多太多的感动，总让人泪眼朦胧：白衣战士舍生忘死在疫情一线跟病魔战斗，科研工作者争分夺秒研制抑制病毒的药剂，建筑工人披星戴月抢建"火神山""雷神山"，企业竭尽全力为防疫救援捐款捐物，飞行员、各路司机飞速运送物资驰援疫区，基层干部深入群众宣传防疫知识，山东环卫工大爷把节衣缩食的 12000 元现金捐出，拾荒徐阿婆拿出了多年的积蓄 9000 元支援，华龙村党员志愿队每日为被隔离家庭买菜，北惯镇卫生院副院长许苑平每天 24 小时独自照顾密切接触者，闸坡镇扶贫干部谭小教来回 100 多公里买口罩送给村民，80 多岁的农村老党员主动请缨不畏严寒地参加村口关卡执勤……每个人都在默默地为这场战"疫"献一份爱，尽一份责。

春节期间，清洁阿姨们从不曾休假，除夕、大年初一，直到现在，大多数人宅家的时候，她们仍然坚守在岗位上，打扫、拖地、抹墙，还要对公共区域进行消毒。她们没有防护服，没有 N95 口罩，没有医用外科口罩，也是这场战役的"逆行者"。一天，接到通知要到物业管理处取消毒液对家里进行消毒。我戴上口罩，走步梯从 8 层到 5 层的转接处，看到消瘦阿姨正俯着身子，擦拭电梯口按钮处。也许听到声音，她转过头看见我，打了声招呼，又继续擦拭墙壁。看着她那认真的样子，我忽然怀疑自己是否太过虑了：那电梯，阿姨每天都坚持消毒清洁呢，卫生方面是没问题的。

"阿姨，早上好。"就在沉思间，问候的声音再度响起，应该是在上一层楼吧。这段时间，小区禁止外人进入，问候的一定是业主了，他也许和我一样，带着敬意，带着感激，向平凡的清洁工致意。

"守土有责，守土担责，守土尽责。"这句话语，也许不曾有人在清洁阿姨耳边训诫，但她每天都做到了。她在自己平凡的岗位上坚守职责，一丝不苟地完成清洁工作，守护一方整洁，守护一片安好。

（发表于《阳江日报》2 月 14 日众志成城　打赢疫情防控阻击战专版，2020 年 3 月 17 日选登于广东作家网）

新旅程　新梦想

　　时光从深处迂回，从冬走到春，又是新的一年。走进 2020，距离知天命之年又近一步了。历经了志学、学立、不惑，青涩或将随着时光退去，岁月的磨炼，已悟理想实现之艰难，做事不再追求结果，淡然荣辱。

　　新的旅程，适合做清浅的梦吧。

　　时光沉寂，适合阅读经典。早些日子，因为搬家的原因，整理旧书柜，满满的灰尘盖住的是旧时的一段情怀，很多书不舍丢弃，丈夫说："没用的就卖掉吧，这么久了都不看。"可是虽然旧了，但怎么舍得呢。遥想当年购这些书的时候，是多么想一口气就读完的，但每每都是这本读几页，那本读几页，就落下了。当时总是想着，这本书等有时间要好好看。可这一搁，就把眼睛等黄了，一本本书就像一位位望穿秋水的姑娘，变成了残花落叶，如今，泛着黄了，《红与黑》《悲惨世界》《泰戈尔诗集》《骑鹅女人》……轻轻打开《大尉的女儿》，一阵异味扑鼻而来，那是铅字历经岁月的沉淀吧，虽然有点模糊，但字的内涵不变，一个个方方正正地向你眨着眼呢。翻开《泰戈尔诗集》，一首《生如夏花》立即紧紧地抓住了我的心：我听见回声/来自山谷和心间/以寂寞的镰刀收割空旷的灵魂/不断地重复决绝，又重复幸福/终有绿洲摇曳在沙漠/我相信自己/生来如同璀璨的夏日之花……多么美的文字，多么美的情怀，怎么就不曾把目光停驻在这徜徉的意境中呢？"书中自有黄金屋，书中自有颜如玉"，这书中还有挖不尽的金子哪，等着人去开发呢。一种顿悟悔迟的感觉涌上心头：岁月蹉跎，再不读书，那就真没时间了！新的一年，一定要整理思绪，拿起书本，阅读民族优秀传统，学习本土文化典故，把心灵放进经典里，把烦躁柔软在书香中，把疲惫浸染在翰墨间，让一颗心归于经卷的深远辽阔。"腹有诗书气自华"，渴望生活的经历和文化的沉淀，使一颗心对幸福常怀感恩，对曲折保持一种淡定和优雅，笑看云卷云舒，自然随意，喜观花开花落，从容释然。

凡事必有痕，握住手中的笔吧，把所感所悟记录下来，让自己的思想思考方式更加完善。习总书记告诉我们：坚持文化自信是更基础、更广泛、更深厚的自信，是更基本、更深沉、更持久的力量。时代呼吁我们要创作彰显本地文化特色的作品，传承传统优秀文化，留住乡愁，传播正能量。这几年，随着年岁渐长，忆旧的情怀浓郁，一些藏于心底深处的小喜小哀总会涌上心头，流于笔尖。品读一些老前辈、笔功深厚作家的作品，深感个人思考肤浅，眼光狭隘，尚需不断学习提升，阔宽眼界。生活是文化生长的沃土，深入观察生活，看人间烟火，沾柴米油盐，听尘世声音，拓展思路，感悟人生至理，挖掘身边的美好故事，记录身边的善念仁意。每一瓣花开，是怡然；每一次日落，是惬意。改革的春风渗入神州大地，时代的发展进入了快车道，人民的生活蒸蒸日上，科技的更新日新月异，着眼这美好的一切，会使自己的思想更富足，幸福感更充盈，豪情满怀。

万物皆有爱，要好好地爱人，爱自己，爱家人，爱自己所爱的人。爱自己，就要爱护自己的身体。一路走来，有时太追求完美，总不满意已尽的努力；有时太在乎别人的目光了，弄得自己跟自己过不去。2020，一个非常吉祥的数字，爱你爱你，就不要把郁气埋于心，不要为鸡毛蒜皮的事耿耿于怀，要学会把坏情绪清零，把自己的心灵放空。生命恒常，不如意恒常，哪能事事称心如意呢？爱护身体，就要坚持锻炼。生命在于运动，跑步，能让自己的脚步迈得更轻盈，能让灰沉的脸焕发生机，让自己的眼眸更敞亮，要坚持。瑜伽，能让身子更柔软，让心情更温柔，要抽时间放松。爱别人，就要秉持一颗感恩的心。一个人在自己的哭声中来到人间，又在别人的哭声中离开这个世界，正因为有了爱你和你爱的人，才有了尘世间的温情脉脉。所有的遇见都是缘，都值得我们去珍惜，要坚守心底的善念，尽己所能，助人所需。

"我们都在努力奔跑，我们都是追梦人。"奔向幸福的路上，人们都在风雨兼程，砥砺奋进。而我，权且做逐梦洪流中的一朵小浪花吧，在乎脚踏实地的努力，在乎心灵的感悟。

（此文发表于《阳江日报》2020年1月14日文化·百花园·地方版）

晶莹的小雨

凉风起，细雨斜。季节在岁月交迭中滑到了秋。坐在窗前，听书声琅琅，在沉寂了一个假期的校园里再度飘荡，缭绕广阔的天空。我眼前恍惚着的是小雨，那位纤弱而常挂浅笑的支教老师。

小雨是从中学到小学支教的老师，在原来的中学是图书管理员，纤瘦如寒冬的芦苇，估计近1.6米的身子也就70来斤重吧。去年秋季，她担任了班主任兼英语教学，在我隔壁班，办公室里也坐在我前面。新岗位，于她来说，是个全新的课题。面对一群稚气活泼的孩子，面对烦琐的开学工作，她倒是积极、淡定、耐心，清点学生人数、跟踪去向、整理教室、分发课本、整顿纪律等等一系列的常规工作，都喜盈盈地跟着学校的指引完成了。

小雨是个有情怀的年轻教师，看得出她容易接受教育新理念。有时间，她会看一些班级管理方面的书籍，会看一些有关教师管理学生方面的电影。她想成为学生的良师益友，迫切想培养一个积极向上、朝气蓬勃的班集体，对学生的问题总是细心解答，故总有一群雀跃的笑脸围绕她左右。在饭堂午餐，一群小女孩也争着坐在她身旁，津津有味地吃着说着笑着。看着小雨一脸浅笑，我想：教师的幸福就是如此，和一群敬你亲你的学生们一起欢乐，一起成长，一起走过岁月的甘苦。于是我非常羡慕小雨的情怀，这么一小脸的陶然自得，是人生的滋润。

　　小雨总是鼓励学生课余积极参加运动，早上升旗仪式、早操结束后，别的班级有秩序地回到教室，她则带领学生奔跑在运动场上。一直到将要上课，她才意犹未尽地回到办公室，说："我班学生上课没精神，运动量太少了，运动一下马上就精神啦。"于是，课间从她班级经过，走廊上基本都是不通的，女孩子们在跳橡皮筋，男孩子们则做追赶类的游戏，有一次我还差点跟一名学生撞个满怀。我看在眼里，担忧在心头，跟小雨协商：不能让学生在走廊做游戏奔跑，很危险，这是我 20 多年的教育经验。小雨的教育理念却是不受框框束缚，她认为课间不运动，一点朝气都没有，还搬出校医的话，说课间要出去放松一下，别老待在教室，不健康。爱孩子的理由很充分，道路千万条，孩子健康成长第一条，我只好建议她让孩子们都到宽阔的操场去活动。

　　精神是提起来了，很快就是接二连三的报告闯进办公室："老师，××弄坏了我的书。""老师，××和××在打架。""老师，××带来一条毛毛虫，把小婷吓哭了。"……小雨整天忙着处理学生的各类报告，给这个搽药油，安慰那个受委屈的孩子，一刻也不得安宁。

　　晨读时间，小雨伏在桌面上，一袋子早餐撒在一旁，我打趣她："小雨啊，昨晚晒月亮了，没睡醒？"

　　她无精打采地抬起头，说："我的心就随着学生跌宕起伏，阴晴不定，一会儿在兴奋的顶峰，一会儿又到了烦恼的低谷，吃不香，睡不安……"

　　"百炼成钢啊，是要经历这些阶段的，慢慢来，经验是累积起来的。先吃早餐，把肚子填饱才有力量工作。"我们安慰她，真担心她身体吃不消。

　　接下来，小雨调整了管理方法，严慈相济，对一些违反纪律的行为采取适当的批评或惩罚。随后，走廊上奔跑追逐的影子少了，教室里安静学习的身影多了，闯进办公室的"炸弹"报告也少了。我们都表扬了小雨，小雨嘻嘻一笑，道："唉，当班主任让人变化真快，短短两三个月时间，我就从一个姑娘变成啰唆婆娘，整天要不停地跟他们唠叨，教育那，纠正这……"

　　班里有个学生 L 性格有点怪异，经常有其他同学告状说他拿了别人的东西。一天，小雨的声音里夹着欢喜："嗨，终于解决了一个问题，面对面跟家长沟通效果就是不同，原来小 L 的家长还挺好的。"原来小雨早一天下班后，请原来的同事陪她，骑着摩托车寻到乡下，找到这个学生的家，与家长进行了面对面的交流。看着小雨消瘦的背影，我的敬意从心底涌起，那一颗朴实的心，跳动的是沉甸甸的责任。在这个信息高速发展的年代，微信、电话早已代替了面对面的家访，可瘦弱的小雨却不辞辛劳，坚持真诚细微的帮助，难能可贵。

又是一年桃李香，小雨被评为优秀支教老师，她那浅浅的笑意又该绽放了。小雨润物细无声，大爱育人终有痕。成长的路，有爱作伴，无论跌倒，无论碰撞，沿途的风景都是诗意的收获，随着脚步坚定的是深切的教师情怀。

（此文发表于《阳江日报》2019 年 9 月 11 日文化·百花园·地方版）

盛放的杜鹃

阳台上那棵杜鹃，迎着秋风雨露，灿灿然，开得红红火火。

杜鹃是丈夫和同事在野外"寻宝"掘回来的，两个枝干自然形成约30°的叉，枝干经过风雨的侵袭，粗厚的树皮坑坑洼洼，几根枯枝挂着稀疏的叶子，一点都不起眼。可丈夫还是喜滋滋买回一个棕红色的花盘，兴致勃勃地把杜鹃截枝、修剪，按在花盘中定好姿势，上好泥，与阳台上原来那些从花市买回来的盆景摆在一起。暑去寒来，那些绿意盎然的盆景渐渐经不起风雨的洗礼，经不起日晒的暴虐，陆续凋零。剩下这棵倔强的杜鹃，安然在阳台的一角，长长的枝丫不断地延伸，穿过阳台的玻璃缝儿，形成一柄伞形，舒展在风雨中。

今年的秋日热情得迟迟不肯归去，艳阳照得大地热辣辣地冒烟，花园里，一片片树叶在空中飘逸打卷，一棵棵小草争先恐后地换上金黄的华装，艳丽的花儿渐渐告别了繁华，我家阳台的这棵杜鹃依然不改声色，忘我地洒脱在空中。杜鹃是盛夏开的，还是初秋？我已记不起了，只记得是在一瞬间发觉整棵的杜鹃花都绽放了，仿佛它们就在同一刻砰然燃烧，我的眼被它亮丽了整整一个秋季。

杜鹃又称映山红，被誉为"花中西施"，而它的坚韧真的直逼我的心田。"疑是口中血，滴成枝上花"，阳台的杜鹃花是玫红色的那种，三片花瓣拥着淡黄淡黄的花蕊，一朵挨着一朵，挤在枝上。远远望去，只见一片玫红的花，不见绿叶，就像半空中飘着一朵红云。晨曦初起，小区响起了广场舞的音乐，大妈们迈起了舞步。我打扫着阳台上的片片落叶，杜鹃花依然傲立在凉风中。午间，烈日当空，秋风飒飒，碧空高远，雁群南飞，杜鹃坚韧地盛开着，随风摇曳，像一位热情奔放的少女在舞蹈，寂寥的阳台喧腾起来了。夕阳西下，它静看落日，与缤纷的彩霞比绚丽。是不知疲倦地绽放生命的热忱，还是静静享受夜幕降临前的缤纷惬意？台风"海马"带来的狂风暴雨肆意侵袭，阳台上一片狼藉，落叶满地，唯见整枝的杜鹃花坚毅淡定，傲然艳丽。那一刻，我满腹疑惑：它是在坚强地诉说岁月的沧桑吗？

我喜欢驻足杜鹃花前，感受一份心灵的沉静，静静地想着好友阿珍。

珍年轻时漂亮迷人，有一份较称心的工作，每天到她房间磨蹭的小伙子来了一拨又一拨，最后她选择了嘴巴甜、笑容好的恒。想不到恒是个花心萝卜，珍还在哺乳期，他就夜夜迟归，对幼小的儿子和年轻的妻子不顾不问。勤劳的珍一个人把家里的家务活打理得井井有条，把儿子照顾得妥妥帖帖。产假后回来上班，全单位的人都惊呆了，原来粉脸红颊的珍瘦得只剩一双大眼睛和甜甜的笑。上班后的珍更是忙得不可开交，紧张地工作后回到家，要照顾儿子、做好家务、帮丈夫照看生意，一直到深夜才拖着疲倦的身子倒向床。可多少的规劝哀求，恒还是花心不改，甚至偷偷在外边买房养情人，夜不归宿。苦苦的守候换不来丈夫浪子回头，多少个无眠之夜后，珍擦干泪水，带着儿子毅然离开。花开，她悉心抚育儿子，全身心投入工作；花落，她淡然迎着风雨，笑看云卷云舒。她的工作得到单位领导和同事的认可。假日里，她与亲朋好友醉心于花丛中，漫步在流水旁，潇洒的身影穿梭于自然美景中；微信圈里，她的笑容就如灿烂的杜鹃，鲜艳，优雅。

冬又至，坚韧的杜鹃，依然笑在寒风中。时光深处，积淀的是生命的从容！

（此文发表于《阳江日报》2016年11月9日文化·百花园版）

潇潇细雨悼英魂

清明前夕，细雨潇潇；花儿垂泪，鸟啼切切；英烈像前，队旗恭立。

缅怀革命先烈敖昌骙的仪式，在阳江高新区平冈镇文化站敖昌骙铜像前进行。一列列整齐的队伍，瞻仰着英烈的遗像，透过烟雨飘摇的时光隧道，英烈的英雄事迹再次被传颂铭记。

敖昌骙（1902~1928），阳江县平冈镇黄村人，1918年考入阳江县立中学读书。受辛亥革命和"五四"运动的影响，他对北洋军阀政府的卖国行为极端愤恨，赋诗声讨，并组织同学上街宣传，还回到家乡利用赶集的机会向群众宣传，揭露帝国主义侵略中国的罪行。

1923年夏，敖昌骙考入广东大学农科学院。在校期间，接受革命思想，先参加进步组织新学生社，继而加入社会主义青年团。他是农科院学生委员会委员，负责编会刊《农声报》，在报上发表他的《土地经济的利用与国民经济发展之关系》等文章，论述只有进行社会革命才能改造中国经济。

1925年，敖昌骙转为中国共产党党员。同年6月，爆发省港大罢工，他奉命到罢工委员会纠察队任秘书。1926年1月，经中共广东省区委派任中共南路特委委员。为了迅速开展建党工作和工农运动，国民党省委部和中共南路特别委员会派他和敖华衮等回阳江，从事建党和开展工农运动。敖昌骙回阳江后，迅速联合几位共产党员，于当年2月7日发动改组了

"广州各界对外协会阳江分会"，有力地支援了省港罢工运动；又组织了新学生社，作为共青团的外围组织，并培养发展了一批共产党员。1926年3月初，中共阳江县支部秘密成立，他任支部书记。中共阳江县支部成立后，敖昌骙发挥党支部的力量，加紧了国民党阳江县党部的筹建工作。3月15日，国民党阳江县党部执行委员会成立，敖昌骙为执行委员会委员兼青年运动委员；5月，调任宣传委员，并主办《两阳民国日报》。敖昌骙擅词令、习诗文，担任新职，更能发挥其所长。他充分利用《两阳民国日报》这个阵地，大力宣传革命形势，宣传反帝反封建的斗争，发动群众支援省港大罢工，抵制和查缉英、日仇货，配合工、农、青、妇组织开展宣传工作，鼓励斗志，战绩突出。

中共阳江支部建立后，敖昌骙发挥支部作用，他与农运特派员谭作舟等发动成立了阳江县农民协会筹备会，还成立了农民自卫军，开展"二五"减租运动，也逐步开展县城工运。一年多后，阳江群众运动迅猛发展，革命形势良好。

1927年4月15日，国民党反动派继上海"四一二"反革命政变之后，又在广州发动了反革命政变；同时，在阳江进行"清党"，30多名中共党员、共青团员和工农运动骨干分子被逮捕。5月3日，敖昌骙等16人被押解广州，囚于南石头监狱。在狱中，他备受酷刑，仍坚强不屈，继续领导狱中斗争，组织串联响应广州起义的越狱行动，但因起义失败未能实现。1928年9月5日，敖昌骙在广州慷慨就义。他视死如归，就义前于狱中壁上题诗4首抒怀。

英雄精神，永垂不朽。敖昌骙的事迹，长久刻在平冈镇乃至阳江市人民的记忆中。提起敖昌骙，故乡人总会扬起满满的自豪：敖昌骙，是烈士，是英雄啊！2002年，敖昌骙嗣子敖景惠、女儿敖景爱与当地政府共同捐资正式建成了敖昌骙铜像，安放在当时的平冈镇文化站里。随着社会经济发展，平冈文化站于2011年拆除重建为省特级文化站，阳江高新区管委会2014年5月重建敖昌骙烈士纪念园，纪念园在平冈文化站西边，占地面积200平方米。纪念园正中央，是敖昌骙纪念碑，纪念碑高2.15米，宽5.6

米，敖昌骙烈士的上半身铜像矗立在一座米黄色花岗岩石座上。敖昌骙烈士铜像一身中山装，竖起的头发仿佛喷发出对恶势力的不满，浓浓的眉毛、炯炯的双眼坚毅望着前方，大义凛然的气势被雕刻得入木三分。花岗岩的正前方，刻着敖昌骙在狱中写下的4首诗：

其一：霾障黯重天，豺狼当道前。四郊皆赤血，苦狱泣青年。

其二：奋斗两三年，锄奸志亦坚。早知遭毒手，恨未御防先。

其三：狱卒唤吾名，从容就酷刑。人生谁不死，我当享遐龄！

其四：白色逞恐怖，珠江激怒鸣。英魂长不灭，夜夜绕羊城。

花岗岩后面正中央，铭记着敖昌骙烈士的嗣子敖景惠、女儿敖景爱附上的简介。纪念碑的四周，是绿意盎然的绿化带，两棵高大的英雄树分别耸立在纪念碑的两侧，树上刚长出稀疏而翠绿的叶子，正焕发出一片勃勃生机。我想：那是英雄的气魄生生不息吧！这里早已成为当地中小学重要的德育基地，是学校进行爱国主义、革命传统教育的场所；革命先烈勇于奋斗拼搏，为革命抛头颅、为和平洒热血的浩然正气激励着一代又一代的青少年，珍惜和平，珍爱生活，发愤图强，力争上游。

如今，烈士铜像肃穆在这方宁静而祥和之处，它正对着偌大的文化广场，每天晚上广场上歌舞升平，有玩耍的小孩、翩翩起舞的舞蹈爱好者、健步的人儿，这里成了欢乐的海洋。纪念园的北边是崭新的灯光篮球场和舞台，节假日，四面八方的人喜聚这里，赛球、歌舞、欢庆，传承中华优秀文化，歌颂新生活。"走向新辉煌"迎春晚会璀璨了这方夜空，"盛世中国梦"文艺巡回演出鼓舞人心……烈士铜像始终安详地注视着这一切，聆听这片土地奋斗的强劲足音，观百花盛开之美景，见证新时代平冈镇人民蒸蒸日上的美好和谐，目睹祖国走向富强，革命精神得以传承，英烈之灵，足可慰矣。

英之魄，长流传；烈之魂，永铭世！

（此文发表于《阳江日报》2019年4月4日文化·百花园·笔会版）

文魁堂前缅风流

再次拜谒高新区平冈镇良朝村的文魁堂，是在丁酉年，在金黄色的稻浪随风飘舞的丰收之季，那个秋风清爽的午后。和第一次下乡慰问偶遇的惊讶不同，这次是专程来溯源追远。

车子在良朝村委会旁停住，徒步沿着小道往里纵深，越往里越凝重。走过约100米，巷道深处，霍然立着青砖绿瓦的一座头楼。文魁堂的后人伦叔一脸肃敬，说："头楼是我们族人去年刚修缮一新的，它是我们心目中的家。"头楼虽没有特别的飞檐挑角，但朱红大门庄重肃穆，两侧题着红底黄字的梁乙新原创对联：夏阳世泽；春树人家。长长方方的门楣还挂着红绸布，四周雕花间，"文魁"二字赫然入目。右上侧雕文：钦此甲等举子梁乙新，左下侧落款：光绪八年冬。脚步轻轻，从头楼左侧穿过，恍然又一洞天，坐北向南的双排两进青砖红瓦房静默在眼前，占地约1000平方米，一直绵延到翠绿的后山脚边。历经风雨侵蚀，整座房子还是那么简约庄重、古朴大方。正门前的横梁已斑驳陈旧，依稀可辨的图案见证着岁月的沧桑；绿色的琉璃瓦窗仿佛在默默诉说着它当年的显赫；整整齐齐的长青砖还是显得那么坚不可摧，细小灰白的砖缝看起来很是平滑妥帖，建筑材质的精良和手艺的高超可见一斑；屋檐下的雕花画鸟虽已褪色，但花朵的纹路细腻繁杂，足见手工的精巧入微。

"房子有很久历史了吧？"我的目光真看不透岁月的深度。

"嗯，据说 170 多年了。"伦叔轻轻推开了那扇历经风雨侵蚀而掉漆的菠萝红木门，一段厚重的历史悄然打开……

文魁堂主人梁乙新生于 1843 年，自幼勤奋好学，天性聪慧，富有文采。他投身科举应试，于清光绪二年（1876）考取丙子科优贡第四名，并在清光绪八年（1882）高中甲等举子，还是同年壬午科第十七名蓝旗官学教习大挑教谕。朝廷钦赐有多个牌匾：钦赐甲等举子梁乙新"文魁"匾，兵部尚书兼都察院右都御史及翰林院侍讲学士提督广东全省学政为其立所的贡生"优魁"匾等。

乙新公中举后，已取得为官资格，但他淡泊官职名利。传说，当时朝廷曾委派其前往海南任官职，但其怕过海晕船而推托。此外，还有邀其赴京任教之说，其亦婉拒。他致力于阳江的教育、农业、工商等事业的发展，有文字记载：直到光绪三十一年（1905），清政府通令废科举，阳江在南门街千乘书院设学务公所（相当于现在的教育局），梁乙新为所长，是阳江首任所长。光绪三十二年（1906），阳江知州林翊，用城内卜巷街原考棚为校址，创办了"阳江直隶州官立两等小学堂"（阳江一小前身），任梁乙新（时任阳江直隶州学务公所所长）为建校总理。光绪三十四年（1908），设工艺局（相当于现在的工商局），招考学徒教以织布、制纸技术，梁乙新为总理。宣统元年（1909），设劝业所（当时统管全区农工商矿及交通事直的部门），梁乙新主其事。时为广东第一届选举省议局论员之期，阳江为州合州属之恩平阳春为一选举区，共初选当选额 20 名，本州占 7 名，梁乙新居当选 7 人之首。乙新公参政 10 年，正值当时社会激烈变革时期，其能得以重用，足见其实勇立潮头、锐意改革之士。

斑驳的光洒进来，文魁堂中央的雕梁上，可见两口七八厘米长的铁钉，是当年悬挂"文魁"匾留下的。整座屋子四进三井，呈"T"形布局，虽久不住人，但青砖墙体挺直完好无损，屋内整洁不见杂物堆陈。默默对立的厢房隐不住曾经的功名，当年的利禄还在天井的芳草萋萋上招摇，乙新公的后人还时时来缅怀他们的先人。乙新公所遗留文史资料，至今查到的甚少，其亲笔书写的墨宝真迹，仅有其于清宣统二年（1910）撰写的《分单部》。乙新公撰写的《分单部》，本为分家析产之记载及凭证，但通篇内容显示了对子孙后代如何立身处世、发扬良好家风的谆谆教诲，是乙新公后人的祖训和家规，是宝贵的精神财富。《分单部》前言开宗明义，"人生以孝弟为本""深愿以身作则故特书此以垂训"。《分单部》之末更是强调"以上所定章程凡我儿孙皆当恪守，倘敢固违即以不孝论"，足见其对后人思想教育的重视及严格要求。由于书香浸染，乙新公后代出文人较多，其长子嵩年、三子崑年、八子书年，一代孙乾亨、伏亨、济亨、涣亨、随亨等人都是教师或曾经当过教师。其中梁书年是秀才，梁济亨在广东农业大学读书兼助教，后留学日本，追随孙中山为革命献身。

梁济亨为人有抱负有追求，奋发向上，心灵深处既有"万般皆下品，唯有读书高"的读书光宗耀祖的封建门第意识，又有追求进步、革故鼎新的潮流意识。他受孙中山的政治主张影响，拥护孙中山的"联俄、联共、扶助农工"的三大政策，参加中国国民党。1924 年回国，积极参加改组国民党的活动；1925 年秋，在南路前敌政治宣传委员会国民革命军第四军第十师政治部工作，任宣传委员；同年 9 月中旬，回阳江县开展筹建国民党阳江县党部，后因形势变化，于 9 月下旬重回广州；11 月，随第四军第十师抵达阳江，继续开展筹建国民党阳江县党部工作。

1926 年 3 月初，中共阳江县支部成立后，梁济亨积极协助国民党阳江党部筹备会开展工件。同年 3 月 11 日至 13 日，中国国民党阳江县代表大会召开，梁济亨任中国国民党阳江县党部执行委员兼组织委员。在支援省港大罢工斗争中，他积极进行宣传和开展募捐活动，并作为阳江代表携捐款到广州慰罢工工友。1927 年蒋介石在上海发动"四一二"反革命政变，阳江的国民党反动派即于 4 月 15 日发动反革命"清党"，清除共产党人和国民党左派，梁济亨在国民党阳江党部遭国民党反动派逮捕；5 月 3 日，与中共党员敖昌骙、谭作舟等 16 人被押往广州石头监狱（南石头惩戒场）囚禁。在狱中受尽种种刑罚，英勇不屈，继续同国民党反动派作不屈不挠的斗争。1928 年 9 月 5 日，在广州红花岗英勇就义。梁济亨为贯彻执行孙中山的三大政策奋斗不已，为维护和实践孙中山的革命主张而英勇献身，牺牺牲时年仅 32 岁。牺牲后,他的英魂安息在广州银河革命公墓。

梁济亨的儿子梁端仁受其父亲英勇不屈和忘我的革命精神影响,1950年,朝鲜战争打响,他毅然应征,参加中国人民志愿军,在战场上杀敌立功。抗美援朝结束后,被分配到广州军区司令部工作达 22 年,负责接送中央及军队首长等特殊任务,曾经为数十位国家领导人开过车,也参与迎接外宾来访团工作。

文魁堂历经百年风雨,当年乙新公的金黄色牌匾原墨虽已荡然无存,但后人崇尚文化,注重读书之风代代相传,涌现出大批有文化的学子,成为各行业的有用之才。

人声稀,天地默。这里在巷道的最深处,前面建起崭新的高楼,东边的荒草绿意浓郁,两座百多年的举人大宅宽博深静在一片绿意中。头楼后墙内,张贴着乙新公、梁济亨烈士、梁端仁等人的史料、图片,字字珠玑,绵荫后人。头楼重修以来,已有数批领导、群众来这里参观浏览,举办群众文化活动,缅怀文魁堂那古老厚重的文化。

山水有情,瞻仰的目光虔诚,立于当前垂听教训,一段段历史在这里深深镌刻。灵秀流芳,驻足的步音庄重,喧嚣之外静思立身之道,一代代风流在这里厚厚积淀。

(作于 2017 年 11 月,收录在《砥砺奋进三十年征文作品集》中)

碑说历史　像诉风流

东风徐，春阳艳，百花开遍。一棵棵绿树耸立英姿，一朵朵花儿鲜艳灿然，它们为英雄而肃立，为烈士而展颜。

清明节将到，随着"漠阳红"采风团来到北山脚下，站在烈士陵园南门口，便不由自主地肃穆仰望，革命纪念碑高高耸立在绿树浓荫间。上午的阳光恰好，不弱不烈，在叶片上跳跃着金光，在花朵上铺洒着明媚。公园里很安静，我们脚步轻轻，拾级而上，肃立在烈士纪念碑前的平台上，10 多米高的纪念碑如一把巨大的剑，指向穹庐，"革命烈士永垂不朽"几个大字任由阳光抚摸，肃穆不语。一起肃穆的，有两旁的黄蝉、红铁树、红背桂，有榕树、相思树、西洋杉，还有凤凰树、红棉树、白玉兰，绿荫里的小鸟忘记了歌唱，草丛中的虫子收住了鸣叫，花丛中的蝴蝶也停止了舞蹈。

祭奠仪式开始，两位代表手捧鲜花，迈着庄重的步伐，缓缓走向烈士纪念碑，俯下头，轻轻地把鲜花放在碑前，仿佛怕惊扰英烈的清梦，又怕不足以表达无限的崇敬。碑前，已经摆放着很多黄的白的花，想必早有一拨一拨的民众来这里悼念英烈，寄托哀思，追忆艰苦岁月的英雄。退休干部在这里缅怀，寄托深切哀思；青少年在这里诵读，表达心中无限的敬仰和感恩；自发民众在这里瞻仰，汲取精神之伟力……

全场肃立，低头，鞠躬，默哀，向为中国革命和社会主义建设事业英勇献身的烈士默哀……

一秒、两秒、三秒……时光仿佛凝滞，视线在眼前的石条上模糊，温热的泪在眼眶中打转，百转千回，那烽火硝烟的一幕幕仿佛就在脑海中放映重叠。这里纪念着 364 名烈士，一个碑藏着 364 个故事，在大革命时期、抗日战争时期和解放战争时期，中国共产党领导阳江人民与敌人进行艰苦卓绝、不屈不挠的斗争，革命前辈在这块土地上为革命抛头颅、洒热血，前赴后继，英勇斗争，贡献了自己宝贵的生命，敖昌骙、谭作舟、冯军光、梁济亨、黄贞恒、谭启沃、林元熙、李振之……

一个个瞻仰者步履凝重地绕着纪念碑而行，绕过烈士墓室，据说那里安放着 103 名烈士的骨灰，烈士墓室前的大理石镌刻着《阳江革命烈士墓室记》，镌刻着革命烈士英名，一个个闪亮的名字入石三分，连同他们的顽强精神，深深镌刻在全市人民的心中。英雄们，安息吧，你们长眠的这片土地早已祥和，早已奋发，早已崛起。你们献身之时是何等的大义凛然、视死如归，如今这里就有何等的兴旺发达、繁荣昌盛！

采风团的车子在江城区 325 国道白沙路段西南佛子岭边停下，我们沿着山路往上走，黄泥路正在修整，几辆推土机在忙碌着，应该是在斜坡上建造一些阶梯吧，以方便人们前往纪念碑参观瞻仰。爬上斜坡，转身向右，一座高大的建筑耸立在山顶上，建筑四周搭设着建设用的竹架，罩着网，该是在修建。渐走渐近，终于能辨认出竹架和网遮掩的大字"革命烈士永垂不朽"，白底的大理石镌刻着红色的字，很是耀眼，如果不是竹架和网遮挡，相信 500 米之外都能清晰地看到。碑身约有五层楼高，处于旷野中更显气势恢宏，给人逼视之感，又给人强大的力量。沿着阶梯踏进平台，眼前豁然开阔起来，平台占地怎么都有千多平方米吧，四周有用石砌成的护栏，1 米多高，简约而庄重。碑座正面是石质的群像雕，无数的战士挺着枪前赴后继向前奔跑着，碑座背面刻有碑文：解放战争时期阳江围歼战纪念碑记。碑文稍显模糊，但仔细辨认，依然可读出。护栏外围有几棵柏树挺立着，日日夜夜守护忠魂。

山顶的风凉而疾劲，那是英雄的风骨穿越岁月的沧桑，铮铮作响，震彻云宇，山上的野树和野草浓郁苍翠，那是烈士的精神血脉在漠阳大地厚植，生生不息，绵远流长！

来到敖昌骙烈士纪念园，上午的阳光和煦，照在宽阔的广场上，照在敖昌骙烈士铜像上。敖昌骙烈士的上半身铜像庄严地矗立在一座米黄色花岗岩石座上，一身中山装，竖起的头发仿佛喷发出对恶势力的不满，浓浓的眉毛、炯炯的双眼坚毅地望着前方，敖昌骙的铮铮铁骨被雕刻得入木三分。纪念碑的四周，是绿意盎然的绿化带，两棵高大的英雄树分别耸立在纪念碑的两侧，几抹火红的花点亮了晴空，树上刚长出稀疏而翠绿的叶子，焕发出一片勃勃生机。

往事风流，精神永存。一次次瞻仰，英雄的故事便一次次鲜活，让人汲取无穷的智慧和不懈奋进的伟大力量。广场上隐约有音乐响起，战斗的号角仿佛就在耳边吹响，呼唤我们从先辈那里接过革命薪火，接续奋斗，昂首迈步，开启建设美丽和谐阳江的新征程！

（作于 2021 年 4 月，发表于《阳江文艺》2021 年第二期）

岁月的深情，依在一纸墨香里

一天整理旧书籍，忽然，三个封面印着"阳江日报"的信封吸引了我的眼球，一时之间，我记不起是谁给我写的信。拿起一封，抽出里面的信纸，有十字法折好的信纸两张，一张页眉印着红色"阳江日报社"的纸张，寥寥几行字告知我：寄去的简讯《高歌颂中华》收到时，已过了最佳发稿期。另一张是我寄去的稿件，还夹着一张歌咏比赛时的彩照。那是我刚参加工作的第一个国庆节，平冈镇举办"庆祝建国四十五周年暨改革开放十五周年百歌颂中华比赛"，我把这当时镇上文化活动的大事写成了简讯。寄信的日期找不到了，因为不见稿件最后一页，回信日期是 1994 年 12 月 17 日，而信封邮戳的日期已是 12 月 24 日。

我把信放回信封里，再拿起第二封。信封上的钢笔字苍劲方正，一种敬意涌起。轻轻抽出信纸，摊开，是那种标准的作文稿纸，页底印着"阳江日报" 4 个字。信有两页，是编辑梁卓超先生在采用了我的简讯《富了不忘老人》后，百忙之中给我的鼓励：希望我以后多写关于平冈发展的文章，多报道家乡的变化，宣传家乡。宛若游龙的字里行间可见殷殷期待，现在读来，这信仍给我极大的鼓舞。我想象那是一名文质彬彬的美男子，当初我阅读完这封信，是否会打满鸡血呢？可惜我无论怎么努力地回忆，仍然记不起当时的感觉，也不见积极的行动。可能就是当时工作太忙吧，一周要上 20 多节课，早上天未亮就要早读，晚上在橙黄的灯光下批改作业，有时候还要上自修，我想当时这封信的喜悦一定被哪个调皮的学生硬生生地压在了桌子的某个角落。捧着这封信，愧疚涌上心头：我当时至少该给这位可敬的编辑复封感谢信的。

第三个信封上的字，也是笔力劲挺，恢宏大气。呵，阳江日报社的编辑都是这么牛的，不仅文字功夫过硬，书法也是一流，真多才多艺！感觉这个信封有点厚，我轻轻抽出里面的物品，一张发黄的报纸，一张薄薄的信纸。我打开信纸，一字一顿地阅读着洒脱的几行文字：

敖惠娇同志：

　　新年好。

　　大作《保持年轻》已被我报周日版"周日约会"专栏采用，谢谢您的支持，望今后不吝赐稿。

项劲

1 月 29 日

哦，稿件采用了也要回信告知，编辑还真是贴心。我再翻开那张《阳江日报》，报纸是 1995 年的，有 4 版，分别是本地新闻、社会聚焦、周日约会、广告。我把第三版从上往下，再从下往上找了个遍，找不到信里所说的《保持年轻》，只是最底边有一个剪掉的洞。估计当时是把自己的文章剪下来收藏了。收到哪里了呢？20 多年了，宿舍搬了几次，房子搬了几次，小小的一张纸片，早已化为灰烬了吧？

可我就是割舍不了，总想寻到那张岁月的痕迹。后来，终于在学校宿舍的旧书柜里翻出一本 32 开的硬皮抄，紫色的封面，一幅绚丽的晚霞照湖图，"往日情怀" 4 个字让心瞬间柔软，像是邂逅多年不见的好友，盈盈的浅笑依稀是当年的暖意。轻轻翻开第一页，封面耷拉下来，时间的腐蚀，侧面早已脱离。再看纸上，是一首首摘抄的诗歌，偶尔有一幅幅剪下来的美图，还有在阳江师范读书时发表的几篇文章。再寻里面，我惊喜地找到了那巴掌大点的"豆腐块"——《保持年轻》，一段泛黄的情怀安静地贴在纸页上，和那篇简讯靠在一起，文字还很清晰。

继续翻阅着，一层层剥开青春的情愫，看到了 1994 年 4 月 25 日的一篇短评《生命的价值在于奉献——有感于利春晓事迹》，这该是我最早发表在《阳江日报》的稿件了吧。还找到了 1996 年的几篇随笔、评论和简讯，但此后再无张贴的稿件。

2015 年春，江城作协主席梁永艺拉我加入他们的组织，鼓励我多写作，多投稿，有时还任务式地下达指标。这个万物生长的季节，写就写吧。写什么呢？搁笔 20 载，文字底蕴不足，工作繁忙，能抽出的时间不多，要写出一篇像样的文学作品，还真的有点挑战。就从粗浅的写起，写心底最真的感触吧。2015 年 5 月 8 日，《阳江日报》百姓故事版刊发了我的《随文学荡漾的青春梦》，此后，陆陆续续在副刊文化版、教育版发表一些文字。

时代的发展，给写作者带来极大便利，现在早已不用一笔一笔爬格子、装信封、贴邮票、邮寄，然后巴巴盼望着回信，只要在键盘敲下文字，一点发送，文稿就会即时飞到报社邮箱，不用担心新闻简讯错过最佳发稿时机了。媒体传播手段日新月异，稿件刊发了，只要打开微信公众号或阳江Plus，马上可尽览报纸各版面文章，电子版随时都可以打开浏览，根本就不用剪下来张贴保存。

阳江日报社常定期召开会议，向读者征求推动办报不断纵深发展的良策，不断强调，要积极宣传阳江本土文化，要讲好阳江故事，把属于阳江人的特色文化呈现给世界。

是呀，这片 8000 平方千米的土地，正依托蓝色的海，建设宜居宜业宜游的现代化滨海城市。她的精气神越来越足，她的姿态越来越美，漠阳江水流淌着奋斗的幸福，我要把对这片故土的最真切的爱恋，反哺给这片土地。于是，我坚持用文字感恩身边的幸福，记录心底的感动，珍惜生活的美好，并把稿件第一时间投给每天出新的《阳江日报》。

给人力量的往往是一些细节，因细节，我对《阳江日报》的编辑充满敬意。一次写稿，为了用一个什么名词表述我们乡下用来撩拨灶火的工具，我琢磨了很久，最后用"火燎棍"定稿投出去。稿子在《阳江日报》文化版刊发了，我发现编辑把"火燎棍"换成了"火撩棍"。一字之变，给我顿悟：不是与火打交道就用火字旁的字，那棍子的作用就是撩拨，该用动词。后来，这篇文章也在省级的报纸刊发了，但这个"燎"字却没有改动。我莞尔，还是我们《阳江日报》的编辑文字功底深，本土风情了解透，审核稿子严谨认真。很多篇稿子，编辑都是在细微之处巧妙改动，使刊出的文字更简练传神。编辑的敬业、追求完美，是无形的鞭策，使我丝毫不敢马虎，对稿子仔细推敲，尽力以最美的文字投出去。

依托《阳江日报》，不仅可寄托自己的情感，还从中吸纳文学前辈大师的精华。每一周文化版的稿件，我都会认真阅读学习，没能在当天阅读的，过后尽量抽出时间学习，那一篇篇美文就是我的精神食粮。报社社长黄仁兴、副社长吴建光、市作协主席林迎等常带头为文化版撰稿，挖掘地方文化名人故事、挖掘阳江文化精髓，宣扬文化传承，他们的优秀作品为我树立了榜样，让人感受到阳江文化的源远流长、博大精深，以及文化人为这片土地的经济文化发展做出的贡献。还有很多前辈、文友的文章，各具特色，思想向上，情感细腻，气势豪放，流畅温热。

我目睹《阳江日报》的日渐成熟，她的温情脉脉，如股股暖流，流淌在心间。她的副刊文化版细分地方、都市、笔会、艺术馆等版面，会大气恢宏地以整版甚至几版巨幅，介绍漠阳江在文学、美术、书法、文化古迹、历史底蕴等方面的成就或发展现状，不吝篇幅展现有深度、时代性强、引领本地文化自信的文章，也会灵活留出空间让作者抒发心灵感触、美好的感恩以及生活启迪等。其版面设计灵活有致，格调高雅，文化特色浓郁，用这一方水土的源远流长、这一片土地的欢腾奋进，承载起阳江人民浓浓的乡愁，打造阳江文化名片，树立起阳江人民强大的文化自信。

《阳江日报》以独特的芳香浸染读者的情怀，以纯净的文字滋养着我们的灵魂，我会一如既往地把它当作我的人生好友，倾注我的深情。

（此文发表于《阳江日报》2021年4月21日百花园·文化版，收录在《行走阳江》一书中）

情依漠阳　梦筑鼍城

一条江养育一座城，一座城筑起一个梦。

1991年那个夏日，稻谷在晒谷场上"噼啪"地欢叫，广阔的田野播下稀疏的新绿，南海之滨那个村子的天空特别湛蓝，一阵阵舒爽的风儿从巷子的南边窜来，又从北墙打着旋儿转回。初中毕业的我，考上了阳江师范。伙伴们羡慕的眼光，就如那天边的彩霞般绚丽，铺在我身上，姆婶向我竖起大拇指，说："你以后就爽咯，捧'铁饭碗'啦，不用日晒雨淋、面朝黄土背朝天！"年迈的奶奶咧开的嘴久久未合拢，异样的兴奋在我内心汹涌着：我未来的梦是斑斓的。

髻山脚下的阳江师范书香氤氲，我班50人，除了一名女孩是城里人，其他都是来自全市各地的山里娃，是原来学校的佼佼者，靠着一个念想拼着刻苦挤进来。是呀，当时的政策是师范学校毕业后可以直接分配到中小学当教师，成为一名国家干部，这是农家穷孩子最快捷最牢靠的出路了。

三年时光转瞬即逝，我们如蒲公英，各奔四方撒播种子，大多数同学回到故乡当一名山村教师，守着三尺讲坛。梦想很丰满，现实很骨感，虽然是铁饭碗，但待遇依然不待见。记得毕业报到时，教办领导发给我的工资单上写着每月298元；"臭老九""鹅汁佬"经常是同事们无奈的自嘲；学校最好的教室是一幢三层的石米楼，其次是一幢两层的20世纪80年代建造的黄色抹墙的教学楼，还有三排瓦房教室，每个教室都挤着七八十个孩子，教师则挤在操场东边矮小的瓦房里。学校看我走教辛苦，把靠近集市西边的一杂物间腾出来，让我入住。那房间霉气弥漫，潮湿闷热，雨天有十来处漏水。里墙有个窗户，听说那边是棺材铺，人很杂，故干脆把那窗户钉死了。同样在阳江师范毕业的仙和我同房，那个月朗星稀的夜晚，我们坐在校园雷锋像下，数着虫鸣，听着酒店传来一阵阵的歌声。我问："如果有了钱，你先做什么？""我买一辆车，可以四处旅行。"仙不假思索地说。"我会先买房，建个舒适的窝。"我幽幽的话语，像是向星星许下的愿。

丈夫也是农村教师，一家子的生活捉襟见肘。2000 年，学校集资建了12 套两房一厅的教师住房，我有幸分到了一套，一家子喜滋滋搬进新房。雅静的校园树木苍翠、花儿红艳，这儿成了我们的后花园、女儿的游乐场，我们潜心育人，安于清贫。

2009 年，我到城区按揭了一套三居室房子，当时我和丈夫月收入共2000 多元，要花一个人的工资支付房子贷款。搬进新房，倚栏望去，建设路车来人往，我的心就如那不远处的漠阳江，江面安静，内心却涌着满足：当年星空下的愿望实现了，终于有了自己的小窝，简陋却温馨，处闹市而安静。

2015 年，改革的大潮在南粤大地澎湃起教育者的热情，阳江高新区党委、管委会积极推进教育均衡发展，大手笔投入资金约 5000 万元，迁建镇中心小学。一座现代化新校园亮丽一方，综合大楼、教学楼、学生宿舍、风雨球馆，一栋栋高大的楼房错落有致，迂回畅通，浑然一体，约 2000 名学子在这里徜徉书海，诗意成长。

近两年，省委着力构建"一核一带一区"区域发展新格局，赋予阳江"打造沿海经济带的重要战略支点、建设宜居宜业宜游的现代化滨海城市"的战略定位，阳江举全市之力创建国家级高新区，把高新区打造成阳江高质量发展的强大引擎。我们高新区依托大好形势，升级转型，实现绿色崛起。教师的待遇也水涨船高，工资涨了，住房公积金涨了，住房补贴也有了，教师们的目光盈满笑意。"颜在玥珑湾购 160 平方米啦。""仙车子早有了，又换了新房。"……好消息接踵而来，同事们的脸洋溢着雀跃，源自心底的幸福氤氲在校园的每个角落。

我也该换房子了。行驶在城区的大街小巷，我重新认识了这座崛起的新城，中心城区加快扩容提质，基础设施更加成熟；城北区，围绕共青湖，一幢幢大楼掩映在青山碧水中，雅典气派，幽静怡人；城南区依托蓝色海岸线，魅力规划，高楼林立，塔吊高耸，铁脉延伸……

最终定下一套四居室的楼房，推门见青山，临窗赏碧水，望得见棉花云，吹得到飒爽风，除了居住，尚可设计一个馨香的书房，真好。站在楼房 25 层高处，一座绿城尽收眼底：幢幢高楼大厦耸立云端，条条康庄大道绿意缠绕，条条交通枢纽贯通东南西北，通向全国各地……我的心激昂着，这座城市在扩张，在奔跑；我就在这座城市里，奔跑着。

时光流转，岁月浮沉。新中国成立 70 周年，恰逢我们阳江师范毕业 25 周年。7 月，聚会在春湾举行。从阳江城区上高速，直抵河朗，个多小时到达春湾。酒店门口早已停满了小汽车，老师同学喜盈盈而来……同窗相见，相谈甚欢，握手、拥抱、拍照，一片欢腾，"回想千禧年，第一次毕业聚会在坚都大酒店，明和杰驰着摩托车从阳春三甲到阳江，足足 10 多个小时，那时很有激情啊。"打开话匣子，大家忆苦思甜了。"燕和慧在育二孩，抽身不出，炫和赞忙着装修新房，请会儿假，哈哈，新时代，生活好，我们班喜事连连啊，阳春的同学都建新房了，阳东的城区也有房了，阳西的在县城居住了……"不愧是班长，梁荣选对全班同学的事如数家珍。

晨曦万缕，洒下一地金子，我们激情前进，寻根溯源，找漠阳江的源头。河朗出发，穿过云帘洒底村，青山一排排往后，绕过九曲十八弯，蹚过 11 道赤水（小溪流），看到一个高大标牌：保护漠阳江母亲河，构筑阳春绿色屏障。"这就是漠阳江的源头，八排山。"班长为这次徒步做过侦察。

沿着山路往上走。野花灼灼，紫的黄的粉的，宁静地盛开着，艳丽地芬芳着；蝴蝶炫炫，黄的黑的花的，时而驻歇，时而翻飞，仿佛为远道而来的客人开路指引；林中不时一阵脆生生的鸟鸣，空灵逸动，宛转清莹；

路边不时有小溪流涌出，清澈透亮，顺势而流。登上半山腰，眼前开阔起来：一排空置的泥砖屋前，是大片梯田，绿草莹莹，辽阔天空碧蓝通透，磅礴苍山绵延环绕。我们如出笼的精灵，欢呼、摆弄、拍照、玩耍，宗一屁股坐在泥屋门口，手捧长箫，一曲《高山流水》在山间缭绕，回旋，如那涓涓溪流，在山间缓缓流淌，舒畅随意，酣畅淋漓。

绵绵青山，云蒸霞蔚。我的思绪不禁飘得很远，漠阳水流潺潺，源源不断，绵延近200公里，经云霖河、西山河、那乌河、马塘河、蟠龙河、潭水河、大八河、那龙河等，于双捷镇建有气势恢宏的双捷拦河闸坝，在阳东区北津港奔依南海。人们临江而居，多情富足的漠阳江滋养着两岸的子民，孕育了丰富斑斓的漠阳文明。阳江素有"中国诗词之市""中国楹联文化城市""中国风筝之乡"等美誉，阳江漆器是国家级非物质文化遗产，以"南海Ⅰ号"为代表的海丝文化蜚声省内外，富有阳江特色的"疍家咸水歌"和"疍家婚俗"等民俗元素的疍家文化影响深远。风筝、山歌、漆艺、刀剪等阳江特色文化和非物质遗产源远流长，已进一步得到保护传承，发扬光大。这些文化在漠阳大地交相辉映，塑造了阳江人民自强不息、开放包容的人文特质，冼夫人、冯盎、谢仲勋等名垂千古，关山月、曾庆存、黄伯荣、何士德、黄云、陈醉、林贤治等闻名中外……

既饮一江水，必承江水志。一代代阳江人理想远大，敢为人先，奋斗不息。当前，正深入贯彻习近平总书记对广东重要指示批示精神，依据"珠三角先进制造业基地、新兴临港产业战略要地、休闲旅游度假胜地、宜居宜业的滨海水岸城市"定位，推进"城市向南向海"发展战略目标，建设新海上丝绸之路……一座城，如莽莽青山，古韵悠远而生机勃勃。

"想什么呢？"杰的问话把我的思绪拉回。杰是大山一样坚韧的汉子，他还坚守在山那边的网步小学里，坚守着大山孩子的梦想，每星期骑一个多小时的摩托车才到学校。不过，他已攒够钱买小汽车了，很快就不用经受风吹雨淋日晒。"我们就像一股股小溪流，都在朝着目标努力奔跑，最终汇成滚滚洪流，融入浩瀚大海。只要我们紧跟党的步伐走，全民族共筑中国梦，国强家富，民族腾飞，个人的梦也就圆了。"我不由莞尔，徜徉在甜蜜里。

悠悠青山翠天地，淼淼漠江泽鼍城。小溪流在欢腾，漠阳江在奋斗，正奔向广阔的幸福！

（写于 2019 年 9 月）

这一天，豪情满怀

百年航程，千年梦圆。这一天清晨，不等闹钟响，我便起床，不像往日迷迷糊糊恍若梦中，却是身子轻盈，内心充盈着满满的喜悦，是东方那绚丽的朝霞，是枝头清脆的鸟鸣，是花园小广场那整齐的律动……

天地宽，万物乐。我载着一路清风，赶到单位，刚刚 7 点 10 分。"唱支山歌给党听，我把党来比母亲……"悦耳嘹亮的歌声在二楼食堂里回荡，墙上电视已转到了央视频道，天安门广场上早已人头攒动，一个个方阵，一片片浅绿，一片片黄灿灿，一片片红彤彤，一张张笑脸，是那么的耀眼，在朝阳中绽放着幸福与自豪。

"哇，多么壮观啊！"即便预想到庆祝场面一定非常隆重，但看到电视里那恢宏的画面，还是觉得震撼。同事们陆陆续续走进来，虽然比平时早起，但脚步中迈着激动，脸上盈着激昂与期待。

"怎么想就怎么幸福，遇上这样的盛世，真不枉来人间走这一回！""是呀，100 年啊，再到 200 年，那繁荣昌盛的景象是下下代人才看到的啦，珍惜！"同事围在圆桌上吃着早餐，满足与感恩的话语不断在耳边萦绕。

宽敞的会议室里济济一堂，几十双眼睛紧紧盯着大屏幕，盯着天安门广场上那庄严肃穆而振奋人心的一幕幕。中国人民解放军仪仗大队 222 人组成的国旗护卫队惊艳亮相，如行走的长城般走出铿锵的中国排面；100

道彩烟辉映长空，100 面红旗迎风招展，空中护旗梯队悬挂巨幅党旗、巨幅标语飞过天安门广场，飞机组成"100"字样掠过长空；100 响礼炮响彻云霄；1921、1931、1941……2021，搭乘钟摆的翅膀，百年历程浓缩在短短几十秒中，百年波澜壮阔凝聚在这一刻。一面面国旗党旗交相辉映，一颗颗党心民心交融激荡。

无数个青春飞扬的学子，在晴空下齐声宣誓着庄严与豪迈：请党放心，强国有我！请党放心，强国有我！请党放心，强国有我……铿锵有力的话语穿越长空，告慰无数上下求索、许身报国、用生命和热血换来盛世繁华的革命先烈。

总书记开始发表讲话了，沉缓有力的话语在会议室里回荡，我努力地伸长脖子，想看清楚屏幕里的全景。所有人腰身挺直，仿佛都屏住呼吸，比任何会议都聆听得专注。跟随着那铿锵的讲话，我的思绪在时光的隧道里穿越，一幅幅画面在脑海中翻滚，红船会议、南昌起义、四渡赤水、平型关大捷、1949 年 10 月 1 日的天安门广场、抗美援朝、1979 年的深圳……心绪像过山车般起伏跌宕，哀痛、崇敬、感恩、振奋、自豪……"为有牺牲多壮志，敢教日月换新天。""一艘红船"团结带领中国人民，从积贫积弱到站起来、富起来、强起来，创造了一个个伟大成就，书写了中华民族几千年历史上最恢宏的史诗。

"中国人民从来没有欺负、压迫、奴役过其他国家人民，过去没有，现在没有，将来也不会有。同时，中国人民也绝不允许任何外来势力欺负、压迫、奴役我们，谁妄想这样干，必将在 14 亿多中国人民用血肉筑成的钢铁长城面前碰得头破血流！"总书记的这段话尚未说完，会场早已响起雷鸣般的掌声，和着现场几万人的呐喊声，经久不息。这句话，就是 14 亿多中华儿女的志气、骨气和底气，如深藏大地而瞬间喷发，划破长空，震撼天宇，谁不激动，谁不振奋呢。我感觉一股热气快速地蔓延全身，涌上头顶；我感觉我的手脚不知该如何安放，总想跳起来，转几圈，再转几圈；我感觉一颗心要飞起来了，振奋、激动、自豪、肃穆，说不清辨不明的多种情绪融合在一起，眼眶一阵阵温热。

"了不起的党啊，一艘红船引领全国人民一直驶向光明，驶向远方！""世界第一大执政党，跟着她，就能过上好日子。""真要教育好一代代子孙，爱党爱国！""没有共产党就没有新中国……"直播结束了，同事们还是心潮澎湃，有的由衷感叹，有的哼着革命歌曲，有的急着上网搜索大会上的讲话原文，以便更加深入地品味，持续地激昂。

　　当晚，"伟大征程"文艺演出在多个频道同步播出。演出以震撼人心的大型情景史诗形式呈现，分为 4 个篇章，融合运用现代技术和艺术手法，无数个情景图生动呈现在鸟巢里世界最大的电视屏幕上。磅礴展开了中国共产党百年来带领中国人民进行革命、建设、改革的壮美画卷，热情讴歌了党的十八大以来，在以习近平同志为核心的党中央的坚强领导下，中国特色社会主义进入新时代，昂首阔步迈向全面建设社会主义现代化国家的新征程。神舟十二号航天员在空间站天和核心舱传来视频祝福：祝伟大的中国共产党生日快乐！看着那三位行军礼的航天员，真让人热血沸腾。100年，中国共产党带领全国人民走进了社会主义新时代，中华民族向世界展现的是一派欣欣向荣的气象。如今，又踏上了实现第二个百年奋斗目标新的赶考之路，向全宇宙展现我们未来的美好。不久的将来，中华民族实现伟大复兴，人们"上天入地"，绿色开发，尽享资源，幸福翱翔……

　　（此文发表于《阳江日报》2021 年 7 月 14 日文化·百花园·地方版）

美丽的乡愁

不管你在哪里
不管你从事什么职业
请记住 你的
根在周村

当这几行黄底黑字、活泼而不失庄重的书写，在那棵苍老的大树掩映下，忽地正面呈现我的眼前，心底的那丝乡愁仿佛瞬间无限放大，如海浪般汹涌而来，瞬间抵达眼眶。说不清什么缘由，也许，牵挂埋得太久太深，短短几语，就轻易地把无数个日子封存的思念如竹筒倒豆子般地倾诉出来，猝不及防。

多少年了，路还在那里，村子还在那里，只是路早已不是那条坑坑洼洼的泥路，村子早已旧貌换新颜，那是改革的春风吹过的模样。

初冬一个晴日，我又骑车往故乡平冈周村赶，转上那熟悉的乡村水泥道，道路两旁的树整齐而苍翠，满满的绿亮丽着眼眸，那种舒服熏得人沉醉。忽然发现绿树间有人在忙碌，仔细一看，那里建造了一条迂回的水泥道。水泥道有2米多宽，道旁还立着一根根柱子，看样子，好像要建造休闲的长廊、小路、亭子类的建筑。

"在这前不着村后不着店的，建造什么呀？"疑惑藏在心间，我继续赶路。

村庄牌楼通向村子的那条路何时换成柏油路的呢？只记得最初坑坑洼洼的泥路，先是在坑洼之处铺上了一些泥土和石粉，接着灌注了水泥路。也许前两年，铺设了油光闪亮的柏油，听说是本区首条铺设沥青的村道。柏油大道一尘不染，两旁的大皇椰树越显挺拔肃静，像笑容可掬的时光老人，默默守候着每一寸光阴，静待远归的儿女回来。

　　柏油路两旁的莲藕池，盛夏里满池浓浓的翠绿与艳丽。随着秋来冬至，尚有残荷枝枝，辛勤的耕作人尚未把莲藕全部挖完，看那擎起的荷叶，我想象那肥硕的莲藕像一个个乖巧的娃娃，在泥土里安然恬睡，车来车往丝毫不能惊扰到它。莲藕池东面，是一口口鱼塘，看不清养殖什么；莲藕池南面，是一片还算翠绿的珍珠马蒂，那一片片针型的叶子，密密匝匝挺立在田野里；再往前，一片收割完毕的稻田，只剩一株株稻苗桩头，可能在风中怀念离它而去的颗颗饱满的金黄谷粒。

　　"土地平旷，屋舍俨然，有良田美池桑竹之属。"上一秒还在田野间穿梭，眨眼就见一幢幢整齐的房屋，陶渊明诗中的美景不是在梦中，是真真切切在眼前。虽然对这图景熟稔于心，但每次看到，安宁愉悦总在心中流淌，仿佛这里原本就是这样，又仿若这就是梦中的向往。

　　沿着柏油路缓缓行驶，村委会办公楼前的文化广场宽敞整洁，党建主题公园上，"不忘初心，牢记使命"几个红色大字熠熠发光，休闲广场传来孩子的嬉闹声。

　　"如今的孩子真幸福啊，当年破败的猪栏牛舍，打造成了他们的游乐园。"我不禁莞尔，思绪回到了儿时。那时村道坑洼泥泞，在村委会广场看完电影回家，我小心翼翼地往平整地儿走，一脚往光亮的地方踩去，谁知那是积储着猪尿鸡屎的水坑，多么尖锐的哇哇大叫都不能把那股味道掩盖，陶醉于精彩电影的盎然就被这坑浸得臭味熏天，那个无奈，只有哆嗦在梦中了。而现在，柏油路贯通全村，巷道也铺上了水泥，哪里能找到一个坑洼呢。

　　在周村小学围墙边一拐弯，又看到了让我悸动不已的文字——"你的根在周村"。无论看多少遍，悸动仍在心底涌起。记得那次，和姐妹们回来，我们手抚摸着那些文字，不同角度拍照留影，就是想把乡愁留住。

年迈的父母惊讶于我最近常回来，父亲从那堆珍珠马蒂前站起来，母亲的脸上荡起了花般的笑容。"每半小时要起来放松一下，不要忙着削马蒂，要劳逸结合。"我总是不断提醒他们。村里很多田地被承包种上了珍珠马蒂，每当收割，这些守在村子的乡亲们就赶着帮忙削皮，一坐下，就全情投入，猛然记起时间才觉得筋骨酸软。可不能让他们为了挥洒对这片土地的热情，连健康都忘了。

"知道了，我们会常起来喝水走动。"母亲乐呵呵。"你不用总赶回来，现在什么都好，有事打个电话，或者出趟外面方便得很。"父亲托起了他那特制的水烟筒，喷出悠悠的一缕烟。

从村子里出来，载着同村的三姨，边观赏沿途的美景边聊着，三姨解答了我的疑惑："这里呀，是要建设森林公园。乡村休闲公园哇，很快这里就成为像城里那样美丽的公园了。"三姨的话语中透着满足与幸福："到时候，村民就可以来这里散步、休闲，远方的客人可以来这里观光赏田园美景呢。"我把车速放慢，暂且充当一名先来参观的旅游者。只见水泥小路从江闸路那头延伸向北边石庙曹屋那边，我的思绪有点缥缈：一座缤纷的公园宛如一条五彩带，镶嵌在碧绿的田野间，艳丽的花儿迎着艳阳怒放，苍翠的枝叶掩映着三五成群的人儿；或是灯光璀璨，附近的村民晚饭后都聚在公园里，边散步边拉家常，边跳舞边话桑麻，旖旎的清风，爽朗的笑容，嬉闹的惬意……

一幅幸福的乡村美景图尚在脑海缠绕，三姨的话语又喜滋滋响起："现在我们村了不起咯，是广东省美丽乡村呢！村委会书记年轻有为，带领群众养殖、种植谋发展，莲藕每亩能赚近万元，全村种了300多亩，珍珠马蒂种了500多亩，还发动乡贤捐款建设美丽村庄，争取政府支持。你看，道路通畅，路灯亮堂，广场雅洁，比城区还要美呢！"

是呀，乡村振兴，就是美，连那缕乡愁都美得缭绕！

（作于 2021 年 1 月）

第四辑　春光暖语

绿　城

　　转上湖中的栈桥，我们忽然找不到呼吸了，足足几秒，才惊呼起来：
哇，真美！柔叶轻拂之旁，碧水之上，一弯桥绕着湖盘旋向前方。蜿蜒
之处，已近一栋栋别墅，蛰伏于碧水之畔，掩映在绿树鲜花之间，幽静
于蓝天之下。绿石米铺就的桥面特别清脆耀眼，两旁檀香色的护栏柱子
挺立着，像威武霸气的卫士保护着你，又像端庄恬静的少女优雅地迎接
你的到来，阳光斜在桥面上，跳跃着喜悦的音符。轻轻的柔软涌上心头，
一阵阵的惬意漫于心间。刚才林荫小道的凉爽舒畅，亭台小阁的诗情画
意，翠绿水杉的柔情微澜，只不过是小溪潺潺。这里，才是湖光山色之
精髓，我们已置身于绿的深处，远离了尘世的喧嚣，思绪的浮躁归于
安谧。

　　忙不迭选取角度，取景拍照。我们摆出各种姿势，伸臂拥抱、凝眸陶
醉、回眸浅笑、倚栏远眺……一个个镜头捕捉眉宇间的雀跃，留下身心舒
展的欢怡。看来，趁着一丝的闲暇，到阳江市森林公园这里，拥抱一下自
然美景，真能收获意想不到的惊喜。

　　欣欣然往前走，来到幽雅的别墅区，看得见庭院里的摇椅、茶亭、盆
景……周围很安宁，仿佛听得见碧水的跳动和阳光的呼吸，我们好奇地猜
测：一栋栋雅致的别墅里，究竟有没有人居住？或许，陶渊明笔下的桃花
源也不过如此和乐吧。我们如刘姥姥般惊喜，羡慕这些别墅里的主人，闲

看庭前蓝天碧水，喜听窗边鸟语虫鸣，简单柔软的日子浸染在快乐中，烦躁苦闷也消融在绿意里。

可此刻，谁在羡慕我们呢？悠然绿中游，白云静相守，岂止是陶醉？

忽然，"嘤嘤"话语传来，循声望去，原来一家别墅的花园里，一男一女两个小孩，五六岁吧，正对着一只缚在栏栅上的鸡，好像在犹豫着什么。我忍不住问："小朋友，你们为什么要捆住鸡，不让它走呀？""我不知道它住哪？我喂饭给它吃。"稚气的童音响起。那男孩见有人来，立即把那只鸡抱在怀里，可能怕鸡见了生人会害怕吧。

"那你放开它，它才能找到家啦。"那男孩又张嘴说了什么，可惜我听不到。虽然有点远，但我能感觉男孩眼中的绿意比周围的大树还要浓烈些。这是阳江市放鸡山，如果顾名思义就是养鸡之处了。鸡在山间诗意地休憩，多好。人类善待动物的本性，原本就是这么的单纯。心里闪过这个念头，我不禁莞尔。

徜徉过碧水绿桥，沿着蜿蜒的山道，登上高处，一方城尽收眼底：绿山起伏，碧水盈盈，高楼耸立在白云之下，天蓝、地绿、水净、海碧的富美阳江，原来是这么的真实。流连在山花烂漫间，道旁的紫杜鹃盈盈浅笑，在路旁铺上柔柔的浅紫锦缎，亮丽得耀眼，吸引蜂儿嗡嗡蝶儿翻飞；绿意浓烈的桃花树，相比初春时的朵朵盎然，别具一番风味，是一种从灿然尽放走向韵味悠长的内敛；往上走，绿荫氤氲在每一个角落，我们刚争论着笔直松树掉下的松果会不会长出小苗，一抬头，已见高大的菠萝树上挂满了硕大的菠萝，挨挨挤挤着，极惹人嘴馋。嬉笑间，又诧异绿叶丛中一抹抹艳丽的红，开在一株株矮小的树枝上，凑近一看，原来不是花，而是一片叠着一片的丛丛叶子，紫得泛红，红得透亮。寻到了标签：紫叶李。

"世界真美妙，什么树都有，美得让你想不到。"珍边拍照边感叹着。

林荫蜿蜒着，好像没有尽头。我们转上了一条狭窄的小路，仅够两个人并肩而过，两旁的杜鹃红山茶也像是刚扎根下来的，一棵挨着一棵，一条枝叶缠绕着另一条枝叶，长成了一个偌大的绿色屏障。在这屏障里，感觉不到外面的烈日炎炎，舒心惬意浸润心间。也许是天气较热吧，游人很少，山间格外的静。摘下帽子，深呼吸，仿佛闻到了枝叶的淡淡体香，和着声声鸟语，在这山间弥漫缭绕。

转眼已是午后，肚子唱起了歌，我们准备打道回府了。下坡的小道边，两位妇女正坐在红砖阶梯上歇息着，看样子是在这里劳作的。我们的脚步缓了下来，笑着问："辛苦了。这些树和花都是你们栽的吧？""是呀，我们什么工都做，栽树、除草……这里还要继续改造扩充，不用愁无工做。"穿红格子上衣的大嫂声音清脆，脸泛笑意。

是呀，全市开展国家森林城市创建工作，在保护原有自然资源的基础上，逐步扩大城市森林面积，提升城市森林品质，改善城市生态环境，不断增进绿色惠民。如今，这座广阔的森林公园，这座城市，都缭绕着绿意盎然铺开行动，栽花、植树、造林、养草、护鸟……人与自然和谐共处、绿色宜居的美丽阳江已经闪亮在人们眼前，滋养着我们的幸福。

"林荫丝路名城，绿筑富美阳江。"驱车驶过金山路，公路两旁的绿树摇曳着幽绿的风情，散发着阵阵清凉的体香；转上新江北路，阳光在一朵朵浅紫上闪着光芒……每一条路都那么舒心惬意，一座城浸润在绿意倘徉中。

霞光斜洒万缕温柔，小区铺满了金光，花园里又奏起了欢快的啾啾。我在阳台上静静地看书，忽然，一声清脆就在耳边响起，我侧头，一只灰鸟停在阳台的花枝上，开心地鸣叫。旋即，又一只灰鸟掠过，花枝上的鸟儿立即展翅，两只鸟儿嬉戏进了那片葱葱绿荫中。我的脑海不由又闪现了那个怀抱鸡的男孩，那些植树工人的忙碌身影……

（此文发表于《阳江日报》2020 年 5 月 18 日文化·百花园·笔会版）

海边的蜷伏

人间最美四月天，一切那么恰到好处，就像一位美好的恋人，从头到脚都美到极致。明媚的阳光热情四射，柔柔的清风轻抚你的全身，让你酣畅无比，甘雨或缓或急奏响天籁之音。阳江新闻播出了铁牛耕春、群鹭于飞的人间仙境，网页上有黑脸琵鹭在阳江海陵岛大堤红树林活动的美丽身影，令人心生向往。

"去呼吸一下自由的空气吧。"

蛰居已久的好友按捺不住了，雀跃着要亲近大自然。

那就权且找个不甚热闹的地方吧。到达目的地山外西海边，已是午后，路旁的草地上停着一排小汽车，低矮的小卖部传出几声犬吠，一间偌大的大排档，安静地诉说着往日繁华。听说这里曾经很热闹，渔民地网一上岸，四面八方的人儿都涌过去抢购新鲜海味。刚捕捞上来的蹦跳鱼虾、闪着金光的鱿鱼章鱼等，有的运送到市场里，有的直接拿到这个大排档加工，大海的鲜味就在舌头颤抖、回旋。有关部门禁止破坏性的地网式捕鱼后，这里渐渐宁静。

但海总是馨香四射的，柔软的沙滩，卷起雪花的浪涛，吸引着一群群爱海的人儿。树林里，有席地而坐的野餐活动；沙滩上，有结伴的人影以及疾驰的车辆；那海边，一声声迎浪而蹦的尖叫，是年轻的喜悦，是自由的欢腾。站在海的入口处，海风轻抚着脸，一阵阵舒爽。忽见几只土黄的动物，从沙滩上悠闲地走进树林。珍说，应该是羊群吧？仔细地看，不是羊群，是黄牛耶，大大小小约10头。我一时惊讶起来：田野里的牛、池塘边的牛、草地上的牛、山坡上的牛、树桩边的牛，都看见过，没见过在沙滩上的黄牛，它们吃什么呀？

"树林里不是有草吗？来路上不是有草吗？"仙并不对几头牛感冒，敷衍着说。也许，牛儿向往这海风，也往这凑热闹了。这样想着，我不禁咧嘴，原谅自己的孤陋寡闻。

西边的远处隐约有密密麻麻的人影。友说，那就是耙螺仔的人。偶尔有三三两两的人拿着小桶、类似玩具大小的耙子，步履匆匆，走向西边。记得小时候跟着大人赶到沙头垅那片海，站在浅浅的海水里，伸手就能摸到滑溜溜的螺仔，很快就能装满箩筐，丰收得挑不动。大海呀，真是一座源源不绝的宝库，又像无私的母亲，无私地把所有馈赠给子民。

天灰蒙蒙的，海面上弥漫着雾，看不到远处的行船，只感觉阳光躲在雾霭里窥探着这一切。

我们信步往西走，往阳光处走。我们不打算去耙螺仔，也没期待观赏到绝美的风景，只是随意地吹吹海风，呼吸一下大海的味道，拉着闲话，走走停停。

我喜欢这么漫无目的地行走，毫无功利性，随着脚步所向，把你的心交给自己，交给路上遇见的每一个小惊喜。这里的沙滩带点泥质，有的被海水冲刷服帖平整，有的沙面上密密麻麻布着一个个小洞，堆着一粒粒沙丸子，那些沙丸子都是小洞里挖出来的。小洞口时时有沙蚂探出头来，有时三五只，有时一大群，一见人影晃动，便迅速缩回洞里。我小心翼翼地俯下身子，两指轻轻一捏，就捉到了一只。小沙蚂约有我小拇指盖那么大吧，小得仿佛全身都是透明的。它大概是被吓到了，一动也不动。我把它放进我的掌心窝里，它才大胆地爬起来，但爬到手边，便不动了。呵，挺有灵性的。怕是吓坏了它，我赶紧把它放下，一触到沙子，那小精灵便立即爬回洞里躲了起来。

放眼望去，整片沙滩间隔一段就有一片这样的沙蚂洞，这么多的小沙蚂，今年夏夜，不知又要吸引多少人呼朋唤友来这里捕捉了。

薄薄的阳光透射下来，天空渐渐明朗，望得见海面上来往的船只。"啊，牛！牛睡在沙滩上！"忽然，珍惊叫起来。循着她所指，我们望向前方，只见百米外一片平缓的沙滩上，匍匐着一块黑棕色的好像木头雕刻类的东西。仔细瞧瞧，靠近海边高出的部分竟是一头站着的牛，其余的都是卧在沙滩上的黄牛。

"哇，沙滩上的睡美牛！"我们赶紧打开手机，一边拍照一边快步走向那群牛。怕惊扰到它们休憩，离那堆"雕塑"二三十米时我们停下了脚步，认真数数，共有19头黄牛，一头连一头，或是并排，或是屁股相对。它们紧密地挨在一起，卧在沙地上，有的望向辽阔的海面，有的望向海边稀疏的树木野草。它们是在沉思吗？是在倾听大地的律动？是在欣赏潮音？看那一张张牛嘴，悠闲地咀嚼着，分明就是在体会大地的温暖舒适，享受这片海的自由惬意。

灵活蹿动的小沙蚂，优雅绻伏的大黄牛，遨游碧水的海精灵，树林、海风……同在这片蓝天下，共享美好，多么和谐的一幅自然美景！

呵，我也想，醉卧沙滩，静享安谧。

（此文发表于《阳江日报》2020年4月25日百花园·笔会版）

声声清脆醉春光

　　微风轻轻送春暖，晨鸟声声入梦香。尚在梦中缥缈的世界里悠荡，几声"嘣嘣嘣"的撞击响起，那是清洁工整理垃圾的声音。时间刚过早上 5 点吧，敬业的工人挺准时的。紧接着，一阵阵悦耳的鸣叫从窗外涌入，在耳边缭绕，"唧唧""喳喳""啾啾"……时而清脆婉转，时而呢喃缠绵，长短不齐，啁啾不断。鸟儿们也许和我一样，还在迷糊中呢，还在碧绿的树枝上做着美梦，被清洁工所惊，叫了几声，又彼此吵醒了同伴，互相简单地打个招呼。时间尚早，我转过身子，枕着鸟语，再小盹一会儿。

　　鸣叫越来越清亮，越来越稠密，大地在这喧哗中彻底醒了。我披衣下床，移步阳台，春晨清丽而宁静，小区花园中的树高大苍翠，整洁的小道上有矫健的人儿在迈步，远处的树荫旁，一群大妈在晨光中曼妙起舞。听着悦动的鸣叫，我以为会见到想象中的成群的鸟，可满眼翠绿中，却是只闻其声，难见其影，只是偶尔见到飞跃在林间的几只扑翅。"早起的鸟儿有虫吃"，这群勤劳的精灵，也许它们此刻正在呼朋引伴，在丛林中寻找美味佳肴；那尖尖的清脆，是找到食物的喜悦吧；那长长的低鸣，是分享美食的满足吧。

　　一个春晨就在阵阵鸣叫中清亮起来。驱车往乡下赶，东风迎面扑来，没有一丝尘埃，清新甜润得让人陶醉。"风暖鸟声翠，日高花影重。"晨曦万缕，闪烁在茂盛的树叶间，绚丽耀目，点缀在金黄的油菜花上，灿然妖艳，匍匐在密密匝匝的豆荚架上，一片温柔明媚。油腻腻的一片草地上，农夫扶锄劳作，几只水牛沐浴着金光，悠闲地摇着尾巴吃着草。几只黑乎乎的鸟儿歇在牛背上，俏皮张望，轻啄新毛，还有几只在草地间跳跃翻飞，轻柔而清晰的声声"叽喳"，仿若同伴们的相互欢呼。

阳光、绿草、水牛、小鸟、农夫……大自然描绘着一幅无边的和谐春光图。

时光仿若回到清爽的童年。当第一缕春风轻抚过大地，春雨丝丝斜挂，田野上、坡地间、池塘边……草儿冒出新绿，燕子们从南方飞回来了，在广袤的碧空飞舞欢唱，为早春奏响一支耕耘之歌。"几处早莺争暖树，谁家新燕啄新泥。"那么一个阳光明媚的早晨，几声脆生生的鸣叫撞开我的梦境。循声张望，只见两只黑白相间的鸟儿，正在屋檐下靠红瓦的那儿跳跃着，灰墙上增添了几点湿润的泥巴。叫来哥哥，哥哥的眼睛也发着光，跑进屋里就搬出梯子想捉鸟儿。从地头回来的母亲见状忙喝住："小孩子家，不得乱来，那是燕子，是吉祥鸟，会带来好运气的，让它们在那里筑巢！"一个小泥窝很快成型，几分泥土的气息在屋檐下滋润着，几缕春光，几阵微风，几声啾啾，整座屋子便生机勃勃起来。因着母亲说出的吉祥，玩耍的欢愉中不由得多了几分期许，添了几分牵挂。我总喜欢仰望那白肚皮黑袈裟的几只精灵，看它们在窝边停歇啄羽，一会儿还在屋檐下翻飞嬉戏，一会儿又振动翅膀，飞向那广阔的田野。也许，那里有它们追逐的梦，声声清脆仿佛在碧空中划过一道道痕迹，那是它们对生活的一种体验和品味，是对生命的一种真诚陶醉。

可惜，不知啥原因，也忘了什么时候起，燕子飞走再也不归。很多年了，难以见到鸟的踪迹，村背的树林里枝叶茂盛，却留不住一只精灵。

让我惊喜的是，如今鸟影又随着春色的回归慢慢繁茂起来。"哈哈，现在的鸟也改革开放了，不怕人了！""嗯嗯，现在人们保护环境的意识强了，不准捕杀鸟类，它们就有了自由生长的空间。这样子多好！"身边的同伴嘴角也扬起了喜悦。

暮色盖上黑纱，送女儿去上学。漫步在幽静的校园中，教学楼里灯光璀璨，一个个学子疾步往教室赶，一切显得那么繁忙而安详。就在肃穆间，一阵哗然传来。惊奇间寻声源，那是两幢功能楼间一排茂密的树。快步走近，鸣声一点点大了起来，紧了起来，也响亮了起来，细听像万雀争唱，众树喧哗躁动。朦胧中，只见那些可爱的鸟不大，却多得像无数个密密麻麻的小黑点，扑翅在每一棵树木上，叽叽喳喳一阵，哗然齐飞，然后又轻轻点点地落在树枝上，不理会学子们的脚步匆匆，只专注于它们自我世界超越时空的心灵交流。那瞬间，我恍若梦境，一种感动仿佛自灵魂深处涌起。

　　人和大自然和谐相处，天籁之音就奏响了！

　　（此文发表于《阳江日报》2018 年 3 月 20 日文化·百花园·地方版）

金秋稻谷香

当金秋的阳光把大地烤熟，稻田上像是铺上了一层金黄的绒布，稻浪随风翻起，一阵阵稻香仿佛在空气中弥漫起恒久的喜悦，思绪便随着那一片片耀眼的黄而肆意飘舞。

约莫 10 岁的光景，那时刚分田到户，家家户户都为自家的一亩三分地奔忙着，为那田头的一片金黄奋斗着。"秋天来了，大雁向南方飞去，一会儿排成'人'字，一会儿排成'一'字……"当一串串童音从教室里飞扬出，在湛蓝辽远的天空中荡漾，田野上的稻谷挺着大肚子，陶陶然低头聆听。秋日变得金黄，父亲在田头间巡逻时折回几串圆圆的稻谷，在村子里比较着饱胀程度，乡亲们便张罗着收割了。在这时节，学校按例放农忙假了。每天东方还蒙蒙亮，男娃女娃都要睁开迷糊的眼，跟在大人们身后往田头赶，戴上草帽，拿起镰刀，在一片金黄之间挥舞，在泥土上打滚，在晒谷场上赶偷吃的鸡群和小鸟……那时候，农民没有现代化的机器，农活基本靠双手，收割时要用镰刀把稻禾割下来，一小堆一小堆放在田地上，再聚拢成一大堆一大堆的，接着用打禾机把稻谷从禾苗上分离出来，装入箩筐，担回晒谷场暴晒几天，就可以收藏。打禾机可以说是当时最先进的收割农具了，要人用脚使劲踩动踏脚，牵动那个布满 U 形铁钉的圆轮转得飞快，把稻谷脱离进木斗里。当然，我们小孩子是根本没能力弄那东西的，拿起镰刀割禾才是我的专职任务。

　　遇上好时节，稻禾长得高，站在一大片稻禾前，我刚露出个头儿，一株株禾苗穿上了黄纱舞服，在眼前翩翩起舞。我俯下身子，左手扶住两株稻禾，右手用镰刀轻快地把禾拦腰割下，放在身后，转身又割，又放。随着一堆堆稻禾在身后摆起长龙，一茬茬丰收的欢欣在阳光下闪着金光，我渐渐感觉手酸腰痛，便时不时站起来，拍拍腰，歇歇手，望望面前的那片稻浪还有多长。再张眼四望，广阔的田野上站满了人，割禾的、挑担的、捆稻草的……打禾机的"吁吁吁"声此起彼伏，响彻碧空。"快看，快看，大雁来了，大雁来了。"不知哪个偷懒的惊呼了一声，周边稻田里的小伙伴们也都仰起头来，蔚蓝如洗的天空飞来了一排精灵，雁群在空中摆弄着花样，默契而灵活，时而长，时而短。我痴痴地望着雁群，忘记了割禾。

　　"大雁要去南方过冬了，我们收好稻谷，就有饭吃了，过冬就不用愁了。快割禾吧。"炳叔的眉梢挂着欢喜，笑呵呵地催促我们。于是，我们又挥舞起镰刀，随着"恰恰恰"的响声，一串串饱满的金谷子在空中摇摆两下，安静地躺在泥土上，等待着脱粒、晒太阳、入仓……透过涩涩的汗水，我仿佛闻到了醇厚的米饭香，伴着飒爽的秋风在田野间弥漫。

　　割禾最快乐的时刻莫过于一块稻禾即将割完之际。这时不仅仅是因为就要完成任务可以歇歇发酸的腰了，还因为那一群活蹦乱跳的禾虾以及大大小小或黄或绿的昆虫，这时候再也没藏身之处了，慌得四处乱窜。我们小孩子就忙着捉，伸出手指就能捉得到，再用根稻草秆把它们穿起来，一串串的禾虾呀，就是我们最大的收获了。

　　这时节的禾虾肥着呢，烧上一把稻草，把一串串禾虾往火里放，时不时翻弄一下，随着"啪啪啪"几阵声响，一会儿工夫，香味就馋得我们口水直流了。一条棍子把那一串串烧焦的禾虾挑出来，捏着一只，把烧焦的翅膀、头儿、四肢弄掉，轻轻放进嘴里，油油的香就已经在舌头打转了。那肥美犒劳了我们一天的劳累，所有的筋骨酸痛都通通随着那美味渗进肚子里。夕阳是那么绚丽，给晒谷场的稻谷再铺上一层金光；晚霞是那么多彩，袅袅炊烟也闪着橙色的光芒；小鸟是那么喜悦，叽叽喳喳不舍归巢，继续给人们唱着欢庆的歌……

时光恍惚间就过去了，如今，收割机在稻田间"轰轰轰"地响，眨眼工夫稻谷就收割脱粒打包完毕。科技的发展再也不需要人们背顶烈日脸朝黄土、汗流浃背地挥镰收割了，人们已从繁重的体力劳动中解脱出来。广袤的田野间，连年轻人的影子也难见，更不用说小孩子了。稻谷的香在机器声中打转，只是禾虾的倩影再也难觅，关于在劳累中与大自然亲密对话，关于那一连串的快乐仿佛只停留在记忆中。

"割好禾了，谷也晒好了！"父亲轻松地说。我没有再追问他今年的收成如何，种着一亩两分地儿，只是不忍割断农民对土地的依恋，收成了就好。稻谷飘香，永远是大地最质朴的梦想！

（此文发表于《阳江日报》2018年11月20日文化·百花园·地方版）

春光好　木棉红

"英雄热血满枝红，三月娇艳迎东风。"行走在三月的春光里，到处可见尽情燃烧的木棉，在公园的繁花中，在街角的拐弯处，在路旁的喧嚣间，在琅琅书声的校园里，在宁静优雅的庭院中，木棉花肆无忌惮地盛放着。

东风轻送暖，春雨悄润物。木棉树高大挺拔，雄壮魁梧，枝干舒展，黄叶已尽归黄土，一朵朵火焰似的木棉花高高挂在光秃秃的枝丫上，凌空挥舞，鲜明灿烂，热烈持重。一棵棵木棉树就像一支支巨大的火把，辉映在天际间。

在我家阳台上，越过生机勃勃绿意盎然的绿化带，透过高楼间的缝隙，直直地就能望见建设路的十字路口，三棵火红的木棉树，就挺立在红砖铺设的拐弯处。春雨霏霏，烟笼大地，风润万物，杨柳摇曳起婀娜的身姿，草木抽出新绿，大地一片葱郁，木棉树褪尽绿叶，满树红花，孤独艳丽，傲视苍穹；丽日当空，春光明媚，木棉树挺拔虬劲，红的车、白的车、灰的车，在路上疾驰而去，笛鸣声声，击破喧嚣，木棉花目不斜视，坚定绽放，赤诚热烈。

岁月静好，我喜欢伫立在阳台上，沉思于这片耀眼的亮丽里，记忆穿越在火红的花朵中。旧校区南门口有棵刚直的木棉，矗立在跑道的拐弯处，每年繁花三月，木棉树如期开花，映红了一张张稚嫩的笑脸。东风斜送，我与孩童们徘徊在鲜花下，观赏那棵大乔木密生瘤刺的树干，旁斜而直的枝干，直指蓝天，让人心生敬意，昂扬奋进。抬头仰望，一朵朵红花仿佛欢快跳跃的火苗，金灿灿，红彤彤，为春寒料峭的校园增添了许多暖意和生机。偶尔，一朵两朵"啪"的一声从树上掉下来，花硕大如杯，孩子们的小手还放不下一朵，5片拥有强劲曲线的花瓣包围着一束绵密的黄色花蕊，收束于紧实的花托，轻轻摸摸花瓣，肉质肥厚，外面柔滑，里面染着淡黄淡黄的短绢毛。

晨起，一位送孙子上学的奶奶经过，每一次都爱不释手地捡起地上的木棉花，装进袋子里，说："这花好呀，晒干，煮水喝，可治小孩子大肠湿热所致的腹泻、痢疾，还可治疮毒。"孩童们在木棉树下做操、玩游戏，不亦乐乎，我们陶醉在关于木棉树的故事里。传说五指山有位黎族老英雄名叫吉贝，常常带领人民打败异族的侵犯。一次因叛徒告密，老英雄被捕，敌人将他绑在木棉树上严刑拷打，老英雄威武不屈，最后被残忍杀害。后来，老英雄化作一株木棉树，所以人们将木棉树唤作"吉贝"，以纪念这位民族老英雄。而最早称木棉为英雄的是清人陈恭尹，他在《木棉花歌》中形容木棉花"浓须大面好英雄，壮气高冠何落落"。此后人们就称木棉树为英雄树了。

我引导学生用文字把木棉树记下来，孩童们再次绕着高大的树木转着圈，文静的洁描写木棉花没有一丝一毫衬托的亮丽；乐于助人的锋喜欢木棉树的高大挺拔；向往自由的乐喜欢木棉树的树干长满刺瘤，没有调皮的孩子敢侵犯，很有尊严；喜欢足球的海赞美木棉树的独特风格，要成为像木棉一样有自己品格的人……

年年春光好，岁岁木棉红。暑往秋来，冬去春至，近20载过去，当年的孩童已步入社会各行业中，当年文静的洁执着地奔走在追求艺术的道路上；锋凭着自己的努力已成为一家知名企业的业务骨干；而不管生活如何多艰，工作多忙，海还是不改初衷，一如当初地热爱足球，微信上经常见他飞驰在绿茵场上的飒飒英姿……做有独特品位的人，执着于自己的梦想，不懈追求，应是木棉树给予孩童们的启迪。

客厅的收音机传来评论：个别地方出现一些山寨版欧式洋房，一些人盲目追求西式审美，把原本有格调的建筑弄得不伦不类，放弃了对本土文化的传承和保护，非常不利于我们坚持文化自信……

那些质疑的话语不由又在耳边闷响：现在这物欲横流的社会，人家都是满脑子如何赚到更多的钱，你却痴迷着爬格子，挣得了几个钱？有什么出息呢？我郁闷而徘徊，放弃了自己对高尚情操的追求，木棉树还能开出满树的红花吗？为了跟风而放弃自己的喜好，人生的乐趣是否也跟风去了呢？

恍惚之间，一旁的女儿却耸耸肩，笑语：相比满树明明净净的红花，我更期待它的满树绿叶。话语轻轻，却是她独特的感受。她浅浅的笑脸荡漾着淡然。我莞尔一笑，是啊，木棉的独特之处便是选择干干脆脆，要么是满树繁花，要么是满树绿意，要么是满树枝丫擎向天。不用踌躇，做事无愧于心，即使身处浑浊也不能迷失自我，在喧嚣的尘世保持一份静默，坚守一份执着，在世事沧桑中坚持一份自信，把所思所想倾注于笔端，把世间的美好流淌于文字，富足着自己的内心。就如这三月的红棉，无论风雨，无论艳阳，无论繁华，无论街角，都坚定地做自己灵魂的主人，专心致志地绽放。

（此文发表在《阳江日报》2017 年 3 月 28 日文化·百花园·地方版）

四月的海，在脚边

有朋自远方来，不亦乐乎。人间最美四月天，杨柳依依，燕子呢喃，芳草鲜美，百花缤纷，友张扬着笑脸夹着清风而至。"天蓝云洁，碧波清浪，现在的海一定很美。"友一脸的向往。于是，不管烟雨朦胧，不管春寒未散，我们依然直奔 AAAAA 级旅游区——闸坡。

一路东风拂面，一路绿树相迎，五彩花香熏染之间，很快进入这座梦幻般的海滨小城。许是未到旺季，许是天尚寒，小城一片安详宁静，街道雅洁宽敞，车子沿着大角湾旁的环岛公路缓缓穿行，海岸线别样的风情脆生生地招惹着喜悦的心。未等车子停稳，友就迫不及待地打开车门，跳下车，张开双手，美美地呼吸着大海的空气。站在高处，我们尽览美景，只见三面青山翠岭之间，浩瀚的大海边，静卧着一个美丽的长长的沙滩，活像一个巨大的牛角，也许这就是"大角湾"名字的由来吧。大角湾内游人尚少，三五一群在海边散步，增添几分悠闲惬意。天气还不适宜游水，我们便继续驱车前进，观赏了广东海上丝绸之路博物馆里的珍贵文化遗产，往大海的深处徜徉。

缓缓驶进保利海陵岛楼盘，道路两旁绿树井然，鲜花灿烂地绽放着活力，一幢幢高大的楼房耸立在绿树花丛中，一座座诗意悠然的别墅恬静在海边。海风仿佛夹着鱼腥的味道，那么惬意地扑进绿树红花的怀抱中，那么乐呵呵地窜动在楼房之间，那么响亮地在我们耳边吹着口哨。车子停在道旁，踏着别墅间的小道，穿过青翠的松树林，我们走进十里银滩，真真切切地面对浩瀚大海。海上烟雾迷蒙，一些帆船行驶在海面上，更远处的只隐约见几个黑点，那也应该是渔民在捕鱼吧。

嫩嫩细沙，我和朋友再也经不起诱惑了，赶紧脱下鞋子、袜子，赤脚感受被载入大世界吉尼斯之最的银滩之柔美。白嫩的脚丫轻轻踏在细沙上却不见一点优势，沙是那么的洁净、均匀、细嫩，一脚踩下，"嗞"的一声，沙子在脚底低吟微响，一些调皮的还漫过脚趾，轻吻着脚背。一阵阵柔软的瘙痒，从脚趾传遍全身，再踩几下，直到湿沙上，沙滩上一行深深浅浅的脚印伸向波涛边。

广袤的大海，凝聚着巨大的力量，风急浪高，碧波翻卷着巨大的白花向岸边奔腾而来，呼啸着冲向岸边，不作丝毫歇息，海水便回归大海。稍息，疾风又夹着巨浪汹涌而至，一波高于一波，一浪比一浪急。我不禁想起唐朝诗人刘禹锡的《浪淘沙·八月涛声吼地来》："八月涛声吼地来，头高数丈触地回。须臾却入海门去，卷起沙堆似雪堆。"而眼前的浪涛虽没有钱塘江万马奔腾似的雄伟，但那波涛翻滚的浩气足以让我们兴奋起来，我们卷起裤腿，站在浪涛边，迎接海水的浸润。一个浪花涌上来，打在小腿上，溅在身上，凉凉的，舒服极了，海水退回大海，沙子也在脚底下抽离。那一刻，关于海的豪情、水的温柔、沙的腻滑，就在脚边淌动。

几辆大轮胎的沙滩摩托车停在沙滩上，一位少妇热情地招呼着我们："美女，玩下摩托吧，很刺激的！"她黝黑的脸满是期待。望着那仿佛很笨重的摩托，我们摇摇头，说："不玩了。你辛苦了，生意还好吗？""还未到旺季，游人少，生意怎么能好呢？""呵呵，再过些天就到'五一'节了，那时候，这里人山人海，你们就忙不过来了。""啊，那是。"可能想到碧海蓝天下的热闹喧腾，她绽开了笑脸，露出一副整齐洁白的牙齿，还有浅浅的幸福。

车子驶离这座海滨小城时，我们放缓车速，目光久久留恋于这里的水天一色，怡人建筑。市委市政府构建了"以海兴市、建设富美阳江"的蓝图，看来这个计划早就开始实施了。水清沙白，群山苍翠，舒适洋楼，徜徉在这推窗见绿、碧水环绕的休闲城市里，是何等的逍遥幸福！

　　（此文发表在《阳江日报》2017年4月25日百花园·地方版）

冬夜听海

　　风嗖嗖的大起来了，路边的狗尾草还是一如既往地飘摇着，在寒风细雨中，轻轻舒展着腰肢，不知名的小花，白的、粉的、红的，仿佛在不知季节地婉约着，温暖着冬的宁静沉寂。

　　喜欢冬，喜欢冬的含蓄、沉静，它没有迷人的诱惑，没有浮华的躁动，却有着耐人寻味的冰冷背后的激情和深刻。在这样的一个冬夜接近海，感受海的冰冷，触摸海的激情，读海的沉默，是很久以来的念想了。

　　就在这样一个冬日里，与一群文友相约，到海边，放飞心情，放飞诗意，寻找淌动的怀念。到达海边时，已是黄昏，往日喧闹的街市变得沉寂冷清，像位宁静安详的哲人。住宿的酒店就在海边，靠近沙滩。晚饭后，夜已悄然降临，三五位文友漫步在大理石铺就的小道上，洁净的路面好像水洗过一般，静立的路灯把这里照得一片澄亮。路边的游乐场早已关门，透过一片茂盛的椰树林，只见那些滑梯、水池等建筑静默在夜光里，那些或滑稽或欢快的广告牌在默默诉说着它们夏日里的繁华喧闹，告诉人们这里曾是欢乐清凉的海洋。风是从树林里钻出来的吗？还是从海面来，抑或是直接从街道上来，扑上我们起起落落的脸，我只感到一阵清爽浸遍全身肌肤。

　　一条沥青路沿着海边延绵到山边，蜿蜒在山腰间，因着海显得特别空旷寂寥，苍茫空灵。

沿着这条路慢慢地走，感受着这份属于冬的沉寂，享受这份属于海的少有的安稳。我们聊着百变的生活，聊着张力十足的诗意，聊着关于海边的故事，聊着那起伏跌宕的戏剧，还聊着这海，聊着这海边的细沙，聊到甜蜜的回忆，聊到春暖花开……

淅淅沥沥的雨不期而来，透过朦胧的灯光，徒增几分寒意，我们只好回到酒店。

房间的阳台正对着海，望过去，一片朦朦的黑，隐约还有微微的渔火在闪。"柔沙椰林寒潮夜，渔火暖枕涛声眠"，卧于床上，那浪涛"轰轰轰"地响，声音一潮比一潮大，仿佛一波一波朝着床头铺卷而来，我的脑海里就只剩下汹涌了。

辗转之余，与舍友披衣外出听海。

夜已深，风更寒，一阵阵直逼肌肤，我俩尽量提起拖鞋，真怕它的声音会把整条大街吵醒。轻轻地走进那片充满甜蜜回忆的松树林，风窸窸窣窣地从林中穿过，给一片萧索注入了热情，沉寂的空间变得闹腾。我索性脱下鞋，赤足穿行在不规则的松树间，柔软的腻腻的细沙彻底抚摸着我的双足，寒意从脚底直透全身，连同这冬夜的静谧毫无防备地侵占了我的所有感官。这细沙不仅有夏的清凉热情，还有冬的默然冷寂，这林子，一定住着许多有关春的夏的回忆，藏着许多秋的冬的故事。

林中有椅子，我们面向大海，倚在那木靠上，默默地与海对望，与海相守，静静地聆听发自大海内心深处的絮语。海仿佛也无眠，远处渔火点点，再近处，唯见一条条白色的线条向岸边靠来，涌向沙滩，折回，再靠过来……清寂而淡定，张扬而矜持，隐忍而从容，一阵阵，仿佛夹着发霉的陈年往事，仿佛弥漫着青涩的甜蜜；一声声，仿佛散发着时空的幽香，仿佛带着岁月的沧桑，时而轻柔，时而激烈，合着曼妙的音乐，奏响独特的气韵，回荡在天地间。

"你爱过跟你距离很大的人吗？例如地位、家境、年龄……"身边舍友的问话，把我从陶醉之中拉回了现实。望着如诗如幻的美景，我紧了紧衣领，说道："每一份爱，都是一份真诚，都有它的缘由，缘深缘浅，不为人定，就像每一波浪涛，已把甜的醇的咸的苦的都融进了水里，随着时间的风儿或是在岸边搁浅了，或是返回大海了，结果都一样，都在大地的胸怀里温暖着，都早已刻进你的生命里了。"

良久，舍友"哦"了一声，拉紧了我的手。这样的夜，我们相依相偎在一起听海，这样的海潮里，我们默默地感悟与大海一样的爱。

（此文发表于《阳江日报》2016 年 12 月 8 日文化·百花园·地方版）

芳香满园春意浓

又是一个春的早晨，晨曦透过薄雾洒在大地上，给浸透了一夜寒意的世界铺上一层融融的暖意。

到办公室，时间尚早，我悠闲地打开窗，阳光倏地扑进来，满室就随着春风清亮起来。抬眼窗外，一片绿油油的菜地沐浴在晨光中，闪着喜悦的光芒，三名妇女正忙碌着，一位挑着水桶给菜浇水，一位拿着锄头翻挖泥土，另一位正端着粪箕把黑黑的炭灰小心地撒到菜地上，旁边有个三四岁的孩子，蹲在两畦菜间的小沟玩着，好一幅温馨的早忙图。

脚步终是抵不住春意的诱惑，我"咚咚咚"地跑下楼，绕到菜地前，却被薄薄的围栏拦住，只得驻足围栏外，陶醉于这一片生机盎然中。眼前是一畦菜果，圆圆的果子像一个个人头上插上了调皮的旗子，雄赳赳地比着谁威武。接着是两畦生菜，生菜绿中泛黄的叶片就那么随意地翻转着，像一个个烫着卷发的美少妇，各有各的姿态，各有各的妩媚，分不出哪一位更美。再过去是几畦油麦菜，每棵油麦菜都憋足了劲往上往外挤，以至于整畦不见一丝缝儿，只看到一片叶儿堆着一片叶儿，分不出哪棵是哪棵，仿佛只是整体的一片绿波。再望去那片菜花，已被采摘得稀疏，绿叶的簇拥终究藏不住雪白菜花灿烂的大笑脸。菜花的两旁，葱郁的大蒜、香葱还有芹菜，迎着春风舞动，仿若有淡淡的清香在空中弥漫。最靠边还竖着一垛绿墙，那是一枝枝木棍儿支撑着的，豆蔓儿顺着木棍向上长着，就围成了绿墙。墙上挂满了或大或小的豆荚，朵朵淡紫的小花惹得蝴蝶上下翻飞，甚是撩人的眼。

我完全被这满眼的绿意陶醉了，浑然不觉早春的寒意。忽然，那孩子站起，我惊讶地发现他手里的创意"玩具"——一根木棍连着一个锯掉了上头的瓶子，装着半瓶的水。小孩屁颠两步，手翻动着，那水就洒出来了，落在土沟里。

"童孙未解供耕织，也傍桑阴学种瓜"，我不由莞尔，思绪飘得很远很远。

还是少年时，每到冬春季，父母忙着给人盖房子，地里的菜我得在晚学后或假日的早晨去浇灌。水要到塘里去挑，走过几块番薯地，绕过一条羊肠小道，就到水塘了。为了省时间，也为了每次多挑点水，我把裤腿儿卷起老高，踩进过膝深的水，学着母亲的样子，双手扶着两只桶晃动几下，让桶口插进水里，水就装得差不多了，再添上几勺就满了。使劲挑起水，上岸，绕羊肠小道，颠簸于番薯地沟，到菜地时，满满的两桶水已颠簸得所剩无几了。我舀起一勺水，晃动着在面前画过一条弧线，水就在面前散开了花，洒在每一棵菜上。水珠落到菜叶上，溅起朵朵水花，有的沿着菜叶的缝儿滴落下去，有的散落在畦沟里，洒在我身上。菜地是沙质带泥的，菜的胃口大着呢，几畦菜要喝很多水喔，两桶水很快浇完，便又赶快到水塘里挑水了。记不清是多少个来回，直到每一片滋润的菜叶上洒落着晶莹的水珠，暖暖的金光在水珠上闪烁，我喘着粗气的喜悦就荡漾开来。

夕阳给小村庄披上温柔的黄纱，袅袅炊烟在空中弥漫着清贫的甘香……农家的饭菜简单清淡，青菜是少不了的，也是主要的，一大盘稀拉着油水的白菜、椰菜或是菜花，外加一小盘鱼或五花肉，就是一家人的"丰盛"晚餐了。每当我打着饱嗝，也要把剩下的菜吃完，母亲就笑我"菜篮子"。哪是呢，"谁知盘中餐，粒粒皆辛苦"，这么甜的菜，需要浇多少担水，需要多少辛勤的汗水啊，怎能随便倒了呢！

眼前菜地如此繁盛，在今年春节期间菜价飙升时，不知羡煞了多少人家。殊不知丰收的背后，挥洒了多少辛劳的汗水。这里原是一片荒芜，野草半人高，狗尾草呼啸着寒意，自从旁边的新楼住进了主人，除草、翻土、修整、播种、浇水，每个晴好的早晨，都见菜地间忙碌的身影。渐渐地，松软的泥土芳香了，芳香的泥土春意盎然了。

　　"春风催绿急，翠鸟柳枝栖。"这么美好的春，这么美好的晨，我也该去忙活了。

　　(此文发表于《阳江日报》2016年3月17日文化·百花园·地方版)

凤凰花开

凤凰花又如期开了，在饱受春雨滋润、充分吸收阳光后，于这个夏，一朵朵争先恐后地堆叠在碧绿的叶子间。大路边、堤岸上、公园里、庭院中，一棵棵、一树树，就像空中撑起了一把把大红花伞，天地间富丽堂皇了；又像天边朵朵红云，在天际间灼灼地燃烧；更像一位位热情的姑娘，身穿红旗袍，风姿绰约，灿烂的笑容散发着辣辣的风味、极撩人的情。

小学时校园有一棵凤凰树，那是我见到过的最大的一棵树，仿佛一个绿色的苍庐。六一节前后，凤凰花开了，先是几簇几簇地开，稀疏地点缀在绿叶间，整棵树就像一把大花伞。几天后，花儿就像比赛似的，全都露出红红的小脸来，一棵树就像着了火，在艳阳照耀下，天空是红的，校园是红的，教室也是红的，整个似一红彤彤的世界。我们的时光也变得快乐明朗，记得每次新队员入队仪式都是在那树下举行的，树上的花儿，树下的红领巾，不知哪个更生机盎然？夏日炎炎的课间、体育课，我们在树荫下，唱着歌儿，玩着"点不动""捉猫山"等游戏，乐而忘返。凤凰树花瓣常常会从树上掉下，落到地上，飘到我们的身上，有的是整朵掉下，有的是散开的花瓣。在那个玩具缺乏的年代，花瓣就是我们的宝贝，把那鲜红或橙红色的花瓣集于瓶子内，就成一花罐子了，放在床头，整个夏的梦都是香甜的。那花蕊有一条柄连着一个圆弧形的头，我们就用那花蕊作武器，花蕊的头勾着头，用力一拉，看谁的最后掉下，谁就是赢家。所以，我们每天一大早惺忪着睡眼跑到学校，课间也冲刺到树荫下，就为了抢夺那些最大的花蕊。

毕业后到小学任教，校园里也旺盛着两棵高大的凤凰树，从跑道的北边绵延到南边，半个操场便笼罩在绿荫下。学生们在那里上体育课、玩游戏，每次的集会、文娱活动，都是在树荫下举行。凤凰树成了孩子们健康成长的庇护神，多情的凤凰花每年都映红了孩子们欢度儿童节的笑脸。

夏天的暴雨肆虐无常，通常是瓢泼而下，甚至几天几夜不间歇。几番洗礼，凤凰花娇艳的身姿疲惫了，一瓣瓣，一朵朵，恬静地躺在树下，地上铺上了一张红地毯。经过那树下，迟疑的脚步不忍心踩上去，它会疼吗？打扫的学生扑闪着眼，天真地说道："老师，这么美的花掉了多可惜呀，要是不下雨多好！"我心一动，"花谢花飞飞满天，红消香断有谁怜"，善感的孩子也惆怅了，疼惜这些明艳娇妍的花儿。望着地上依然鲜艳的花瓣，树上仍然傲然的凤凰花，我不由莞尔一笑。是啊，不要悲观，该成长的就要成长，花儿自有它的归处！

恰逢梁荣礼恩师赐诗一首："又喜凤凰怒放时，千枝万朵赛芳菲。狂风肆袭仍娇媚，恶雨侵凌更坦舒。春去已辞狂蝶恋，夏来尤拒野蜂痴。世间高洁诸多少，侪辈也应仿效之。"是啊，花开花落是常态，该盛开的花就要如期盛开，落下，也有其缘由，何必感叹，何必惧怕风雨，没有涅槃，哪得重生，在生命的花季，就该怒放自己！

（此文发表于《阳江日报》2015 年 6 月 10 日文化·百花园版）

狗尾草

    冬日，与好友们走在漠地洞边，欣赏着这个美丽的水库。青山隐隐水迢迢，朔风阵阵山逍遥，偶尔有运木材的货车在路旁扬尘而过。沉醉于青山绿野间，不觉已夕阳西沉，我们意犹未尽往回走。"啊，狗尾草！"行走间，有人惊呼了一声，循声望去，只见山脚旁一片枯草间，一丛狗尾草在风中抖动着，不是我记忆中的灰，而是一抹淡淡的紫，在残阳中显得艳丽夺目。我们忙打开手机，拍照留影。关于对狗尾草的回忆又被勾起，喜欢狗尾草的喜悦再被点燃。

    喜欢狗尾草，始于很小的时候了。

    喜欢它的缘由很简单，当寒冬来临，万物凋零，田野只剩翻晒的泥土和寒风中萧瑟的番薯苗。我们一群小屁孩还是像以往那样流连于野外，玩得乏了，小土坡上红的、粉的、黄的花儿都不见踪影了，唯见荒野间、道路旁一枝枝草儿挺着毛茸茸的尖儿摇曳在空中，仿佛一只只调皮的小狗在抖动着尾巴，撩动着一颗颗童年的心。我们满心欢喜，争抢着折下那些毛茸茸的、浅灰灰的草尖儿，扎成一捆就成了一束美美的花，连同那些许的雀跃，捧回家，插在墙角边、门框上，甚至插在屋角的番薯堆上，整个寒冬都亮丽温暖了。

    因着它在寒冬中带来的暖意，我开始注意这些毛茸茸的草儿，才知道，这种庄稼地里长得最多的草叫狗尾巴草。初生时是小小的、细细的一到两片的嫩叶，远望去几乎不见，待到稍长大一些，便拔节生出一根细长的毛茸茸的穗来，摇曳在风里。它的根须浅浅地几乎只是浮在土上，然而若是拔得不彻底或是拔完了仍然扔在地里，那么依旧是不能置它于死地的，只需要一夜的露水便足以让它生出新芽或者复活，只需要一场微雨便足以让它蓬勃成燎原之势。道路旁，荒地里，甚至是待建的宅基地里，都可见证它顽强的生命力，它们一丛丛地生长着，一拨拨地茂盛着。万物复苏、百花齐放的春季，树木繁茂的夏天，硕果累累的秋收，往往会忽略它的潇洒，可寒冬到来，百草萧瑟、百花零落，便显它的风姿。任寒风阵阵、冷雨潇潇、冰封大地，狗尾草还是以草的笑意舒展着腰肢，与天地共舞。

而关于狗尾草的那个美丽的故事，更是让人沉思。传说有一个很漂亮的女孩过生日，很多男孩都给她送了花，各种各样的，都很美。有一个穷人家的男孩送了那个女孩一束狗尾草。当时那个女孩很生气，把他赶了出去，后来冷静下来，便想知道原因。男孩告诉她，狗尾草象征着坚忍、不被人了解的艰难的爱，他也可以为她默默付出……

可能是这个涩涩的故事引发了人的无限遐想吧，也可能缘于它生命力的坚韧。狗尾草虽然贱生，但却成了艺术家眼中的宝贝，被赋予无限的艺术生命力。诗人作家的笔下，画家的勾勒，摄影师的镜头里，常见它婀娜多姿的身影，坦然地摇曳，空灵于天地间。就如眼前这丛草儿一样，我们来时也没注意到它的灿然，更没有人在意它的喜怒哀乐，它却那么优雅地迎着呼呼北风，独自歌舞自己诗意的人生。

回头再望一眼那丛美丽的淡紫，我已经不仅仅是在喜欢一种草了。

（发表于《阳江日报》2017年1月10日文化·地方版）

夕阳下的蓝袍悦动

终于驶上前往蓝袍的路上了，我们带着急切的心情盼望早点到达蓝袍，仿佛要见梦中情人般。蓝袍，一个多次悦动在朋友圈里的地名，无数次在梦中构建着一幅丰收的捕鱼图。我翘首望着前方，透过车窗，路两旁的树木一闪而过，稻浪随风舞动。

"不知今天拖地网没有？"车里一位团友的话儿也透着期盼。看鲜活的大鱼小鱼蹦跳在渔网中，感受那丰收的喜悦，品尝大海的肥美，看来不只是我的企盼，许多人慕名远来，就是为了见识那场面。我脑海仿佛出现了一幅闹腾的画面：阳光灿烂，随着碧涛悦动，一艘艘铁壳船驶近海边，几十号人吆喝着，把偌大的网拉上了沙滩边，大的鱼、小的虾在金光下活蹦乱跳，穿着作业服的渔民张扬着笑脸，赶紧把鱼儿收拾进筐。小孩赤着脚拿着各种网兜围着网边乱转，一边捡跳出网外的各种鱼。一些小贩抢过来，穿着奇装异服的游客围过来，争抢着肥美的活鱼鲜虾……鲜美的海精灵滋养着一方居民的味觉，多少远方游客在这里大快朵颐……

恍惚间，车子在道路协警的引领下，穿过狭窄的村道，穿梭过弯曲的村中巷道，就望见一片松树林了。车子在饭店门口停下，一下车，耳边就灌进浪涛的"沙沙"声，我们迫不及待地绕过饭店的小路，蓝色的大海就在眼前了。踩上厚厚软软的沙子，海风扑面而来，凉爽直透心间。环顾海边，海浪轻摇，沙滩上寥寥几人，不见渔夫的影子，也不见偌大的网，只见一排蓝色的铁壳船静静地停泊在沙滩的树林边。"哦，没拖地网。"一丝失落悄然闪过。

"哗，去踏浪啰!"一位团友的雀跃迅速点染了兴致，踏着厚厚软软的沙子，如踩在棉花上，海风飒飒，团旗飘扬，团友们早就按捺不住了，一个个的往团旗下一站，对着相机甜甜地张扬，定格美好一刻。

站在沙滩上，望着海天一色的波涛，起伏的海面上一片苍茫。"看，对面那边的就是闸坡了。"随着薇姐所指的方向望去，只见东南面海天相接之处隐约可见高楼耸立，一座美丽富饶的海滨小城仿佛就在海的深处，在画的苍茫里，缥缈迷幻，仿若海市蜃楼。一阵阵浪涛奔涌而来复而悄然退回，才真真切切地感知到它的存在。

沉思间，忽传来一阵欢呼声，循声望去，原来是一群团友正在浪花中嬉戏。在沙洲的浅水中，只见男的挽起裤腿，女的飘起裙带，手拉着手，迎着海风，跟着波浪，对着镜头，随着一声口号高高跃起，长发遮不住欢悦的脸，白皙的肚皮也偷跑出来留个倩影。柔静的大海里，儒雅的男士、贤淑的美女霎时都变回了顽童，回归了本真自然，定格的是一张张惬意张扬的笑脸，跃起的是同大海共呼吸、与浪花同飘舞的心。这海呀，可真是神奇的地方，蕴含这强大的力量，谁到了这里，都会找到一片浪花，轻柔的、舒缓的、张狂的、任性的、汹涌的，都会随着这浪花徜徉，洗去疲倦，消除忧愁。

太阳歇在群山之间，金光万缕照在树林里，洒在沙滩上，映在游客灿灿的笑意中，照在微波粼粼的海面上，泛起金光点点，海涛声声跳动着心弦。没有拖地网抢丰收的喧嚣，没有抢收抢买的躁热，蓝袍此刻在随风飘舞，大海静静涵养着富美的物产，一切都是那么恬静宜人，那么安宁。鱼儿在自由地游动，人儿在快乐地嬉玩，谁也不曾惊扰谁的梦，谁也不会侵犯谁的美。原本，大海就是这么淳朴的原生态，充满自然的气息，就该这么滋养和谐、安宁祥和。

（此文作于2017年10月，收录在《青山绿水漠阳行——采风作品集》）

山稔子

　　初夏的一个午后，信步阳江金山植物公园，沿着疏影斑驳的道路，往山坡上走。山上高大的树木少，水泥路吸收了大量的阳光，正源源地散发热气，故而往这边逛的游人很少，不像浓荫下那么热闹。我沿着蜿蜒的山路转了圈，周围可见一些矮小的灌木，好像没有特别吸引人的花木，便准备下山到林荫下乘凉。转头之间，忽然发现水泥路旁一丛粉色的小花，开得很是艳丽，忍不住凑上去。发现小花下面藏着一个个青色的小果子，一根根细枝擎着，仿若女孩儿玩具堆里的小酒杯。我差点尖叫出来：哇，山稔子，边开花边结果的山稔子！抬头张望，整片都是稔子花，有的几朵紧挨着，有的一枝独放，有的粉白，有的桃红，每一朵花儿都是五花瓣，花瓣里是黄黄的花蕊，每一朵都盛放着阳光，质朴中透着秀美。每一朵花下面都结着一个青青的果子，小巧可爱，如一群群娃娃躲在花丛中捉迷藏，不声张，但乐着呢。

　　我挪不动脚步了，儿时的记忆定格在这片烂漫的稔子花上。

　　故乡不靠山，只有一片平整开阔的土地，第一次认识山稔子，是奶奶不知从哪儿带回来的。奶奶从兜里掏出一把黑黑的泛着红的东西，比花生粒还大，分给我们姐妹们每人几颗，说："这是山稔子，好吃的，山里才有。"我们好奇地把玩着，只见它类似煮饭的锅，又像一个个酒杯，只是身子比小指头还大一点点，倒是显得小巧玲珑。"锅底"的一端圆滑饱满，

"锅顶"边上还排着一圈圆弧形的小瓣，"锅"黑中透红，瓣也是黑中透红，又好像两种颜色都不是，是紫色的。我把它转了一周，看个遍。也许那时能吃的特别匮乏，见识也特别少，心里说不出的喜欢，感觉它无与伦比地美，忽然舍不得就这样子吃掉。等妹妹拿出一颗，掰开，我凑上去看。只见妹妹剥开了稔子薄薄的皮，露出黑红的果肉，咬一口，湿润的果肉里还有一粒粒小小的核。看着妹妹满嘴满牙的紫汁，我馋得口水直流，忍不住捏住一颗又大又黑的，小心翼翼地撕开薄薄的皮，轻轻尝一口，软软的一小块果肉就在舌头上打转，味道甜甜的，略带一点酸，再用手指捏住稔子底端往嘴里推，用力一吸，一颗稔子就剩下果皮在手里了。

一个炎热的暑日，我和小姐妹们穿过秧苗青青的稻田，沿着赶集的路往北走，去寻找那黑亮圆润的山稔子。我们盼望着能找到一片生长着山稔子的地儿，能摘到被灿烂阳光炙烤得肥美透亮的山稔子，很多很多，多得我们吃到打嗝，多得上衣裤子的口袋都装不下，还要卷起衣服包起来再回家。我们一边走，一边探究着路两旁的植物，以防错过了稔子。从故乡周村一直走到平冈圩西边的石庙村，在一个十字路口犹豫着，拿不定主意是往哪边的路口走。忽然，一位同村的伯伯经过，认出了我们，疑惑地问我们去干啥，然后劝我们回家，说稔子早被摘完了。我们满腔的热情犹如被水从头浇灭，垂头丧气地往回走。

回到村子，大人告诉我们：稔子总是"鬼子节"（我们当地称中元节为"鬼子节"）成熟的，"七月七，稔子被鬼捏"，那些稔子都被那些饿死鬼捏过的，所以每颗稔子都残缺，少了那么一部分。我们听了便害怕得很，我脑海中浮现一个画面：在那幽静的山间，披头散发的饿死鬼正在抢食山稔子，忽然看到我们走来，便放下稔子，张牙舞爪地追赶我们，我们吓得尖叫逃命……于是，我们再也不敢提也不敢想摘山稔子的事了。

岁月总会颠覆人的认知，待我们渐渐明白了那只不过是大人哄我们小孩子不要乱行动的谎言，心中对摘稔子的执念已随着时光淡了。但为数不多的几次爬山见到稔子树，我还是不由自主地驻足，看一下那灌木上的绿叶，欣赏一下那简单而艳丽的小花，摸一下那"小酒杯"，心想：这应该是小仙女捏过的吧。便把几颗稔子放在书桌上，一直到它自然风干。

想不到印象中可遇而不可求的山稔子，金山植物公园中满山坡都是，以前在这里走过，也没留意。我仿如在茫茫人海中偶遇故知，随后，每间隔一些日子便去往金山植物公园，直奔稔子区，看看它们的生长情况。我虔诚地盼望着它们快快长大，早日成熟，盼望着能有幸摘到几颗紫得透红的稔子。稔子花是淡定的，前后在风中飘摇了有一个多月吧，才渐渐凋谢；稔子是稳重的，两个多月了，身子仿佛不见长，7月中旬，才看见几颗稍大点的身子变红了，7月末8月初，也就那么几颗变成黑紫色，绝大部分的果子还如初长时的青涩，活像急待成长却又缺乏营养的少年，一点也不像网上看到的那些圆润饱满，果肉滋润。

可能是今年的雨水特少吧，稔子树得不到充分的滋养，故成熟得慢。我想着，便释然了。

山稔子还有一个很美丽的名字——桃金娘。它不仅果子可食用，全株都可供药用，有活血通络、收敛止泻、补虚止血的功效。由于稔子的作用良多，稔子成熟季节，很多人张罗着用山稔子来泡酒。小弟也跟风，去年在市场买来大颗大颗的"罂煲督"，泡了两玻璃罐。透过玻璃，我看到一颗颗稔子仿佛安静地恬睡，紫红色的酒液里，是山野的甘酿和灵魂。

（此文发表于《阳江日报》2020年8月28日文化·百花园·笔会版）

午后的阳光

　　初春的阳光灿然，清早就明媚得耀眼，让人的心清亮起来，把昨夜那个烦躁的梦赶走。"莫负好春光啊，去外面耍耍咯！"我忍不住在美女群里呼朋唤友。仙最快回复了：阳光这么好，会晒黑的呀。唉，好一个爱美的仙子。珍是最活跃的了，早已带上行装与同事到乡下别墅逍遥去了。而容和娜叹息了：还要搞卫生呀，抽不出时间。这俩美女整理东西从不马虎，所有大大小小物品都要亲自收拾妥当，不假以人手，那么高大的几层洋楼，怎么也要弄个三天五日，不像我的小盒子商品房，三下五除二搞定。

　　也罢，枝头挂满明媚的早春，也适合静静地休闲，暂且就让一颗心归于宁静吧。

　　我打开英国女作家夏洛蒂·勃朗特的《简·爱》，再次阅读起来。

　　阳台偏西，靠小区花园，一到午后，热情的阳光就熟络地照射在阳台，渐渐跳进客厅，悠闲地卧在窗帘上闪着光，在光洁的地砖上耀着眼。我习惯把窗帘拉到中间，遮住沙发与电视那边，留下一米多的空间，阳光就在客厅里画上一个闪亮的长方形，地砖上的光有时会反射到天花板上或者墙上，白皙的墙便有一抹抹的闪耀。初春的太阳夹着东风，并不觉得多燥热，暖暖的正适意。阳光对万物的恩赐真是慷慨，静坐家中它也不忘赠予我光泽。

　　下午两三点，花园里和着这熠熠生辉的阳光，闹腾起来。孩子稚嫩的叫声偶尔传来，那应该是游乐场上的欢呼吧，这个时候，那里刚好有一大半地儿在林荫下，完全不影响孩子们在那嬉戏。不时还传来一阵阵尖锐的喊叫声，时而惊呼一阵，时而欢笑一会儿，时而安静无声，应该是那些假日中的中小学生们在追逐、捉迷藏，或者玩着一些新的游戏。这么美好的时光，怎能阻挡烂漫少儿寻找欢乐呢？他们会在凯旋门那边吧，或是奔跑在紫荆花下，脚踏着地上的紫色花瓣，甚至花儿也耐不住欢乐的诱惑，悄悄飘落在孩子的身上，沾染一刻的欣喜。喧闹的不止于此，如果仔细倾听，楼下还有"啪啪"之声时而响起，那是闲坐的老人在楼下长廊玩着扑克，一激动起来抽着纸牌用力一挥，扑克拍击着桌面的声音就特别响亮，有时还伴着吆喝、吵闹。呵呵，那应该是全力以赴地投入"战斗"中了。

　　"风暖鸟声碎，日高花影重。"不知道喜欢热闹的鸟儿此时正忙着觅食呢，还是尚在午觉，歌唱声明显比清晨和傍晚稀疏些，只是偶尔听到那儿"吱吱"几声，这儿"喳喳"一阵。也许，鸟儿淡定多了，觉得即使不叫也热闹得很。

　　一阵风吹过，窗帘带着阳光晃动，我有一会儿的恍惚，并不觉得外面的喧闹是纷扰，反而觉得格外的安然，男女老幼，各得其所，没有比这更美好的事儿了。

　　"春有百花秋有月，夏有凉风冬有雪。若无闲事挂心头，便是人间好时节。"匆匆走过半生，寻寻觅觅，得得失失，牵挂心中所想而不得，渴望一些美好却不能如意，患得患失，欲放下却执拗，难免郁郁寡欢、闷闷不乐。其实心头没有任何挂碍，便是最安宁的人生，就如这样的阳光，这样的午后，适合将所有的闲事烦忧放下，把得失成败放下，专心读一本书，寻一份朴素的欢喜，觅一缕心灵的安静。

　　于是我又陶然进入简·爱的世界里。

　　师范三年级的班主任曾特别推荐《简·爱》这书，当时读得有点走马观花，只是记得个梗概，多年后重读是更多的震撼与感动。10岁的小简·爱宛然是善于思考的独立女性了，她是那么的勇敢刚强，面对歧视和虐待她的舅妈，大义凛然毫不畏惧地指出舅妈的恶劣虚伪，即使艰苦也梦想远离每天锦衣玉食却没有自由和尊严的盖茨黑德府；她又是多么幸运，遇到了仁爱的谭波尔老师，谭小姐不畏强权，不信流言蜚语，捍卫小简·爱的尊严，坚持调查清楚事情真相，还幼小心灵一个清白。我们现在要求为师者所要践行的关爱学生，真切体现在了这位老师的身上……

和煦的春阳，灿烂的午后，因一份喧闹而宁静，因一本书而怡然。

（发表于《阳江日报》2021年3月3日百花园·文化版，《湛江日报》2021年3月4日阅读+百花版）

谷寮村的诗意徜徉

　　"右转。你已抵达目的地附近，本次导航结束。"我们随着导航的指挥，沿着海边敞亮的公路慢慢右拐，一眼就看到一座颇具特色的牌楼。牌楼高耸约有两层楼高，浅黄色的底色墙体上，"谷寮村"三个黑色的艺术字赫然醒目。"哇，这就是谷寮村了!"好友们都叫了起来。牌楼前是个广场，北边挺立着一座青灰色墙体的房子，颇有民国建筑风格，兼具现代风味，建筑正面写着"谷寮民宿集群"，右边有条坡路，坡路两旁绿树成荫，林荫里隐约看见房顶屋角。

　　"还真是美呀，何必要出外地奔走呢，美景就在家门口啊!"我们上坡，翠竹掩映下，谷寮艺术馆闪过，可惜门关着，观赏不到馆里的东西，便没作停留。找到一块林荫之处停好车子，一下车，仿佛进入一个梦幻的村落。东边半山间，一个舞台在山石间亭亭而立，东北处有绳索编织成的攀悬桥，西边一条雅静的小街，街前林荫下几张桌子，三三两两的游人边喝着饮料边闲聊着，一座座的民宿安静地排列在巷道里。巷道曲中有直，房子高矮错落，各具特色，一座房就是一个独特的个体，细看整个村落又浑然一体，一切都是那么随意舒适，一切都是那么率性本真。

　　已是午后时间，阳光如热情女郎，撩拨得大地火热难耐。撑起伞，走到最近小巷口的林荫下，一心一意地欣赏眼前的惊艳。

　　脚下是一条石条铺就的巷道，巷口南面是个竹篱笆围起来的菜园，北边有条约 1.5 米宽的小渠，渠中有水，水渠两边间隔着方形石柱，石柱间绳索相牵，稳固整然。就在我们眼前树荫右侧，一个环形水渠在阳光下缄默着，水面的浮莲仿佛在诉说着岁月静好。水渠中心挺拔着一丛茂盛的翠竹，散发出阵阵清凉的幽香，翠竹西面一架木质的摇椅，北面一张茶几，安静地享受着阳光的恩赐和翠竹的清凉。水渠边那棵不知名的树，挂着白色的渔网，渔网前是一座两层的房子"海山居"。海山居东边的门是玻璃推门，南面还有个敞开的小院式的门口，小院里楼梯蜿蜒上二层，二层有个小阳台，房间的墙用一根根柱子并排筑成，满是山的韵味，该是与东面的海韵相互呼应融合吧。"小桥流水人家"，我不由得佩服修建者的美妙创意，再扫视一圈这海山居，一幅诗意的村居情境图亮丽眼前：小桥婉约、流水潺潺、小巷清浅、斜阳暖暖、摇椅慵懒、淡茶飘香、翠竹伸展，人家日出而作日落而息，多么平淡且自由的村居生活。

"哈哈，你们看，门口还摆着埕呢!"就在我陶醉中，容的声音传来了欢喜，同伴们已站到北边的一座民宿前，看着门口左右两边的瓷埕，讨论着它的"前世今生"。这个 20 世纪的旧物品，勾起我们共同的回忆，那是我们小时候农家人用来贮藏粮食、种子等东西的器具，记忆最深刻的就是母亲经常用这种泥灰色的埕，封藏着冬日腌晒的萝卜干，我时不时会偷出两条解馋。

就这么一个单檐式的门口，左右两边分别挂着两个灯笼，门口张贴着对联：书似青山常乱叠；灯如红豆最相思。横幅：芝兰满室。两扇竹门半掩着，不够 1 米的围墙，石头、泥砖混合砌成，高低不平，人站在外面都能把小院子里的景观一览无遗。小院里靠着门口有棵树，枝叶翠绿伸展，树下摆放着一张长方形的茶几。小院西边，一间较矮的廊间，北边是高大点的厅房。我不由想起小时候自家的院子，石头筑起的矮墙，墙上随手搭放着一些农具什么的，与眼前的何曾相似。跟着一种亲切感踏进小院里，阳光从叶缝间漏下来，斑驳在茶桌上。坐在椅子上，摆弄着桌上的茶壶、茶杯，遐想着就是这样的午后，劳作归来，三五知己，围坐一起，品一口甘香，聊几句闲话，诉几许闲愁，阳光灿烂在身上，悠闲惬意在脸上，光阴就这样悠悠地飘过。

　　我们转上另一巷道，眼前一堵墙吸引了我们的目光，不是青砖、泥砖、石头砌成的，它有明暗的线条凸凹感，凑上去细看、抚摸，原来是用一个个蚝壳堆砌而成，洁净清明，海韵轻扬。珍和容忙着倚墙拍照，白色的壳墙、湛蓝的天空，一幅幅美照定格了张张浅笑的脸。房子门口镶刻着方形铁质的匾，一个活力十足的动物图腾，写着"喜海言山"，这应该是这房子的雅名吧。进屋走道铺着洁白的石粉，旁边摆设着一艘小艇，如傍晚靠岸的归船，静静地休憩。里面有天井，天井旁种着树，树下摆放两个陈旧的敞口埕，天井中央一张长形的茶几，古香古色，很是典雅。踏进客厅，别有洞天：客厅中央的摇滚乐器看起来还是崭新的，房子顶上挂着一圈射灯。仙走过去拨弄两下，袅袅乐音立即在客厅飘扬。客厅右边东南靠墙两壁红棕色的酒柜，透过北面的落地玻璃墙，可见疯长的野草和树木。沿着走廊走一圈，一层设有厨房和两个房间，转上二层，还有四五个房间，每个房间都颇具海的艺术文化气息。站在二楼走廊，望着湛蓝的天空，我陷入遐思：音乐、摇滚、美酒、海风、夜色……

　　继续流连在各条巷道房子间，很多房子都还在改造中，还有以酒为主的酒庄民宿、种着各种花卉的花民宿、集结着多种旧农具的民宿等。没有喧哗，没有奢华，一座座房屋，是一个个不同风格的文化呈现，是心灵最初的简单一隅，是重返自然的归宿。改造者把各种文化融合于房屋修建，营造自然质朴的空间，营造人与居、人与自然的和谐，让人在旅途中，往疲惫里糅入纯朴与柔软，与中华文化相互凝视，与安静的心灵相互触摸。

（此文作于 2020 年 8 月）

第五辑　雨思云意

Chapter
5

春雨如酥

立春一到，心就期期然，盼望着春雨如约而至。

"几日喜春晴，几夜愁春雨。"宋代高观国在春雨中思绪缠绵，写下《卜算子·泛西湖坐间寅斋同赋》。而我记忆中的春是轻巧柔软的。日子放晴稍歇，天蒙蒙了半天，春雨终于飘然而下，淅淅沥沥，像一位婀娜多姿的姑娘，随着春风，迈着轻盈的步伐，姗姗而至……

"柳丝长，春雨细"，春雨就像一位害羞的新娘，裹着轻纱，似烟如雾，从空中轻泻而下，苍翠的山峦、茂密的树林、一幢幢高大的楼房全笼罩在雨雾里，缥缥缈缈，如诗如画。

我是喜欢雨的，喜欢它的柔软如酥。

"春雨细如尘，楼外柳丝黄湿。"春雨罩过树林，树林吟起了"吱吱吱"的梦呓，沉寂的枯枝便像注入柔软剂，随着东风轻摆婀娜的腰肢，跳起曼妙的舞步。枝丫开出了新芽，一片，鹅黄鹅黄的；两片，嫩绿嫩绿的；三片，滴着晶莹的露珠，远看，整棵树穿上了碎花衣。雨水浸润着菜地，卷心菜凝聚更紧了；菜花迎着清风开得更欢；生菜吸收着甘露，绿得雍容华贵；豆荚花咧开笑脸在绿叶间探出头儿，仿佛一个个活泼的小精灵。雨雾铺下田野，紧绷了一冬的土地苏醒了，广袤的田野敞开了博大的胸怀。春雨为油，经微风的手，轻轻抚摸着田地的每一寸肌肤，土地便滋润起来了。毛毛小草鲜活亮丽，匍匐大地，迎着纤纤细雨自由飘摇。

春雨洒在小路上，小路诗意起来了，艳丽的花儿愈发娇嫩，绿的叶五彩的小伞撑起来了，一双双眼睛柔软起来，凝眸着秀发飘飞比花还美的伴儿，那凝眸啊，淌动的何止是幸福。细碎的脚步轻敲路面，奏起舒缓的音乐，溅起一朵朵雨花，婉约如一群小仙女，伴着轻音散发开来，旋起如痴如幻的舞步，让人忘了光阴，宛若梦里。

"春雨贵如油，下得满街流。"土地的甘醇来了，农民就忙碌起来了。这样嘀咕着，尚寒的春雨便挡不住躁动的脚步了，约来同伴驱车沿着乡村水泥路惬意飞驶。透过朦胧的玻璃窗，两旁的景物隐约晃过，路边的野草半黄半绿，有的肆意蔓过路面。狗尾草摇着长尾巴舒展着腰肢，不知名的野花也大胆展示着风姿，三五头或大或小的水牛悠闲地在田野中吃着草，好一幅春牛图。恍惚间，我仿佛又见父亲身披薄雨衣、肩扛铁锄、高卷裤腿往田头赶的身影。小时候，每年春节炊鹅的香味还在唇齿间回味，春雨便在鞭炮声的余响中渐渐沥沥了。这时，无论多么寒冷，父亲总要脱下鞋，下地清沟埋墒，为稻田储水和排水防渍做好准备。我们则屁颠颠地跟在母亲后面，忙着深翻旱地，播种花生大豆。母亲说，现在播下种子，端午节就可以收获了，到时又有花生豆子煲汤了。我们的锄头便锄得更起劲了，如丝小雨洒在我们身上，香甜的希冀淌在心间。

不经意中，车子在路旁停下。严冬未尽，余寒犹厉。刚打开车门，风就夹着雨花洒进车里，感觉一阵薄雾扑面而来，虽寒但清新。这是一片靠近村边的番薯地，不远处可见崭新的楼房，隐约传来"哦哦哦"的叫声，伴着几声犬吠。番薯地还清晰可见一条条薯沟渠，一名头戴草帽50多岁的汉子和一名穿着红风衣的妇女正在地上忙活着，男的扶着锄头躬身平整土地，湿湿的土地蓬松着，女的则在一旁整理杂草。

他们应该是夫妻吧。我走上去询问："阿姨阿叔，下雨呢，天冷地冻的，还忙啊?"

"这雨一下，哪能在家闲得住呢，趁着这雨水，播种花生最好不过了，一村子的人都赶着这好时节呢，哈哈哈。"爽朗的笑声在细雨中回荡。放眼望去，离村子更远的地里忙碌着朦胧的身影，透过飘荡的细雨，我的眼前朦胧着一片葱绿。

小雨润如酥，春雨滋润的不仅有田地泥土、花草树木，还有心中绿色的希冀。

（此文发表在《阳江日报》2017 年 2 月 21 日文化版）

秋雨淅沥

伴着几声闷雷，雨终于还是来了，在这个寒露时节，在这尚燥热逼人的秋日，曼曼妙妙，飘飘洒洒，以悦耳轻巧的风姿撩拨了心灵深处那婉约的弦，弹奏着千年流淌的秋之韵。

秋雨淅沥下，天地豁然欢。雨滴落在地上，有的迅速融进泥土不见踪影，有的弹跳起灵动的舞步，周围还扬起一个小泥窝儿。雨滴在枝叶上，枝叶跳起欢乐的音符，黄叶先是翩翩起舞，旋而乖巧地和雨滴相融相亲，匍匐在树底下、小路旁，安静地享受秋雨的滋养，聆听大地的脉搏。雨丝随风扑上纱窗，仿若沙沙轻响如灵动飘逸的精灵，却又听不到它的惊扰，只有来不及关上的缝隙，惊喜地迎接一滴滴不速之客的到来。

迎着秋雨绵绵，驱车往市区赶，一路潇潇，满眼清爽。庄稼地里随风掀起绿色的稻浪，正是水稻充实籽粒期，久旱逢甘霖，稻粒张大嘴巴吮吸着天降甘酿。花生苗郁郁葱葱，翠绿在秋风秋雨中，白色的野花在风雨中扬起了笑脸，也许，是期待着又一个丰收年吧。

一场秋雨一场寒，这雨注定是为寒秋而降。看，这雨一下，风就"嗖嗖"地起了，路旁的绿树"哗哗哗"地舞动着。风过处，一件单薄的夏衣已明显感觉凉意了，街上的行人穿上了风衣，拉紧了衣口。穿过繁忙的街市，夜已渐黑，雨水洗去了多余的浮华，所见之处一片清明洁净。

静坐在临街食店靠窗的位置，店里的环境优雅舒适，橙色的灯光铺开满室的温馨，服务员扬起甜甜的笑脸，安静随着呼吸氤氲。近 20 年不见，各自奔忙在个人的天地里，前不久才在同学群里联系上。如今，菲一脸浅笑端坐在面前，唇勾起，露出那俏皮的门牙，仿若隔世，却又是恬然的相聚。

这个秋夜，感觉我们还是那么熟悉且亲近，我们谈人生、家庭、父母孩子，谈着临近中年之生活现状，谈着关于这个季节的喜和乐。这些年，菲从机关单位走出去，滚打于生意场上，凭着自己的智慧和人气，生意已颇具规模，房子、车子都有了，有时间就天南地北地游逛，生活是悠哉悠哉的舒适。只是父母年纪大了，一身病痛，时不时要为他们揪心一回，孩子也已高中了，正好和我女儿一个年级。而我呢，毕业后在学校里一待就是20多年，每天忙着单调而琐碎的工作，生活不曾起什么波澜，日子在平淡中沉淀，为孩子的喜而喜，为父母的忧而忧……岁月如白驹过隙，我们的孩子一晃眼已到了我们当年同窗时的年纪。"少年不识愁滋味，爱上层楼。爱上层楼，为赋新词强说愁。"谈起当年校园的学习生活，想起时时无来由的青春激扬，我们不由相视而笑。菲的眼睛还是那么明亮，忽闪间娓娓道来，如当年我们漫步校园小道倾诉心事，如这秋雨喃喃细语。

倚窗望秋雨，灯下静相叙。转眼窗外，雨一帘一帘，潇潇瑟瑟；风一行一行，辗转着枝叶，霓虹灯在雨丝中闪烁着迷人的光彩。十字路口，一辆辆车子东西南北穿梭而去，每个人都在忙着各自的活儿，每辆车身后都留下一行行湿漉漉的人生轨迹。

"天凉了，又是一个醉人的秋！"菲品了一口红茶，话儿云淡风轻，看不出她在生意场上经历了怎样的磨炼，只是感觉话中有对待人生的笃定从容，就如这秋雨带来的微寒，让人沉静而舒心，瞬间忘记昨日的炽热和彷徨。

此刻，雨沙沙，风潇潇；茶半温，花半开；叶半盛，情半喜。恍惚间，我忽然相信，世上原本真的有一种情，不需要经营，就像一块岩石，就像一座寺庙，无论什么时候，无论你经历什么，它都会在那里固守着本色；总有一种人生品质，经历了春的繁盛、夏的燥热，或终将迎来冬的深沉，都能在这潇潇的秋风秋雨中沉淀，滋润成熟的味道，坦然、宁静、深远。

（此文发表在《阳江日报》2017年10月17日文化·百花园·地方版）

冬雨潇潇

小寒至，雨雪飞。

随着日子渐深，太阳如赴千年之约，整日不见影了，这个最寒冷的时节，四处悄悄地阴绵起来了，天地间压抑着蒙蒙的灰。不知何时起，小雨一丝丝地斜挂在空中，轻轻飞扬，幽幽飘舞，仿佛听不到它的声音，看不到它的身影，只有置身旷处，缕缕白花落于发梢，流连肩膀，才惊觉它的纤小身姿和柔柔寒意。绿树枝干挺直，傲立空中，任凭雨水肆虐，静默着腰肢，绿叶片片葱郁，丝毫不减英姿飒爽。

顷刻间，冷空气从北方汹涌而至，雨随之激动起来，仿若盛夏之热情激昂，大大咧咧地从天空中泻下来，下得淋漓，落得尽致。风助雨狂，雨借风威，雨滴噼里啪啦地落在街上，敲打在窗上，打在绿的、黄的树上。树木惊慌失措了，招摇狂舞，黄叶随风飘摇着身姿，在空中飞舞几下，旋儿匍匐地上，浮于水面，顺流而去。大街上的雨疾了，滴到地面，迅速汇成小流，在街面四处流窜。雨水溅起阵阵水雾，天地间宛如罩上了一层缥缈的银纱。行车缓了，赶着办事、接送孩子的人都小心翼翼，迎接这冬日不平凡的来客。黑的、白的、灰的车，红的、黄的、绿的灯，都亮起来了，在雨幕中闪烁炫耀，喇叭"嘟嘟""哔哔""嘀嘀"，焦急或沉着，悠长或短促，汇成一曲独特的交响乐。

呼呼寒风凛冽意，潇潇冷雨打窗声，寒气从四面八方铺天盖地袭来，迎面扑来，从背后灌进，从脚底蹿上，往颈脖钻入。大地成了一座偌大的冰室，屋子里是凉的，房子外面是冻的，空气是钻心的，水是透骨的……

"小寒已近手难舒，终日掩门深闭庐。"我窝在沙发上懒得像一只沉睡的猫，这样的冷雨天气，最好温一杯茶、暖一壶酒、煮一碗粥，消解凄风寒雨，或是亲朋好友围着火锅，热热闹闹舒心取暖。想不到好友却在电话那头欢喜得颤抖："我正在云浮天露山赏梅，下着大雨，想不到天这么冷……整个团除了我，都是退休的老大姐，梅花好美啊……"打开朋友圈，只见好友已举着油纸伞在梅花丛中浅笑嫣然，梅树株株挺立风雨中，朵朵梅花在树枝间争相竞放，粉白嫣红，风韵迷人。这一朵明媚娇美，那一朵姿彩艳丽；这一树疏影寥落，那一树繁茂满枝。"梅花香自苦寒来"，闻不到梅的香气袭人，只有从好友仰脸凑近梅花的满眼陶醉中，感受梅花的幽香弥漫。暗香深处，一个个艳丽的身影绽放，取景拍摄，摆弄身姿，应该是好友说的那群不畏严寒的大妈吧，隐约可见张张甜美的笑脸。风雨虽寒，心却火热，或许，人生的冬季也该飞扬在缕缕幽香中。

今冬的雨下得那么认真，那么执着，从夜晚飘洒到清晨，从清晨倾泻到黑夜，情意绵长。观看完冯小刚导演的电影《芳华》，我慢慢走出影院，银幕里青春年华的温度还在眼眸中打转。刘峰和何小萍在长椅上久久依偎的幸福尚在心中流淌，霏霏冷雨却扑面而来，风仍在增势，雨还在缠绵。放眼与街景对望，一柱柱路灯安然绽放，穿透雨帘，光芒在雨中闪烁，雨珠在灯光中飘舞，几声鸣笛，徒增萧条。雨过处，街道边的紫荆树随风飘摇，紫色的花儿怒放依然，愈发坚定，一朵一朵挂满枝头，千娇百媚，风姿各异，风雨中更显鲜艳耀眼。

转眼街面，也有花儿耐不住季节的侵袭，卧于寒湿的街边，却是一片堆着一片的艳红灿烂，让人动容。繁华落尽，每一朵依然靓丽着迷人的姿态，秀丽端庄，娴静安然，宠辱不惊，风雨不惧。一年的芳华已尽，岁月深处，一朵残花，一片飘零，依然守住对美好诗意的向往，就像何小萍历经风雨始终坚守对生活的知足，就如刘峰饱经磨难一直保持心灵的宁静。正值芳华的青春少年，经历着成长中的爱情萌发与充斥变数的人生命运，在残酷的战争绽放血染的芳华，在浩瀚的社会变革大潮中淡定从容，在曲折迷离中始终保持质朴善良，坦然迎接人生归属。

驱车过处，街边的店铺中尚有几间敞开大门，偶见三两人煮着温茶，斟酌寒雨，亮一盏暖灯，晴明北风。此刻，他们也许在回味多彩的青春，也许在筹划明天的生计，也许在感慨人生的无常。在这样的寒夜风雨中，保持心境的宁静，舒展随意。

（此文发表于《阳江日报》2018年1月19日百花园·地方版）

盼一场冬雨

今年的冬，真暖得惊艳。

朋友圈中、微信群里，一张张绚丽绝伦的彩霞图"嗖嗖嗖"地往上传，立即围观赞美一大片，晴好的日子太让人惊叹幸福了吧。不是吗，无论你走到外面还是站在阳台上，都可以观赏到那云彩。一朵朵，一群群，或紧或松地卷积在一起，一会儿又舒展开去，霞光万丈，照射在云上。有的红灿灿，有的金闪闪，有的黄中泛白，犹如一个个艳丽的美女，赛着婀娜多姿，赛着千般风情；又仿佛气势磅礴的军队，浩大地列阵在广袤的苍穹，让人动容。恍惚间，天空就好像一条巨大的鱼，看见它的鱼鳞在闪耀，不见它的头尾藏在何处。

那一片艳丽簇拥的夕阳，渐渐沉入西山，沉不下的是那丝焦灼。我多么急切地盼望，盼望一场冬雨能在这艳丽的同时，滋润大地。

雨的倩影好像有点模糊了，究竟多久没下雨了呢？得掰开手指想想，两个月？还是三个月？已记不清楚了。依稀中，稻谷开始灌浆之时，阳光就一直眷恋大地。是立秋？还是处暑？"秋老虎"肆意的白露、秋分远去了，微凉飒爽的寒露、霜降也过去了，立冬、小雪也从容地走了，寒意忽然侵袭的大雪悄悄到来，阳光，依然那么活力十足，热情奔放。

晨起，踏着阳光健步在操场上，小的车、大的车，忽地从公路上驰过，风儿夹来阵阵寒意。好在不是中午下午，公路上尘土还没肆意，不会时时扬起一卷卷灰白色的烟雾，只是足球场上的草儿已变得一片灰黄，眼过之处，总有丝丝的怜惜。雨水充裕的春夏，这小足球场，那是怎样的绿意盎然啊，一片片翠绿的叶尖密密匝匝地挤着挨着，挂着浅浅的水珠在晨曦中颤动着呢。还有跑道边的那片草儿间，还有粉白的小野花摇曳着身姿，总会让眼眸生动起来，让人的心变得柔软，让迈开的脚步变得轻盈。如今那片浓绿变成了浅绿，再由浅绿变得半黄，半黄变成干枯，这是一种沉沉的灰。再后来，草地上露出了一块块黄土，大的小的袒露在风中，那是草儿磨掉了根的伤痕，仿佛身上干燥的肌肤被寒冷的北风刮得裂开了一道道口子，疼痛和奇痒齐袭，那草儿还好吗？草地上的红花，匆匆盛开，很快就闭上了。

冬日，在台山市的一条乡间路上，一片残藕铺展在路边，藕地上还擎着几片枯黄的叶。有的藕地微湿，有的则已干涸，一条条巨大的裂缝，把整块田地分割成无数的小块。不远处，有拖拉机正在深翻泥土，深翻上来的泥土干涸灰白，一畦土地正在猛烈的阳光下炙晒着。辛勤的农人正给田地浇水，土地湿润了，才好播下种子。

小雪的一个中午，午休后起来，忽见满天乌云，狂风飞舞，一场大雨眼看就要来了，急忙添衣，带上雨伞去上班。"寒气伴雨来，冷空气来袭，会来一场痛快的雨吧。"我不由地哼起歌儿。可惜，一直到华灯初上，天空仍是灰沉沉一片，不见一滴雨的影子。

听说大雪过后，雨水就会减少。俗语说："天上鱼鳞斑，晒谷不用翻。"这些艳丽无边的鱼鳞斑云朵灿烂在天际，也就是天气继续晴好了。那么，是否这个冬季就不会下雨了？

翘首盼雨的心更惶惑了，戚戚然不知甘雨何时能飘然而至。

"野火烧不尽，春风吹又生"，小草会枯，会荣，不知道春天小雨缠绵的时候，这伤痕累累的草儿是否能狠狠地绿意盎然，那断了根的地儿还能长出一片翠绿吗？还能长成最初的姿态吗？

如果能，干吗非要让草儿遭这么一番罪呢？何不现在就来一场雨，一场淋漓的冬雨！

冬雨，也许不受欢迎，它没有春雨的甘甜，给大地充盈的希望；没有夏雨的磅礴，让炎热的午后瞬间凉爽；也没有秋雨的缠绵，像大地跳起的华尔兹，它更多的是萧索苍凉。北风呼啸的天气，人们早就不喜欢，冷风冷雨更是雪上加霜，花儿被雨打得七零八落。那些梦幻般的紫的、黄的、红的、粉的花瓣，卧满树下，艳丽不舍离去。冬雨来临，曾勾起多少人的怜悯，道路会被糟蹋得泥泞，美好的心情会被打得湿漉漉，雨水夹着寒风，侵袭着外出的你，让人踯躅满路。

可是，干渴的大地需要甘露，那雨水，冰冷的雨水，会渗入大地的每一根神经，每一寸肌肤，滋养每一个细胞。雨水滴在叶尖上，叶儿抬起头了；雨珠驻在花儿上，花儿更展娇颜；雨水洒在玉米苞上，玉米努力扩展腰肢。晶莹的雨，让世事纷繁安静一会儿，让匆匆的脚步更踏实；寒冷的雨，把沉积的尘土冲洗，把岁月的烦躁洗涤，许干枯的冬些许绿意。雨打芭蕉的日子，三五知己，不理冷雨，不顾寒风，欢聚一室，火锅腾起，品美味、谈南北、聊天下，也是冬雨里难忘的逍遥。又或是冬雨潇潇的晚上，雨滴答敲窗，亮一盏灯，烧一壶茶，温一碗酒，捧一卷书，走进或寒冷或温暖的世界，体味或甘甜或苦涩的人生，何尝不是冬日应有的快乐！

盼望一场冬雨，虔诚地。

（此文发表于《阳江日报》2019年12月24日文化·百花园·地方版）

金灿灿的美

听说有个金秋之约，要去观看新农村建设，欣赏田园风光，游走滨海长廊，我的心就雀跃着。吹着醉人的海风，奔走在路上，欣赏着沿海一带金色的丰收之美景，多美的事儿呀。

"又是一个丰收年了。"我的思绪忽然飘得很远，温暖的感觉再度从心底涌起。金秋十月，碧空辽阔，风儿飒爽，禾苗穿上了黄纱舞服，迎风翩翩起舞，稻谷绽开了灿烂的笑脸，田野又开始了喜悦的忙碌。太阳还被朝霞簇拥着，小村庄笼罩在一层彩色的薄雾中。我蹦跳在大人们身后，钻到稻田中，挥舞着镰刀，割下一株株稻苗，放在刚割下稻苗的田地上，不一会儿，稻苗就在身后堆起了一座座小山。父亲和炳叔负责操纵打禾机，他们一脚踏在木板上，一脚有节奏地踩着打禾机的踏板，踏板的上下移动带动转筒飞快旋转，"咯吱咯吱"欢叫着。哥哥和焕哥递上来的稻苗，他们一把抓紧，把满是稻谷的那头往转筒上放，一粒粒稻谷就像调皮的娃娃，四处跳跃，最后落下转筒下边方形的木斗里。母亲躬身，小心地把木斗里的稻谷扒出来，抖出那些稻草碎儿，稻谷在阳光下闪着金色的光芒。母亲把稻谷装到蛇皮袋里面，用力提起，抖几下，拿起小绳子，捆紧袋口。"哇，有点重啊，等会儿怕托不起啦！"母亲堆起的笑意泛着汗珠。"重就丰收咯，累点也值得！"炳叔露出洁白的牙齿，他的喜悦穿透了打禾机的"咯吱咯吱"声，在空中飞扬。

趁着歇歇发酸的腰骨儿的当儿，我放眼四野，只见一片金黄绵延到天边。风儿跑过，稻浪翻滚，稻浪之中，有身影起伏着，大的、小的，收割、脱粒、装稻谷、捆禾苗、捉禾虾……都在金黄中穿梭着，欢欣着……

这么沉浸在金色的记忆中，手机又"嗖嗖嗖"地响了，已有人按捺不住了。一幅幅喜人的秋景图往群里发，那应该是在阳江城南拍摄的美景吧。金灿灿的稻谷成熟了，一辆收割机正忙碌在稻田中间，广袤的稻田像一块巨大的金绒布铺向远方，高高的铁轨横跨过那一片金黄的田野，一列和谐号正在金色的稻浪上空飞驰，大地的芳香将会带着梦想飞向四面八方。

秋光明媚的午后，我们驱车往海边赶，往海边那个美丽的新农村——庐山村奔去。秋风宜人，一条水泥道通向海边那个现代化的美丽乡村。村庄里，目之所及的大道小巷都铺上了水泥道，村主干道的一边是一条河流，一些半黄半绿的荷叶擎起，仿佛还能感受到一丝丝的清凉。河流的旁边，稻苗已被太阳烤熟，整齐地闪耀在阳光下，庄严而飘逸，肃穆而灵动，仿佛一群群士兵，正在等待人民的检阅。友乡下的楼房就在那片稻田旁边，在庭院中可摸到一串串迎风点头的稻谷，可以嗅到那阵阵稻香。俯身看那一串串低垂的稻谷，一串簇拥着一串，一株紧挨着一株，密密匝匝，比着个儿，赛着金黄，比记忆中的稻谷可肥硕多了，以前的产量的确跟现在的无法相比。

一群在稻田中长大的大孩子，拿起手机，扬起笑脸，奔向稻谷，一粒粒稻谷被放大、堆积，蹦跳进我们的眼眸，唤醒岁月的记忆。阳光正好，秋风正好，色彩正好，我们在稻谷之间张扬笑脸，我们在金黄之中舒展惊喜，真想把那金灿灿的美也涂在自己身上，留在脸上，留在心间。

陶醉在金色的美中，打开电视"天天向上之在希望的田野上"节目，主持人汪涵正在采访首届国家最高科学技术奖得主、杂交水稻之父袁隆平。获"共和国勋章"的袁隆平院士刚刚从北京载誉而归，就带着汪涵去参观他的试验田，分享杂交水稻最新研究成果的进展，90岁高龄的老人一直心系研究的水稻。10月下旬，由袁隆平院士团队选育的超级稻"超优千号"接受了现场测产，平均亩产达到1147.1公斤，这是超级稻百亩示范片在普通生态区创下的最好纪录。一个个成绩不断被刷新，一位老人坚持在田间地头埋头钻研 50 多载，专注研究杂交水稻技术，带领他的团队让"禾下乘凉梦"和"覆盖全球梦"一步步变为现实，为水稻事业全心贡献毕生的青春和智慧。想起小时候乡亲们为好时节增收几十斤稻谷而欢欣鼓舞，对袁老的敬意便在脑海升腾，温暖在心中涌动。

　　节目聚焦的还有为我国农业可持续发展不懈努力的"新农人"代表。邹子龙，是珠海绿手指份额农园创始人，2010 年和其他两位人大、北大毕业生一起在珠海创办绿手指有机农园，至今，核心管理团队由 50 多位来自清华、华工、华农等全国各地高校的大学毕业生和海归学子组成。一群高学历、高智商的年轻人，投身祖国农业发展，坚持以有机种植为底线，种养循环，不使用任何化学农药、化肥、激素、化学除草剂等，友善耕作，为人们提供一种更健康、更实惠、更环保的食物。"有这么一批专业的高科技人才为农业做贡献，祖国的大地一定会更加芳香的。"心里这样嘀咕着，我的眼眸与节目中的新农人一样闪亮。

　　袁隆平院士的脸、新农人们青春而自信的脸、稻田上秋收的农民的脸，在我脑海中蒙太奇式不断闪现。那无边的金黄麦浪，铺射着金灿灿的美，比那金灿灿的稻谷更美的，是那辛勤的劳作人。

　　（此文发表于《阳江日报》2019 年 12 月 3 日文化·百花园·地方版）

秋晨书声朗

　　晨起秋凉，落叶凝霜。季节，就是那么如约而至，仿佛打个盹儿的工夫，秋就滑到了时光深处。

　　曦阳万丈，霞光披彩，踏进校门，朝气扑面而来，整个校园沐浴在惬意的光芒中。红的墙，白的砖，闪着耀眼的金光；翠的树、绿的草，眨巴着一颗颗剔透的晶莹；一阵锣鼓声起，威武的队员们昂首挺胸，早已打开架势投入了晨练。校道上，树荫下，值日生正在打扫，捡拾起一片片落叶，教师们步履匆匆，迎着阳光往教学楼赶。师生的轻轻问候，一声声早安细碎了脚步，一张张稚脸灿烂了笑容，平静和谐、蓬勃向上氤氲在这秋晨中。

　　尚未到晨读时间，沿着走廊踱步，一个教室一个教室地欣赏，琅琅书声响彻耳边："题西林壁，宋，苏轼。横看成岭侧成峰，远近高低各不同。不识庐山真面目，只缘身在此山中。"

　　"r—e—d-red，c—h—e—a—d-chead……"这边教室的孩子们摇头晃脑地吟唱着古诗，那边教室的英文诵读已然响起，一个教室比一个教室整齐，一阵书声比一阵书声响亮。琅琅书声穿过窗户，飘扬在走廊上，飞扬在晨曦中，清脆悦耳。

　　正陶醉在这片悦读声中，"嘟嘟嘟……"忽地一阵响，手机提示收到信息。我打开手机，翻出微信，不免又陶醉在另一番天地中。只见家长群里老师发来了一连串孩子们晨读的图片，教室里、走廊边、树荫下，晨曦缕缕，孩子们阅读的神情千姿百态，动作各异。有的端坐座位捧书奋读，规规矩矩；有的捧着书本静靠在窗边，也许，窗这边阳光独好吧，金光投射在身上，暖意悠然；有的单脚独立倚在墙上，一手托书一手插进裤兜里，何其潇洒；有的凭栏仰头，也许，那一丝丝凉爽的秋风吹拂起发丝，也在专注地默记吧；有的捧书踱步，仿若大将于方寸之间寻思勇谋大略；有的则在树下席地而坐，阳光、绿荫、鸟语、书声，多么诗意的享受！看着一幅幅妙趣横生的晨读图，我不禁莞尔，思绪仿佛飘到了那个灵动的校园里，感动于一片宁静中的跃动：每个人都有自己喜欢的形态，每个人都有自己喜欢的空间，每个人都有自己自由的方式，在这微凉袭怀的惬意中，翱翔书中，记诵精华……

"三更灯火五更鸡，正是男儿读书时。黑发不知勤学早，白首方悔读书迟。"唐朝大书法家、诗人颜真卿写的《劝学》一诗，激励着多少学子勤学早练。毛泽东的老同学罗章龙曾回忆毛主席的苦读情景：志存高远的毛泽东在湖南第一师范学习时，他早上天不亮就起床，先到操场跑步，然后冲冷水浴，到6点学校吹起床号，同学们都起床时，毛主席早已到自修室高声朗诵古文诗词了。毛主席长期坚持勤学读书，博览群书，为后人树立了典范。

记得小学三年级的时候，班主任给了我带管教室钥匙的任务，我每天都要最后一个锁门离开教室，早上需要我到学校后同学们才可以进教室。为了不让别的同学等着，我总是努力每天第一个到学校。于是，每天一听到母亲在厨房里弄出锅碗瓢盆的声音，我就半眯着眼爬起床，还要央求哥哥陪着我早去上学。上学的村道上，常有猪尿沟、积水坑横在中间，记得有几次还一脚踏进沟里，弄得一身臭味。后来，母亲给我们准备了手电筒，我们就顺畅自然地来到学校。

我不记得我当时究竟有没有在教室里沐着朝霞认真读书，只记得我每次在黑咕隆咚的校园中摸索着打开教室的门，一种自豪之情就油然而生；只记得总是在同学们比较着谁最早上学时，我就无比骄傲地昂起头：我是最早来到学校的，天不亮就来了！仿佛很了不起，这种单纯的激情激励着我无论在大雨滂沱，还是寒风刺骨，都一如既往地早起上学，不知疲倦……

秋曦书声彻耳响，晨起奋读煦风香。耳边的书声还在回响，一群小精灵还在赛着谁的声音最响亮。站在走廊一角，我举目眺望着远方，群山绵延在薄雾中，绿树挺立在秋风里。甘蔗地里，隐约有身影在劳作。丰收的季节，隐藏在这劳碌的身影里，凝聚在这每一个早起晨练的勤奋里。

（此文发表于《阳江日报》2018 年 10 月 23 日文化·百花园版）

云　意

　　喜欢云，不记得是从什么时候开始的，反正有记忆时就喜欢漫天飘舞的云。

　　记忆中最初最恒久的云，是艳丽多姿的彩霞。那些收割季节的傍晚，夕阳渐斜，村庄西边艳丽的满天晚霞，映照得晒谷场上一片欢腾。刚收割下来的稻谷，一筐筐，一袋袋，排着队儿，还夹着黄的绿的稻草；在晒谷场上舒展了一天身子骨的稻谷，一堆堆，小金山似的。大人们顾不得歇息，忙着在日落前，把晒得哔哔脆的稻谷装好，搬回家里，忙着把刚收割下来的谷子筛干净，以备明天更好地晒干。燥热了一天，风儿也跑出来露露脸，父亲捧起一畚箕稻谷，举过头顶缓缓晃动，畚箕里的稻谷就如流水一样落下，在父亲脚下的稻谷渐渐堆成小山丘，那些稻草末儿在风中飘扬，飞到远处，一些干瘪的稻谷就与饱满的有层次地分开。炳叔俯下身子，把一袋稻谷扛在肩上，大步往家里走去，说："呵，今年的稻谷还真是重呀！""重就好咯，饱满啊！"不远处的棉叔裂开了嘴，夕阳照着他的脸，就如天边彩霞一样灿烂。小屁孩们则穿梭在箩筐之间、"小金山"之间，嬉戏玩耍，有的甚至爬上"小金山"，弄得圆圆的"金山"被趴出了几个窟窿，惹得大人们一阵吆喝。

　　夕阳已经沉到树梢边了，我跟着母亲走在回家的路上。牛儿回棚，鸡儿回笼，小狗欢喜地狂吠几声，猪儿吃饱了肚子，满意地溜达两圈，早已卧下。云彩恍若从火炉里捞出来一般，红艳艳，金灿灿，整个村子笼罩在金光里，那是丰收的光彩，那是一个小村庄的喜悦。

云是淡雅悠闲的，如枝头上欢唱的鸟儿、水中畅游的鱼儿、山野间淡淡的野花、海边夹着咸味的风儿。人间最美四月天，有朋自远方来，不亦乐乎。张扬着笑脸一路向南、向海，在梦幻般的大角湾沙滩上，美美地呼吸着大海的空气。天是那么辽阔湛蓝，一朵朵洁白的云儿，卷起，舒展，在天的胸膛里，自由地飘逸、徜徉。在海的尽头，就是云起的地方吧，云与海水相接之处，一片朦胧。"天蓝云洁，碧波清浪，海真美！"友笑意盈盈，一脸沉醉。三五一群在海边散步，增添几分悠闲惬意。赤着脚漫步在沙滩上，软软柔柔的沙子，在脚底轻轻摩挲，感觉痒痒的，却舒服得很。一瞬间，恍若那是一朵温柔的白云，抚摸着我的小脚，真是惬意的云呀。

云还是黑脸无情的。"六月天，孩儿脸。"夏日的云，说白就白，说黑就黑，刚刚还是晴空一片，顷刻间就黑云罩顶，豆大的雨点噼里啪啦地坠下来。农忙时节，地里的大人飞奔回来，家里的小孩跑出去，齐集晒谷场，抢收稻谷。有时，雨太急太大，眼巴巴地看着刚晒得半干的"黄金子"，被雨淋个半湿，甚至被水冲走，乡亲们都痛惜地大骂老天爷。还有很多次这样的黑云，把家里晒的衣服、干柴、食物等淋得通透，也是不留一点情面。于是，黑云就像个丑八怪，人们都讨厌它。

可我有时候还是挺喜欢那黑得一点也不白的云。那个夏天大旱，烈日一刻也不歇息，待耕种的田地焦渴地咧开大嘴巴，喘着粗气。乡亲们天天望着老天爷，眉头皱得比沟渠还深。终于，在那么个午后，云也焦急得崩黑了脸，急得大汗淋漓，雨噼里啪啦地下，父亲"啧吧"着烟筒，呼出缭绕的烟雾，欢喜得展开了眉头，说："下吧，下大点，下多点，有水了，就可以播种了。"这时候的黑云，就像一位仁慈的老者，伸着黑得那么透亮的双手，布施德泽。

今年高考前一天，祝福高考的话语溢满各媒体。一张金色的"点赞云"图不知何时迅速流传，说那是阳江一中校园上空出现的一朵祥云，酷似一只伸出大拇指的巨手，预示着今年阳江的高考定能取得好成绩。后来果不其然，阳江一中的高考取得了前所未有的佳绩。

一朵云，真的就那么神奇吗？能预知人间未来？想起年少时经常与伙伴们一起观云，一朵朵的云飘忽不定，舒展、收卷、淡薄、厚重……芳说那朵云像一只小笨熊，倩看着像一只温柔的小绵羊，我感觉像一只懒散的小白狗，我们各持己见，各自陶醉。云舒坦随意，观云的人心绪不同，他们眼中的云，也许就有个人脑海里的影子吧，故所看到的情景也就不同。高考喜人，是学子们努力拼搏的结果，与"点赞云"的出现，有多少关系呢？只是那朵云，那朵人们眼中的祥云，恰时出现，也就有了人的情怀，承载了金色的梦想。

2018年9月中旬，初秋的太阳比夏日还要猛烈，连续多天的闷热仿佛要把万物蒸熟。傍晚，人们都走出外面散步透气。夕阳西下，云朵就像热情的姑娘，一张脸红通通的，像打翻了的红辣椒酱，四处漫溢，天边都涂上了重重的一抹红。彩霞把鸳鸯湖映照得绚丽多彩，红云把群山村庄装饰得姹紫嫣红。扣人心弦的美图刷爆了朋友圈，绚烂的云霞如喋血的生命尽情燃烧，人们都被震撼，惊叹它们的惊艳动人，沉醉于大自然的瑰丽无比。而这美云图还没欣赏完，一幅幅骇人的强台风袭击图随之而来。台风"山竹"毫不留情地在广东登陆，大树被拦腰吹断，一些建筑物被摧毁。台风带来的强降雨长久笼罩，使阳春城成了一片汪洋，顷刻之间，一片城上的乌黑瞬间罩住了先前的红艳。千万子弟兵奔赴灾区，救百姓于洪水之中，一座城顶住了磨难。短短几天，老天爷的云，真让人难以意料，这绚丽的背后，紧跟着的是暴烈和无常。

人有悲欢离合，月有阴晴圆缺，云呀，也有喜怒哀乐，也像人生百味，千姿百态，率意无常。我们看着今天的云美好畅意，谁又能知道明天的云如何？明天的云哪能和今天的云一样呢？就像人生，谁能知道未来如何，唯有坦然从容面对眼前的云，珍惜云的舒适、云的灰暗、云的绚丽、云的无常，唯有静静地品，云的一颦一笑，就在一卷一舒之间。

（此文发表于《阳江日报》2019年11月14日文化·百花园·地方版）

绿的叶　黄的花

　　晴朗的夏日，天格外湛蓝，云格外纯白，一朵朵随意舒展、飘曳，在空中不停地变幻出一幅幅巨大的蓝底白花绸布，旷野中金光闪动，稻谷已大半黄，一阵阵爽朗的风送来甘甜的喜悦。广袤之处，一片金黄之间，有浓浓的一片绿棚耸起。那是农人栽种的瓜棚，是青瓜？丝瓜？苦瓜？说不上，只见一朵朵黄色的花儿点缀在绿意上面，远远望去，就像一块黄花绿绒布，在艳阳下铺展，让人心生温柔与宁静。

　　夏日炎炎绿意浓，艳阳灼灼黄花艳。我最初的记忆，美丽的花儿都是金黄的。故乡不靠山，不能看到更多的树和花，那时候乡亲们忙着农活生计，不会"奢侈"地种花，常见的，就是村子池塘边那几棵茂盛的鸡冠树上的花儿，更多的是夏日里一朵朵艳黄的瓜花，充盈着童年的时光。

　　那是物资匮乏的年代，乡亲们总期盼每一寸土地都能长出粮食，每年三四月，踩着时节，见缝插针，在自留地里，池塘边，番薯地间，大树旁……播下种子，青瓜、黄瓜、苦瓜、南瓜、水瓜。翠绿的瓜苗日渐葱郁、伸展蔓延，乡亲们便张罗着搭瓜棚。搭瓜棚，是用一些树枝、竹枝插在瓜苗四周的泥土里，纵横交叉，捆牢，形成一个拱起的长方体形的棚状，瓜苗生长，延伸，爬上树枝，盖过棚顶，渐渐形成了一个绿意盎然的瓜棚。瓜棚高矮视搭建的树枝长短而定，有的半人高，有的比我们的个儿还高。那一个个瓜棚，阴凉爽快，是天然的凉棚，也是伙伴们的乐园。夏日炎烤着大地，我们玩耍的热情比气温还要高，顶着烈日，冒着热汗，到处跑，到处逛，钻进瓜棚底下，享受里面的凉爽惬意。

瓜棚仿佛与外面隔成两重天，浓密的瓜叶重重叠叠，把烈日遮挡得严严实实，浓浓的绿叶仿若散发出无穷的凉意，扑头盖脸地向我们袭来，瞬间把在外面疯玩的酷热，清扫得一干二净。抬头之间，可见缭绕的瓜蔓上，挂着一个个小绿瓜，小绿瓜长着满身的绒毛，像可爱的绿刺猬，用力一握，它会狠狠地刺你的手。刚长出不久的小瓜上还连着一朵黄色的花，每一朵花聚拢来好像黄色的小喇叭，盛开时有 5 片花瓣，仿若五角星形，花蕊也是黄色的，嫩嫩的。每一朵花都美得纯净，美得耀眼。稍大点的瓜儿，花儿已然凋谢，有的还依依不舍地依在小瓜上，有的已掉在地下。雄花没有小瓜的，我们放肆地扯下，把地上的花儿堆在一起，便铺成了一片金灿灿的地毯。挑一朵，插在凌乱的发间，左摆摆，右晃晃，虽然看不见自己的模样，但那劲儿甭提多得意了。

可是大人们不准我们到瓜棚下玩耍，怕我们践踏了瓜苗，担心我们把瓜棚撞歪，更怕野孩子们弄坏了一个个生长的小瓜。我们也知道，瓜棚不只为我们带来了凉爽，还载着我们舌头的希冀。母亲经常种黄瓜、丝瓜、水瓜和南瓜，有时会种苦瓜。丝瓜和苦瓜喜欢招惹蜜蜂，难以顺利长大，一个劲儿长的是黄瓜和南瓜。南瓜一般不搭瓜棚，丝瓜就一定要搭设瓜棚了，水瓜有的搭棚，有的缠着树枝疯长。一个个小瓜，在丽日下摇荡，晃荡晃荡着，身子长了，腰身粗了，圆溜滑嫩，青翠欲滴，像一个个待嫁的姑娘。母亲把瓜摘下，放进畚箕里，我屁颠屁颠地跟在后面。阳光跳跃在一片片浓绿上，闪烁在一朵朵纯净的黄花间，喜悦如一缕缕阳光，盈满我心里。晚上的菜桌上，一定有一大盘瓜，牵动着人的五脏六腑。瓜肉软香滑腻，瓜汤清甜可口、清热解暑，是农家人上等的汤肴。我们喝得肚皮滚圆，在一个个彩霞铺洒的黄昏，就在瓜香中绽放满足，小日子的温情脉脉，在瓜香中缭绕。

我们便也格外珍视那高高矮矮的瓜棚，珍视那葳蕤茂盛的瓜苗，却总是禁不住那一朵朵美的诱惑，偷偷地来瓜棚边摘那盛开的雄花，捡拾掉在地上的黄瓜花，把那一朵朵柔软的花儿当成我们的玩具。午后阳光斑驳，小巷子里窜过可爱的风儿，小伙伴们玩起了"过家家"，我们家乡那时候称这个游戏为"捏饭仔"。大大小小的海螺壳儿，是锅碗瓢盆；残破的瓦片，是砧板和大刀；随手捧起的沙子，是白大米；各种形状的石块儿，是肥美的鸡鸭鹅；绿的叶，是青菜；而瓜花，是招待客人的上等菜。我们呼朋唤友，吆吆喝喝，杀鸡宰鸭，淘米煮饭，洗菜下汤，炒菜拼盘……几番忙碌，一大桌子菜一一摆上，仿若真的人间烟火。那黄黄的瓜花是最惹眼的，金灿灿的一团闪着光芒，我们便也真的拿起瓜花往嘴边送，到嘴边又"哈哈哈"地放下，那是美味和色香的向往，又是对美好的虔诚珍爱。

时代变迁，国家富强了，人民物质生活日益丰盈，人们把日子过得愈加有滋有味，我也认识了更多的花。城市的大街小巷旁种满了观赏性的各种花卉，耀眼明艳的紫荆花，富丽堂皇的黄花风铃木，雍容华贵的玫瑰，亭亭玉立的水仙，香飘十里的桂花，典雅幽香的兰花……一朵朵特具风姿的花朵，总能得到世人的羡慕与赞叹。而黄黄的瓜花，始终在心中最纯朴的一角。

清晨，于菜市场边，看见尚滴着水珠的黄瓜苗在摆卖，吸引着一拨子赶早市的市民。记忆中在绿叶间努力生长的苗儿，早已成为人们争相抢食的纯天然食材；打开网页，童年时代只玩不吃的南瓜花，可烹制出各式各样的佳肴，南瓜花饼、鸡蛋炒南瓜花、南瓜花香菇汤、清蒸南瓜花酿……一朵朵黄黄的花儿，在一双双巧手下，变幻成夺人眼球的桌上佳肴。看着那道道色香味俱佳的南瓜花美味，童年的游戏又鲜活地浮现在眼前，那情景与眼前何其相似，一朵黄黄的花儿，安卧在记忆里。

目光再投向田野中那片瓜地，那片片泛着金光的绿，那绿意间一朵朵灿然的黄，一如既往地触动着心底的情愫。

岁月荏苒，山河恒在，一朵朵小花的姿颜，会一直鲜活地留在人的心中，土地上这些毫不起眼的美丽，不经意地富足了我们的生活，为人间烟火带来芳香。

（此文发表于《阳江日报》2020 年 7 月 24 日文化·百花园版）

夏　夜

　　绚丽的彩霞渐渐沉下西山，街上华灯亮起，来来往往的车辆不停地喧嚣着，小广场上的舞步幻变出绿的、红的、花的影子，大妈们锻炼身子的热情并没因这大暑酷热的天气而有丝毫减弱。满以为太阳西沉，可以在阳台上透透气，但周围一丝风都没有，空气好像凝固了，闷得慌。

　　我信步往楼顶走去，那里空旷，也许会有清凉的风。想不到一踏进楼顶，尚未望见朦胧的夜空，就好像进入了一个偌大的大蒸笼，炙热从四面八方扑来。由于安全原因，四周的围栏约有一层楼高，即使有风也吹不进来，反而各家各户空调机喷出的热气，都争着往上拱。

　　唉，还是赶快下去吧，要不然，就要被当作鸭子直接烤熟了。我嘀咕着，脚步往回抽，牵动几丝愁绪，记忆中的凉爽夏夜在哪呢？

　　少女时代的夏日，也是酷热难挡。随着太阳西沉，暑热渐渐减弱，一阵阵清爽，从村子南边的田野上窜进小巷子里。那时候没有空调，没有风扇，严实的屋子里窗户小且高，风儿少有挤进来，待一会儿就会汗流浃背。折腾完了一天的农活，冲完凉了，人们纷纷走出屋子，享受难得的清凉一刻。奶奶婶婶们一边摇着蒲扇，一边悠闲地拉着家长里短，男人们也聚在巷口共话桑麻、谈论国事。小屁孩们睡的睡，劲儿足的还在疯玩。我们五六个十一二岁的姑娘，则踏上了六姆的"晒棚"。所谓晒棚，就是屋顶不是盖瓦，而是用水泥建筑成的平整阳台。之所以称之为"晒棚"，是因为它既可以远眺观景，还能当晒谷场，在自己的屋顶晒稻谷，不用早晚从家里到外面的晒谷场来回搬动稻谷，那是农人多向往的事啊。而让我们这群女娃最惬意的，则是炎炎夏夜，可以在晒棚上安然而眠。

农家人休息得早，天一黑，冲好凉，我们就相继往六姆家的晒棚走去。倩姐是六姆的小女儿，总是最早打开门，我、阿布、阿芳、阿战、阿荡很快蹦上来。晒棚聚集了一天的高热量，刚开始还是散发出阵阵热气，我们只能站在晒棚围栏边。晒棚四周一片空旷无阻，总有风儿徐徐扑来，我们或是拨弄着头发，让发丝飘逸在阵阵清风中，自然风干；或是浸染在清爽中，观赏着夜空下朦胧的美景。西边是一汪池塘，潋滟的水泛着幽光，远处群山隐约。南边则是一望田野，金黄的稻谷早已低头哈腰沉沉睡去，偶尔还会被俏皮的风儿拨弄得发出阵阵窸窸窣窣的响声，那是稻谷梦中的喃喃细语吧。伴着稻谷的梦语，此伏彼起的虫鸣蛙叫也在乐此不疲地演奏着，不知是在欢庆丰收，还是在鸣叫喜悦。插秧时节，如果有月光的话，会看见一片白茫茫的水田、一片绿油油的秧苗，在月光下交相辉映，传来蛙叫声声。

暑气渐渐散去，我们就把凉席铺在晒棚上，几个女孩挨个儿睡在一起。人说"三个夫娘一条圩"，三个女孩也是话叨不完的。不大记得我们每晚都聊些什么了，隐约中姐妹们会把腿、胳膊摆一起，比着谁的葱白粉嫩，赛着谁的圆滑修长，叹息着白天毒辣的"日头"把脸儿晒得通红乌黑，会拨弄着谁的发丝最柔亮飘逸。还会嬉戏打闹着，时而相互推搡，时而相互把小手指戳进别人的胳肢窝，使劲点动，撩拨得对方"咯咯咯"地打滚、求饶，欢乐的笑声在晒棚上空飘扬，快乐在静谧的村子一隅氤氲。

夜越来越深，风儿越来越有劲，巷口乘凉的拉家常不知什么时候停止了声息。姐妹们玩得尽兴了，就安静地躺在席子上，或侧或蜷，随时安寝。我喜欢静静地平躺，静静地，不用转身侧头，望着广渺无边的夜空。大多数的时候是繁星满天，左边一片天空星光密布一点，右边一片天空星光稀疏一些，有的大点亮些，有的小点暗些，每一颗星星都泛着光芒，像无数个眼睛在扑闪着。我静静地望着星星，星星也俏皮地向我眨巴着眼，我们就这样守望对视着，星星的脸一定泛起了笑意，因为我感觉我的眼里也盈满了欢喜。它们也为这阵阵惬意的风而感到满足吗？也为这广阔的安宁而舒服无比吧。最亮的那颗像谁的眼睛呢？老师？电影中那位大眼睛女红军？闪得最快的那颗像谁的眼睛呢？像我们班跑步最快的男孩？像操场上活蹦乱跳的伙伴们？一个，两个，三个……数着数着，星星就扑闪进了梦里。

有时候明月高悬，天空澄清澄清的，月亮在云朵间穿梭，云朵变得亮丽而活泼，一朵一朵都染上了色彩，不停地飘浮游移，还可以望见周围湛蓝湛蓝的天空。我痴痴地想：那轮晕圆里，一定住着曼妙的仙人，把无边的银白铺展，把无穷的安谧洒向穹庐。月光婉约，铺洒在晒棚的每个角落，铺洒在姐妹们的身子上，像给她们盖上一张薄如蝉翼的轻柔丝被；铺洒在她们恬静的脸上，如母亲慈爱的手，轻轻安抚她们一天的疲惫；铺洒在她们平缓的鼻息之间，像一支轻柔的催眠曲，美妙着她们斑斓的梦境。不知是夜风送来的清爽，还是月光的似水温柔，乡村纯朴地入睡，那满天的银光，一定在村子的每个角落铺洒。瓦片上、树梢间、巷道里，到处都是柔美，到处都是清爽，那满池塘的银色水波，载着一两声"哇哇"的乐音，稻田里的庄稼和着清风"沙沙沙"地响，虫儿也在唱着银光的呓语，整个世界都浸染在夜的澄澈空明中。

"这样的鬼天气，一丝风都没有。"丈夫从湖边散步回来，赤着上身，一片油亮，豆大的汗珠挂在脸颊，随时都要往下掉。

我从恍惚中回过神来，真怀念呀，那时纯净的空气、纯净的风、纯净的夜空。

(此文发表于《阳江日报》2020年8月9日文化·百花园·笔会版)

秋　晨

　　晨起，习惯性地推开房门，不见金色的曙光，只见缕缕阴云在天空流淌，地上一片潮湿，空气中好像还凝结着水珠。这时，我才猛然想起昨夜的雨，雨点敲窗，睡意蒙眬中，烦躁的梦也好像沾上了雨的诗意。

　　眼前操场的草儿显得特别翠绿，连足球场上平时被孩子们踩踏得露出了黑黄色泥巴的地儿好像也被绿意盖住了，红色橡胶跑道被雨水冲刷过，格外艳丽动人。那么一刻，我有一丝迟疑：跑道内圈低落的部分，还积着水呢，能跑步吗？再张望一下操场，确实红得夺目，绿的撩人，色感的鲜明对比，让人的目光兴奋起来，让人的心沉静下来，空气也别有韵味。多么美好的秋晨呀，怎么能错过呢？我的脚步不迟疑了，毅然走向跑道。踏在跑道上，没发出一丝声响，跑道仿佛比平时还要柔软，也许，它的内心已经被水填满了，身子变得特别柔顺。

　　校园里一片安静，平时早到在操场奔跑的孩子，因雨天还不见踪影，就连围墙边以往车来车往的马路此刻也停止了喧嚣。只有饭堂里的灯光，才让人想起辛勤的人儿在那里忙碌着。跑道旁的树枝、挺立的草尖上，挂着滴滴水珠，晶莹剔透。

　　一场秋雨一场寒，只是南国现在的秋还是没能感到凉意，雨刚刚好，把秋老虎的酷热消除。沿着跑道慢跑，阵阵清爽迎面扑来。绕到操场西边，西北角上那棵茂盛的碎叶榕树，听不到鸟儿的叫声。

早起的鸟儿有饭吃，以往的清晨，暖阳在东边泛着光。这个时候从这树边过，树叶阵阵沙沙响，一阵阵悦耳的啾啾、尖叫，此起彼伏。围墙那边是一片茂密的芦苇，高得越过围墙了。一只只鸟儿，时而展翅鸣叫，时而停歇在围墙上，时而在芦苇上随风摇曳，一阵阵的叽叽喳喳也在那草丛中唱着，看得见鸟儿的，看不见鸟影的，此起彼落，热闹极了。鸟儿们像是一群孩子在打闹玩耍，又像刚睁开眼儿的娃娃在撒着娇争食，总能让心底的弦柔软起来，让一个个晨生机盎然。

　　一场秋雨一场寒，是否昨夜的雨，让小鸟也感受到了寒意，尚躲在窝里而忘记了觅食呢？它们的小窝是否已被秋雨打落？它们是否在梳理被雨水洒到的羽毛？我发现自己有点挂念那些小鸟了，如挂念多日不见的朋友，想看看它神清飒爽的模样，也想看它随意慵懒的样子，仿佛什么姿态都是那么的可亲。可四周却安静如水，难觅它们的踪迹。

　　也许，鸟儿昨夜被惊扰到，现在正在补觉呢；也许，即使经历点风雨，它们还是会坚强地做好梦。我这样想着，不禁莞尔，脚步继续向前。

　　到了北面的围墙边，忽而看到几只鸟儿在围墙上扑翅。我悄悄地放慢脚步，想走近看看它们。可惜我还没走近，它们已"唧唧"掠起，飞向围墙外那高耸的电线架上、电线架边的树上。鸟儿的身子黑灰一片，翅膀兴许还带着水的眷恋，好像飞得比往日沉重，但还是很快就找到了新的停歇地，有的在电线架上张望着，有的在树枝上叫着，有的还站在那片空地上扫视着。我有那么一会儿愣在那，欣喜不由涌起：这几只一定是鸟爸爸或鸟妈妈了，它们一定努力觅食，在鸟宝贝们睡醒之前，把食物带回家。

　　其实，鸟理智着呢，不理会天气的无常，不浪费时光，一如既往地唱它的歌，坚持不懈地做自己的工作。生命中的坎，随时都有，它们不会因为一个小小的坎儿停止迈步，不会因为一场雨而忘记飞翔。心中曼妙的风景，永远是自由追寻的理想。

　　我忽然佩服起这几只鸟来，看不出今日的鸟和往日的有什么不同，雨天的鸟与晴天的鸟也一定有什么不同，更多的淡定，更多的坚强，这种尊贵的情感和精神让人心生敬意。

宠辱不惊，闲看庭前花开花落；去留无意，漫随天外云卷云舒。每一个晨都是新的开始，即使昨天的世界一片淋漓，即使眼前的生活成为一片废墟，都要重新收拾，重新出发。

想着想着，又转到了西面的外墙边，芦苇丛中还是听不到往日的欢歌，只是我现在比刚才多了一份宁静。那些小鸟，即使不吱声，它们也一定不会忘记为什么出发，一定不会太在意得失荣辱。它们努力在那里梳理情绪，沉淀积累，太阳升起的那刻，定会高高飞翔！

（此文发表于《阳江日报》2020年10月5日文化·笔会版）

如诗如画高州仙人洞

"五一"前夕临下班时，不知谁冒出一句：去高州仙人洞探探吧。顿时，群里一阵热烈的呼应。于是，不择天时，乘着热忱，说走就走。就在那个灰蒙蒙的第二天早上，我们一群好友驾车直奔高州深镇镇仙人洞。向往那里的山势峻峭，峰峦叠嶂，松古、石奇、潭清、气新、瀑美、山险，迫不及待地去登仙山、吸仙气、喝仙水、游仙境。

云烟缭绕雾里游

车子沿着盘山公路向上绕，雾气渐浓，到半山腰时，已望见翠绿的青山顶上浓雾蒸腾，看不见山有多高，仿佛一名身穿青衣的妙龄女郎，忽地戴上一顶厚厚的白纱帽，看不清她神秘的容颜。在仙人洞入口前停好车子，踏出车门，一阵雾气"嗖"地扑面而来，夹着山风特有的凉意。放眼望去，只见人头攒动，天地间笼罩在一层薄薄的轻纱里，人朦胧，树朦胧，山朦胧。"哇，果然是仙山！"雾气和凉意丝毫冷却不了我们登山的热情，我们一边浮想联翩，一边随着飘移的云雾往山上走去。

仙人洞自然风景旅游区地处云开山脉腹地，最高处海拔 1380 米，因山腰峭壁中藏有一神秘洞穴，传说此洞是神仙下凡人间合力开掘出来的，云雾仙人洞因此而得名。风景区冬暖夏凉，是远近闻名的"空调村"，自然生态保存良好，负离子含量高，是一个天然的大氧吧。

我们走在山路上，只见挺拔竹林、参天古树、奇峰险石、禾雀花藤……全部披上了白纱。越往山顶走，云雾越浓，在我们身边慢慢缭绕、飘逸，在古树间悠悠升腾、堆涌，仿佛是我们的伙伴，又仿佛兴高采烈地为我们引路。我忍不住轻轻地伸出手想抓一把，云雾却腰身一扭，忽地闪开了，手指间徒留些许湿意。如果不是身边的好友在嬉戏惊呼，如果不是游人如潮，我还真以为就进入了梦中仙境。哦，不，我这就是在仙境中徜徉啊，石头山路湿漉漉的清爽，林中小鸟几声清脆的鸣叫，远处翠峰若隐若现，巨石屹立，奇树参天，身处其中，呼吸着仙气，一切心尘轻轻荡涤，一切尘嚣已悄然洗脱，怪不得这被称为全国著名的"长寿之乡"！

可惜未至山顶，雨滴渐大，云封青山，雾锁翠树，眼前唯见白茫茫一片，山顶曼妙多姿的花海和碧绿的山顶草原，是那么的扑朔迷离、神秘浪漫……我们只好对着路边图标，望雾兴叹了。

气势磅礴飞流下

仙人洞的天然瀑布群也是一绝，湍急的瀑布密集，绵延不绝，各具形态。

刚进门口，就见正对面，三个大字"仙人洞"穿着大红袍站在云雾中热情地欢迎游人。两旁妖艳花丛间，一卷涓涓水瀑挂在眼前，从坡顶逐级涌下，水声潺潺，我们忙着取景拍影。

沿着阶梯山路往上走，山路右边，绿树隐映之间，各种巨石形态百千，一股股激流在奇石险山中奔流而下，平缓石上溪流缓缓，悠悠清泉石上流淌，高险之处激流直泻而下，浪花飞溅，水雾蒸腾……一路而上，我们拜访了玉带瀑，观赏了一级级仿若通往天国的天梯瀑，见识了天河瀑、响水瀑、仙人瀑等。天河瀑顾名思义，落差近 200 米，丰水时，宽达 50~70 米，分成三级激流直泻，气势磅礴，犹如一条银河从天上直泻下来，极为壮观。响水瀑则以声音响亮闻名，由于水流量大，落差近 70 米，形成一股飞瀑激撞在陡峭的崖石上，"隆隆隆"之声如雷声阵阵，震动耳膜。而仙人瀑是最受游人青睐的，它落差并不大，可它正面的岩石较平整开阔，是游人取景留影的绝佳之选。一抹水帘在崖石上平缓铺展，溪水撞击岩石后再顺流而下，游人挤在瀑布前摆弄着各种姿势留影纪念。是呀，这么清澈的仙水，这么幽然的仙气，这么灵气的仙山，怎能不定格美好的一刻呢?!

瀑布倾泻而下，在低洼处汇聚，形成一个个潭，又成另一种美景，鸳鸯潭、阴元潭、仙鳄潭……一个个潭与瀑布互相呼应，相映成趣，浑然一体，整个风景区仿佛成了一座水的山。

千姿百态禾雀花

邂逅一场百鸟归巢般的禾雀花开，是我们这次旅途的又一惊喜。禾雀花，又名白花油麻藤、花汕麻藤、雀儿花，是国家二类保护植物。它性喜温暖湿润气候，生长迅速，攀援力强，花期在 3~5 月。

漫步在仙人景区里，一股甜香的味儿时时扑鼻而来，路旁、溪边满是野生的禾雀花藤，一串串嫩绿的花儿跃入眼帘。正是花开时节，藤蔓上吊满了风情万种的禾雀花，像悬在树上的串串风铃。凑近细细观看这种珍稀的精灵，只见花儿们如一只只小麻雀挤在一起，翘着尾巴在树干上啄食。花儿头顶上嫩绿的苞像极了雀儿的头，两片花瓣似雀儿的翅膀，裹着花蕊翻翘着的就是尾巴了。藤蔓有的粗圆如巨蟒，柔细如腰带，攀岩走壁，绕树而上，匍地而过，如一架架秋千荡绳，飞挂于大树之间，交织于林冠之上。禾雀花一朵朵嫩绿娇艳，每串二三十朵不等，一堆堆簇拥在藤径上，在你身边亮出灿烂的脸;一串串悬挂在藤蔓间，调皮地在头顶蹭你的肩，待你抬头张望，它正咧开嘴向你憨笑呢;一挂挂吊荡在灌木上，迎风飞舞，在雨雾相裹里，惬意悠然!

禾雀花一藤成景，活灵活现。仙人洞景区漫山遍野的藤蔓，花儿开遍，犹如万鸟栖枝，神形兼备，灵动而静美!叹为观止!

溯溪探险过把瘾

最刺激难忘的是溯溪探险。景区里，在险峰之间，设置着适当的探险项目，供游人玩耍。我们踏软梯、过铁索桥、踩龙骨桥等，在征服重重困难中收获喜悦，在心跳加速中获取成就，既游山玩水，又过上一把冒险瘾，让人回味无穷。

探险活动中，最难、最让人窒息的就是过龙骨桥了。看路旁的标志，这可是五星级探险项目啊。所谓龙骨，就是一块块方形的木块，每块半成人脚板大小，左右用绳索吊住单独一块，铺设开来，就成龙骨桥了。桥下是碧绿的湖水，水究竟有多深，肉眼不可测，凭水色估测，应该不浅。我们挤在长长的队伍后，嘀咕着：一座小小的桥，速度怎么像龟爬呀？好不容易轮到我们了，高大威猛的伟却故意临阵逃脱，死活要让金妹妹当先锋。金妹妹拗不过，只得两手各扶紧绳索，一只脚刚放上木块，身子就不由自主地摇晃起来，赶忙缩回，说："哟，吓死我了！"

"不怕的，慢慢来，反正不会跌下去。"在我们鼓励下，金妹妹终于踏上了龙骨，可刚走两步，后面的伟却一脸坏笑，拉住绳子故意摇晃，金妹妹身子摇晃得厉害，"啊……"地尖叫起来，我们哈哈大笑起来。

到我走了，我扶住左右两边扶手，左脚踩在龙骨上，不想一用力，龙骨就给我来个下马威，无理由地晃动起来，我一下子稳不住身子，"妈呀，真是有点险啊！"我真想打退堂鼓，走山路过去。可转念一想，哪能遇到困难就后退呢。于是，我沉下心，压实脚板，稳住身子，再踏出右脚。这样，双脚都在龙骨上，身子更是晃得厉害，我只得全神贯注，沉住脚踩紧龙骨，再踏出一步，想不到随着身子晃动，背包带沿着肩膀滑下来。若伸手扶正吧，根本腾不出手，只好停下来轻轻摆正身子，慢慢地耸肩，让背带渐渐回归。再踏步。就这样，时间仿佛停滞了，也不知过了多久，终于踏完最后一块龙骨，我跳上岩石，转身"耶"地大呼起来，赶忙取出手机，为后面的队友拍照留存难忘一幕。

（此文发表于《阳江日报》2017年5月23日旅游周刊·攻略版）

烟花三月八甲游

春分时节，一个烟雨蒙蒙的早晨，应三五好友之邀，我踏上了向往已久的八甲仙湖之旅。八甲仙湖位于阳春市八甲鹅凰嶂的五指锋下，又名仙家峒水库，是粤西最大的蓄水库，离仙湖约 10 公里有"岭南第一瀑"之美誉的白水瀑布，美不胜收。

层峦叠嶂多姿彩

一路的雨丝轻烟护送，车子转上了鹅凰嶂盘山公路，好友便摇下车窗，一股清爽的山风夹着雨雾迎面扑来，顿觉神清气爽，闷气全消。车子在延绵山路间盘旋向上，路边不时有五颜六色的小花和绿草夹道相迎，时而一只两只蝴蝶嬉戏。左边是山体，偶有溪流从草间石上泄下，我和友惊呼："啊，瀑布！""前面还有更美的呢，这只是小巫见大巫。"曾来观赏过的导游友说。车子继续前进，细数之下，一路上到仙湖，大大小小竟有近 20 条小瀑布，有的涓涓细流如春吐蚕丝，有的纵横交错富有诗意，如小龙出海奔腾湍急……友说："今年春季少雨尚可观，雨季时就更美了！"

山路右边，是越来越低的深涧，绵延的山体不断后移。放眼望去，一团团烟雾在山上飘舞，山上祥云缭绕，山间轻纱升腾，层峦叠嶂笼罩在烟里雾里，一座座山峦安详在神秘的梦境中。随着车子在山体间颠簸，一幅色彩斑斓的画卷在眼前逐渐铺展开来。春雨滋润，东风轻送，万物生长，一些树开花了，有的整棵乳白色，远看活像一只只绵羊，又像一朵朵白云；有的则是金灿灿的黄，就像整棵树披上了耀眼的黄袍；各种各样的树长出了新芽，有的长成了一片一片的葱绿；有些刚抽出了嫩芽，紫红紫红的，遍布在树的最外层，一棵棵树活像片片彩霞燃烧在山间。"哗，原来春天的山是多姿多彩的，而不是单纯一片翠绿。"这样的蜿蜒车程，颠覆了我原先的认知，真的是每一回峰回路转，都能遭遇神奇。

烟雨蒙蒙仙湖翠

"看，到仙湖了！"不知绕过多少个弯，友提示。我扭转头向前望，只见几座或白色或粉色的建筑耸立在群山凹中。我们随之兴奋起来，再近一点，在那高大的洪闸边，"仙湖"两个巨大的黄体字卧在斜坡上，艳艳地刺激着你的眼球。细看落款，竟然是著名国画大师关山月的手笔。关山月曾游此地，盛赞风景秀美，遂题写两字。

车子驶近山上的酒店，尚未停稳，我们便迫不及待地冲到湖边。一眼望去，只见仙湖静谧在丛山密林怀抱之中，湖绕着山，山抱着湖，仙湖沿着山体盘旋，伸向远处，目不可及。偶有突出的小岛，散布湖中，一个巨大的天然仙池，惹眼地呈现在你面前。仙湖原名仙家峒水库，又叫瑶池，于1971年建成，储水量达2400余万立方米，是粤西最大的蓄水库。传说是仙女沐浴的地方。可能今春雨量较少，湖水不高，湖边山体均见裸露着几十米寸草不生的黄土，那该是仙湖的水位线吧。湖面近处水质晶莹，清波可见湖底之黄泥，靠岸处还停泊着几只游船，随行的朋友说："湖水高涨时在这里荡舟湖中，绕湖徐行，近距离感受天池的仙气，那感觉一定妙不可言。"是呀，荡桨湖中游，享受仙风消暑，观赏群山倒影，荧屏画卷，满目翠绿，山深境幽，何异置身蓬瀛之境？

小吃店在靠近湖岸这边铺设着木板，站在高高的木板上向远处望，水波碧绿，仙湖像块巨大的翡翠静卧密林高山之间。湖面微风阵阵，天空忽地一扫阴霾，太阳露出了一丝笑脸，灿灿地照在山间，洒在湖面上，湖面顿时波光粼粼，碧波上跳耀着喜悦的金光。

酒店的水泥路旁，有工人在修理旁出的树枝，他们笑说："这些天阴雨绵绵，山上游人极少，趁这个空闲修整好去年冬季冻坏的树枝，再过些日子，这里又开始热闹了。"

正说着，一行车队缓缓而至，领先的是一辆货车，载着一个巨大的木筏，后面跟着几辆小轿车。

车队停在酒店的停车场里，十几人全副武装地从车上下来，看样子是外地人，他们一定准备在万顷碧波尽情划桨吧?

白练激扬银露飞

阳光像个顽皮的孩子，一会儿又不见踪影了，我们赶忙沿着水泥路往山上走，直奔第二个景点——鹅凰嶂白水瀑布。观赏着道路旁的露珠小草、野花绿树、石上小溪，走走停停抓拍惊奇之间，很快转上了狭窄的山路。导游友说："接下来都是难走的小路了，大家一定要小心，放置好随身物品，空出两只手。"看着他一脸严肃，我们不敢有丝毫松懈，用雨伞或树枝当登山杖，我还把手中的水瓶塞进了包里。山路真的越来越窄了，几乎刚放得下一个脚掌，有些地方需侧身而过。小路两旁都是野草树木，左侧是山体，右侧是深涧，泥土上堆积着一层一层的树叶，脚踩上去很容易滑倒，有些地方的泥土还被雨水冲刷出一条沟沟，野草绿枝掩映下深不见底。山路越来越险，弯曲、回旋、斜陡，每走一步都要思索着下步该怎么走。路旁古木参天，树根盘节交错，缓解了路的滑度，让我们找到平衡的支点。我们注意力高度集中，目光紧盯着小路。路远风更清，山深境更幽，偶尔听见头顶小鸟"吱吱吱"地叫着悠闲，却不敢抬头仰望，涧底隐隐流水潺潺，也不敢斜目，生怕一不小心踩空。

小路在脚下被拉长，哗哗之声愈来愈响，不知不觉间，前面的友说："到了，看!"我们停下脚步，透过树缝叶间看到一道白练挂在山前。

"哗！"我的心雀跃起来，爬下一道狭长的陡坡，翻过嶙峋的石块，终于可以仰望到整条瀑布了。那瀑布宽约 8 米、高约 50 米，仿若一条白色的巨龙奔腾在莽莽苍绿之间。飞泉从山崖上倾泻而下，遇到突出的石块，分成两股，或是涌向侧边，叠成另一状。几番辗转翻涌，瀑布最后泻下深水潭——响水潭。

目测，响水潭直径近 20 米，深不见底。掬一把清泉往脸上扑，是湛湛的清凉，直透心底。潭边巨石峥嵘，有的尖锐突出，有的平整如桌。坐在石桌上，仰望着瀑布，诗仙李白的名句"日照香炉生紫烟，遥看瀑布挂前川。飞流直下三千尺，疑是银河落九天"中的诗情画意瞬间变得雄伟壮观，它那么真切地呈现在眼前，我们的眼眸已被银色充盈。经常到处周游的友说："上次我到庐山看瀑布，那里几乎看不到水，哪有我们八甲的这等壮美！"他索性躺在巨石上，闭上眼，沉醉在一片轰鸣的安详之中。我也在石桌上打坐、冥想。一阵阵清风从山体折身回来，夹着水雾洒在我们的身上、脸上，凉爽直透心间。此时，没有喧嚣，没有纷争，只闻水跳跃的声音，我们随着大山跳动的韵律缓缓呼吸，徐徐吐气，感觉与这安详的山、灵动的水融为一体了，我是山的一颗尘埃，在水的最深处徜徉。

"哗，出太阳了，真美啊！"就在陶醉之时，友忽然惊呼，睁开眼，立即感觉到刺目的炫。正午的太阳艳艳地直射下来，映照在葱郁的树上，绿叶泛起了光芒；洒在飞瀑上，银色的飞瀑仿若跳跃着金色的舞步；射进潭水中，碧绿的潭面上立即铺上一层金光，随着水波的荡动，金光碎成一片一片，一朵一朵。我们的心啊，岂止是开花了，岂止是走进梦幻般仙境之中的雀跃欢腾。

（发表在《阳江日报》2017 年 4 月 18 日旅游周刊·热点版）

后记：写在《岁月沉香》后面

时光如白驹过隙。

年少时，自以为很懂这话的真意。晃眼已年近不惑，远去的岁月时时浮现脑海，童年、少年、青年的人和事常常萦绕心头，某刻才蓦然惊觉这句话的内涵，那是"却道天凉好个秋"的无语：仰望蓝天白云下的大雁南飞，总记起年少时站在金色的稻田中央，欢送雁群南飞的不舍与幻想；秋风飒飒，落叶萧萧，常忆与伙伴们放飞小土坡收集柴草的陶然；而雨滴敲窗的日子，又不由自主看到那个常趴在屋子的"木阵"上望雨臆想的少女……那些人那些事那些景，仿佛就在昨天，仿佛就在前一刻，而细数日子，却已几十年，在人生单行道的起初，猝不及防地滑向归处。

少年留下的记忆是强大的，强大得往往忘记煮饭还要放水、戴着眼镜找眼镜的瞬间大脑空白。曾听说，只记得久远的景，忘记最近的事，是老年痴呆症的前兆。我一刹那"咯噔"几下心惊，惊跳过后复归平静。也罢，记忆是不能控制的，就如喜欢一人一物，道不清缘由，望不到归处，纵然岁月也不能磨灭。记忆也是会自主过滤的，就如一个情感过滤器，把一些糟粕去掉，留下弥足珍贵的精华，散发着岁月馨香的，固守在灵魂深处，滋润五脏六腑，谁知道老年痴呆记住的就不是美好的？

便把这些"临近老年痴呆"的思绪沉淀下来，自感陶醉，自感强大。我把这陶醉归结为乡愁，淡淡的却不乏浓烈，缭绕缥缈的却满是真实。真实得总想再在小巷口吹吹风，再爬上晒谷场旁的那棵鸡冠树嘚瑟下，再在朦胧月色下玩一次捉迷藏……也许，当所有的人与事都离你远去，但故乡，依然在眼前，在梦里！我还把这感觉归结为对美好最朴实的尊重，对痛的苦的酸的统统内化为人生的营养，铅华褪尽留本色，大浪淘沙始见金。

人的一生是孤独的。

有文学为伴的时光又是那么宁静而富足！

我的经历简单、生活平凡，在困苦的农村中泡大，学习、工作、生活一条线，常为祖国的富强昌盛深感幸福，为社会生活的蒸蒸日上而欢欣，为中华文明繁荣发展而笃定。我喜欢书，坚持书写真实的感受。读书，给了我更深更广的思考。写作，赋予人更强更韧的力量，还以情愫的本真。行走中有无以排解的钻心的痛，埋身文字中借以舒缓；生命中也有雀跃的喜，写下诗行给予珍重。时光里更多的是波澜不惊，故作品也就非常单纯平实，即便是这样日常的凡事浅思，也足让我自我温暖、自我丰盈。

于是便非常庆幸能结交文学之良友，对引领我走进文学之殿的曹飞跃老师，启迪我写作技巧的卢荣存老师，一直鼓励我坚持笔耕的梁荣选、梁永艺同学深存感恩！感恩林迎主席赐予宝贵的寄语为序，感恩林进侵先生赠予本书意境深远、精美绝伦的摄影图，感恩钟剑文副主席兼秘书长为本书出版穿针引线，感恩一直扶持的文友……情谊，一直在心中！

唯愿馨香在岁月里静静地流淌，是以为记。

2021 年 8 月 29 日